Du monde entier

SARAH MEULEMAN

AIMEZ-MOI

roman

Traduit du néerlandais (Belgique)
par Isabelle Rosselin

nrf

GALLIMARD

Ouvrage publié avec le soutien de
Flanders Literature (flandersliterature.be)

FLANDERS
LITERATURE

La seconde citation en exergue de l'ouvrage est extraite de *Paris est une fête* d'Ernest Hemingway, traduit de l'anglais par Marc Saporta.

Titre original :

ZIE MIJ GRAAG

Cette traduction est publiée en accord avec Cecile B Literary Agency,
New York, et l'Agence Deborah Druba, Paris.

À ma fille.
À ma mère.

Combien d'entre nous tiennent à ce que qui que ce soit parmi nous nous voie tels que nous sommes vraiment ? Le miroir n'est-il pas suffisamment hostile ?

JEANETTE WINTERSON

Une famille peut se montrer dangereuse de bien des façons.

ERNEST HEMINGWAY

PROLOGUE

Bruges, à l'époque

Après cette soirée, je ne danserai plus jamais, mais je ne le sais pas encore. Je suis allongée sur un tapis moelleux derrière le canapé ocre. Je regarde fixement le plafond, où un lustre scintille au-dessus d'invités qui, l'assiette à la main, approchent à petits pas d'un buffet avec des fromages coulants et des rangées de verres de vin. Je suis invisible. Je flotte, c'est à cause de l'alcool que je n'ai d'ailleurs pas le droit de boire.

Ting. Ting. Partout dans la villa Krekelhof, les verres tintent contre les verres, les petites fourchettes cliquettent contre la porcelaine. Tous les sons paraissent lointains et creux, comme si nous n'étions pas dans une salle des fêtes, mais au fond d'une gigantesque boîte à musique. La laine du tapis gratte mes épaules nues, un éventail de tulle est déployé sur mes jambes. Je tends mon pied et mes orteils. *Je fais des pointes.* Ce soir, je suis la ballerine qui trône au centre de la boîte à musique, la fillette fine comme une allumette qui fait indéfiniment des pirouettes.

Sous le canapé, je vois un bandeau de chevilles et de chaussures. La salle est bondée et même le bourgmestre est resté après la cérémonie. Sur une estrade basse, un groupe de reprises a suivi des yeux Margot vêtue de sa jupe rose quand elle a traversé la piste de danse déserte. Elle a poursuivi son chemin d'un pas décidé, avec cette démarche bien à elle, trop rapide pour la tenue qu'elle porte, ce qui n'a pas empêché les musiciens de la trouver magnifique.

Je ferme les yeux, j'écoute la musique, la pièce danse autour de moi et les brumes du champagne dans ma tête rendent tout encore plus magique. Je souris car j'ai onze ans et je suis persuadée que mon enfance se poursuivra pendant des années. Je me trompe. Dès que je me lèverai, tout va changer. Mais je ne le sais pas encore.

La plupart des invités ont un livre sous le bras, le sien. Ils parlent d'une voix stridente, rapide. Avec leurs vestons ajustés, leurs robes de cocktail et leurs petits sacs à main en forme d'enveloppe où on ne peut jamais rien glisser, ils aimeraient tous poser quelque part son chef-d'œuvre, bien sûr, mais personne n'ose le faire à proximité de l'écrivain. L'auteur de best-sellers. Papa.

« Aimée ! »

Debout à côté de moi, Margot me regarde en haussant les sourcils. Sa jupe rose est plaquée sur ses hanches fines, elle plisse le front. Elle n'a que seize ans, mais paraît bien plus âgée, surtout quand elle lance un regard très sévère comme maintenant.

« Qu'est-ce que tu fais là ?

— Je suis allongée.

— Oui, c'est ce que je vois, je ne suis pas aveugle.

— Quelle soirée fantastique, tu ne trouves pas ? » dis-je rayonnante, étendue sur le sol, les brumes du champagne m'empêchant de trop me préoccuper de ce que Margot pense de moi, tant pis si elle me trouve mollassonne, puérile ou juste bizarre.

« Allez, lève-toi, mon poussin. »

Elle secoue la tête, agacée ou attendrie, je n'arrive pas à savoir. Et si maintenant je refuse de l'écouter, si maintenant je ne me lève pas, est-ce que tout se déroulera autrement ? Est-ce en mon pouvoir ? Puis-je écrire l'avenir, comme mon père dans ses livres ? Je me poserai ces questions des années plus tard, mais pour l'instant j'acquiesce d'un signe de tête et je n'ai pas le moindre doute. Je l'écoute. À contrecœur, je me redresse et glisse mon verre sous le canapé.

« C'est du champagne ? » demande Margot en riant, ce qui fait apparaître des fossettes sur ses joues. Ma sœur est magnifique quand elle rit. « Viens, dit-elle. J'ai quelque chose à te montrer. » Elle me prend par la main et m'entraîne. La musique flotte encore dans ma tête, chaussée de mes pointes je trottine sur le tapis. Je sens la main chaude et rassurante de Margot. Nous nous dirigeons en froufroutant dans nos jupes roses vers la salle des fêtes où des portes-fenêtres en accordéon grandes ouvertes offrent une vue sur le gazon. De longs rais de lumière festive se prolongent jusque sur la terrasse, furetant, s'étirant, comme si l'on attendait encore l'invité de marque.

Il passe la soirée à dédicacer son livre, entre deux affiches de la couverture de son best-seller : *Le Coup de poing de l'amour*. Sur une table sont empilés des exemplaires de l'édition spéciale parue en l'honneur de la remise de la grand-croix de l'ordre de Léopold par le bourgmestre ce soir. Couverture rigide, lettres dorées. Titre en plus petits caractères que son nom.

Les gens se bousculent autour de la table et papa prend nonchalamment la pose à côté d'une femme en robe moulante qui s'écrie *cheese!* et se penche en avant avec enthousiasme, son ourlet remontant juste en dessous de ses fesses, qu'un homme debout devant moi examine par-dessus son verre de champagne.

Papa passe les doigts dans son épaisse chevelure brune, serre la main de la femme à l'ourlet grimpeur et joue de son charme. Il n'est pas assis derrière la table car papa ne s'assoit jamais. *S'asseoir est une faiblesse*, dit-il toujours. Il pose une chaussure luisante sur une chaise, signe son best-seller sur son genou et se livre à des plaisanteries pleines d'esprit.

Margot et moi, debout à côté d'une horloge, regardons les assistants de l'éditeur s'agiter et se dépêtrer avec la monnaie et les billets. Ma sœur appuie son menton sur mon épaule et montre papa du doigt.

« À ton avis ? C'est encore *lui* ? » demande-t-elle, et je sais ce qu'elle veut dire.

Je regarde les mains de papa, ses doigts qui tiennent le stylo, sa lèvre supérieure étroite balayée par sa moustache, et je regarde ses yeux, surtout ses yeux, parce qu'ils révèlent tout.

« C'est encore lui, dis-je d'un ton décidé.

— Non, tu te trompes.

— Ah, tu en es sûre ? »

Elle hoche la tête.

« Qu'est-ce qu'on peut faire ? me demande-t-elle.

— Il y a d'autres personnes ici, Margot. Alors ce n'est pas dangereux.

— Ce n'est pas toujours vrai. »

« Regardez qui est là ! » s'écrie papa en écartant les bras.

L'idée qu'il nous a vues me traverse l'esprit, puis je reconnais la jeune fille en robe bustier violette qui s'approche de lui d'un pas léger. Elle porte des ballerines à petits talons, ce qui lui donne une démarche dansante, comme si elle sautillait dans une comédie musicale, s'apprêtant à entonner à tout moment la chanson d'une sémillante gouvernante ou d'une jeune amoureuse sous une tonnelle autrichienne.

Papa rayonne, comme dans une comédie musicale lui aussi, et ouvre encore plus grands les bras. Il a l'expression qu'il a toujours quand il regarde la jeune fille : cet air étonné, ravi, comme s'il la voyait pour la première fois. *Someone, older and wiser.* Je sens le menton de Margot se figer, les muscles de son cou se tendre comme ceux d'un cheval de course.

« Laisse tomber, Margot. »

J'ai essayé de le chuchoter avec conviction. Je voudrais l'entraîner en direction de la piste de danse, en tout cas loin d'ici. Mais Margot n'a aucune intention de partir. Elle tient à regarder papa saisir en haut de la pile un des exemplaires de son livre, *Le Coup de poing de l'amour*, et le lui dédicacer. *Pour Daphné*, écrit-il. Ou peut-être : *pour ma Daphné.* Elle veut voir Daphné lire ses mots et rougir, venir se tenir, radieuse, à côté de lui pour la photo tandis qu'elle prend fièrement la pose, presque dans les bras élastiques de l'auteur.

« Il la trouve chouette, dis-je d'un ton léger. Il n'y a pas de mal à ça.

— Plutôt ordinaire pour une chouette fille », dit-elle d'un ton amer.

Je ne comprends pas ce qu'elle veut dire. Papa trouve Daphné chouette. Moi, je trouve Daphné chouette. Même maman trouve Daphné chouette. Au fait, est-ce que maman est déjà arrivée ? Elle était censée venir plus tard, mais elle devrait être ici maintenant. Je regarde autour de moi. Pas loin de la table de papa, à côté d'une fausse plante d'intérieur luisante, maman parle avec le bourgmestre et sa femme. Elle est resplendissante et réussit de manière exemplaire à faire croire qu'elle se préoccupe des autres, alors qu'en réalité elle se préoccupe de papa. Toujours.

« Margot ! »

Une femme carrée aux cheveux roux portant un boléro à paillettes fonce sur nous et étreint Margot en l'écrasant contre elle. Ma sœur plisse les paupières et serre les lèvres comme si elle venait de goûter quelque chose d'acide.

« C'est moi, Nicole ! dit la femme. J'ai entendu dire que tu marches sur les pas de ton père ! Premier prix, *chapeau**[1] ! »

Ma sœur acquiesce poliment et je suis certaine que nous ne savons ni l'une ni l'autre de quel premier prix parle Nicole, parce que Margot a entre-temps obtenu toute une série de premiers prix pour ce qu'elle écrit. C'est plutôt fatigant. Moi aussi j'écris, mais elle mieux que moi.

Tout le monde s'attend à ce que ma sœur veuille devenir écrivaine plus tard, comme son père célèbre. Elle n'en a pas envie, je le sais. Elle veut faire des études de médecine, pour être utile au reste du monde. Ce serait généreux, dit-elle, pas gratuit, autrement dit inutile, comme quand un écrivain fignole un livre. Ce sens de *gratuit*, c'est elle qui me l'a appris et je m'en sers souvent, parce qu'il y a beaucoup de choses dans la vie qui sont gratuites. Mais pas l'écriture. Je n'ai pas le même point de vue que Margot là-dessus, donc je n'en parle pas.

« *Magnifique** », roucoule Nicole.

Margot reste silencieuse, contrairement à d'habitude. Elle se force à sourire.

1. Tous les passages en italique suivis d'un astérisque sont en français dans le texte. *(Toutes les notes sont de la traductrice.)*

Je lui demande, en prenant exprès une voix de gamine, prête à tout pour libérer ma sœur de cette situation tendue : « On n'était pas censées danser ? »

Margot n'aime pas danser, je le sais, mais ce soir je veux la voir virevolter dans cette jupe rose sur la piste de danse, voir briller ses cheveux bruns sous la lumière disco et apparaître un sourire satisfait sur le visage de cette jeune fille enjouée et accomplie.

« Et toi, qui es-tu ? demande Nicole en me lançant un regard de côté.

— Je suis Aimée. » Elle continue de me fixer. « Sa sœur.

— Ah, dit-elle. Tu écris toi aussi ?

— Non. Allez viens, Margot. »

Je prends la main de ma sœur pour l'entraîner vers la piste de danse déserte où le groupe est visiblement enchanté de son arrivée. Ce n'est pas l'effet de mon imagination, mais la réalité. Je vois leurs yeux la fixer, leurs regards fébriles quand Margot commence à danser de tous ses membres gracieux. Margot est un papillon. Pas moi. Je suis potelée, je n'y peux rien. Maman dit que, si je suis grassouillette, c'est que je suis encore un bébé, et que je m'affinerai en grandissant. Je ne voulais vraiment pas mettre cette jupe rose. Sur Margot, le tissu tombe avec souplesse, mais sur moi, tout est un peu serré, si bien que mon ventre déborde de l'élastique comme un cupcake. Ce n'est pas agréable à porter, mais nous le faisons pour maman qui aime bien voir ses filles habillées avec la même jupe de tulle. Nous nous sommes maquillées toutes les trois ensemble, nous avons mis le même mascara et le même blush. Dans cet uniforme rose, nous sommes encore plus son troupeau : les filles qu'elle a mises au monde, qu'elle élève tandis que lui gâche tout. Mais non. Ça, je ne le comprendrai que bien plus tard.

Les lampes disco me suivent, j'ai envie de disparaître dans la chaude ivresse de la lumière et du son. Je suis presque adulte quand je danse. Une heure plus tard, je suis toujours en train de danser, Margot a arrêté depuis longtemps. La piste de danse commence à être remplie. Devant moi, un garçon se balance. Il porte un costume qui lui donne l'air plus âgé qu'il ne l'est. Il me sourit et approche. Son bras touche le mien, ce qui me fait sursauter, mais je parviens plus ou moins à le dissimuler. Il tend la main et la pose précisément sur le renflement de cupcake au-dessus de ma jupe. Je rougis, ma peau se réchauffe sous sa main, je n'ose pas le regarder. Je sais qu'il a une masse de boucles brunes et, au-dessus de sa lèvre, quelque chose qui ressemble à une moustache. C'est l'un des garçons populaires de l'école et j'ai toujours cru qu'il était amoureux de Margot. Je continue de danser tandis que ses doigts glissent sous l'élastique. Des doigts froids qui me chatouillent le bas du dos, touchent des milliers de poils fins. Tout fourmille. Pourquoi ce garçon fait-il ça ? Avec moi ? Il ne me voit pas bien, c'est sûr, sous ces lampes disco. Ou il pense que je suis Margot. Oui, ça doit être ça, il s'est trompé à cause de la jupe ! Il fait sombre et il est tard. Mais pas si sombre, tout de même ?

Brusquement le garçon retire sa main et s'en va. Au bord de la piste de danse, il se retourne et me sourit. Sans hésiter, je le suis, même si je ne sais pas pourquoi. Je pense au joueur de flûte de Hamelin. Les jambes de son pantalon étroit sont remontées et je remarque des bananes sur ses chaussettes. Nous sortons en silence, marchons sur le gazon, contournons la villa Krekelhof en direction de la rue. Maman ne serait pas d'accord que je sois ici dans la rue; dans le noir, tard le soir. Mais soudain, cela n'a pas d'importance.

Le souffle coupé, je suis le garçon en marchant sur les

pavés, nous longeons les voitures garées. Il s'arrête près d'un petit parc rond, silencieux et désert. En bordure du parc s'élève une chapelle dans laquelle une Vierge prie avec à ses pieds une rangée de bougies de neuvaine allumées. Je sens la chaleur. Je le suis, à deux centimètres au-dessus du sol. Mon cœur bat si fort qu'il doit sûrement l'entendre.

Il s'appuie contre un arbre et je viens me tenir à côté de lui. Il passe sa main droite dans ses cheveux, tout se déroule très lentement. Il se lèche la lèvre inférieure. De près, il a l'air bien plus âgé que sur la piste de danse. Sa langue qui passe sur ses lèvres a quelque chose de laid. Je ferme les yeux. Les ouvre. Les referme. Qu'est-ce qu'on vient faire là, au juste ? Sa lèvre inférieure est humide. Soudain, il me demande si j'ai envie d'être ici. J'entends mon nom.

« Qu'est-ce que tu dis ?

— Je n'ai rien dit, répond-il.

— C'était qui alors ?

— Comment ça ?

— J'ai entendu quelque chose.

— Il ne faut pas avoir peur.

— J'ai entendu mon nom.

— Je ne connais même pas ton nom, dit-il. Est-ce que ça a de l'importance ? »

Pourtant, j'entends distinctement mon nom et, au loin, je vois une chose filer entre les arbres, comme si elle avait peur d'être vue. Mais quand je me mets sur la pointe des pieds pour regarder par-dessus son épaule, je ne vois que la Vierge avec ses bougies rouges, et un peu plus loin un homme en imperméable qui promène un chien-saucisse.

« Qu'est-ce qu'il y a ? » demande le garçon d'un ton agacé, il a l'air en colère tout d'un coup et son attitude n'est plus du tout chaleureuse. « Tu n'as plus envie ?

— Je ne sais pas. J'ai vu quelqu'un. »

Il soupire. J'entends un bruissement.

« Là-bas ! dis-je en pointant du doigt la chapelle. Ça vient de *là* !

— Mais c'est la Vierge, bordel. Tu crois encore aux contes de fées ?

— Désolée. J'ai onze ans, dis-je, comme si c'était une excuse ou une raison.

— Onze ans », répète le garçon. Il crispe sa lèvre supérieure, caresse de l'index son semblant de moustache, rit et se retourne. Stupéfaite, je le vois s'éloigner dans la rue. Il secoue la tête tout le long du chemin, comme s'il n'en revenait pas d'avoir été si bête, d'avoir pu commettre une telle erreur. L'erreur, c'est moi.

Il fait sombre. Encore plus sombre tout à coup. Je m'appuie contre l'arbre, je ne sais pas trop quoi faire. De l'autre côté, l'homme en imperméable m'épie, puis s'intéresse de nouveau à son chien qui pisse contre un poteau. Je détourne vite le regard.

Il fait frais. Je sais ce que Margot dira tout à l'heure quand je lui raconterai : *tu recommences à te faire des idées, mon poussin. Ce que tu es allée te mettre dans la tête, ce n'est pas la réalité.* La plupart du temps, elle a raison. Mes chaussons me font mal, tellement j'ai dansé. Je les retire.

Comme je n'ai pas encore envie de rentrer, je reste debout devant la Vierge. Je regarde fixement les bougies de couleurs vives à travers un fin entrecroisement de barreaux torsadés entre lesquels sont coincées des prières. Je n'ose pas les lire. Elle a quelque chose de triste, Marie. Toujours. Elle a presque toujours la tête inclinée, même quand elle ne regarde pas Jésus. *Pleine de grâce*, est-il écrit en lettres argentées sur le mur blanc. A-t-on cette expression quand on est pleine de grâce ? Est-ce qu'on a la tête inclinée ? Je ne connais personne qui marche la tête inclinée. Sauf maman, parfois.

« Aimée... » Mon nom. À voix haute et intelligible. Non, je ne me suis pas fait des idées. Je regarde farouchement autour de moi, sans voir personne. Je me retourne vers la statue silencieuse de la Vierge. Je ne suis pas folle. J'ai beaucoup d'imagination, mais je ne suis pas folle.

« Aimée... » Encore une fois. La voix vient de plus loin, de derrière la chapelle en pierre. Prudemment, les pieds nus sur l'herbe, je fais le tour de la chapelle. Dans l'obscurité, devant la porte en acier derrière Marie, je la vois plantée là.

Elle est nue. Ses bras pendent de chaque côté comme des branches mortes. Sa peau est couverte d'éraflures. La lumière rouge d'une veilleuse lui éclaire les épaules. Dans son poing gauche, elle serre une robe violette.

« Daphné ?

— Aide-moi », dit-elle et je vois à présent le sang couler le long de son pubis, sur ses cuisses. Des lignes épaisses, d'un rouge intense. Je veux dire quelque chose mais je n'ai plus de voix. Il ne me vient qu'une chose à l'esprit : papa. Papa doit nous aider.

Mais Daphné ne sera pas aidée. Daphné disparaîtra ce soir-là sans laisser de trace. Je serai inquiète, mais aussi courageuse et ferai tout mon possible. Dans dix minutes, je monterai dans une voiture qui aura un accident. Dans une demi-heure je perdrai tout ce qui m'est cher.

Mais je ne le sais pas encore.

PREMIÈRE PARTIE

Le #momentAimée

Amsterdam

AIMÉE

300 K followers

« C'est fini.

— Déjà ?

— Tu n'écoutes pas.

— Si j'écoute, Mo. C'était déjà fini. »

Des lamelles de betterave sur des raviolis aux truffes. Une assiette, un verre. Il faut regarder des choses appétissantes. Pas lui.

« Maintenant, je vais vraiment arrêter, complètement. Pas seulement pour nos amis, Aimée, mais pour la galerie.

— La galerie », je répète le mot parce que je le trouve ridicule. « Pas de problème », dis-je en regardant fixement la longue table que j'ai photographiée hier à l'occasion de notre dîner anniversaire virtuel. La scène était magnifique : deux assiettes en porcelaine vintage avec un repas préparé par le chef du restaurant Rijks à Amsterdam et du vin rouge reçu de nos amis dans le sud de la France. Et bien évidemment, une citation d'une influenceuse avant la lettre, Virginia Woolf : *On ne peut bien penser, bien aimer ou bien dormir, si on n'a pas bien dîné.*

Je n'en ai pas goûté une seule bouchée, car après la

photo et la légende, tout avait refroidi. À présent, les lamelles de betterave pendent mollement sur les raviolis, les serviettes se sont desserrées autour des couverts et le vin rouge a une odeur aigre.

« C'est quoi, ça ? » demande-t-il, en montrant cette nature morte qui soudain semble représenter mon plus profond désir. Exposé sous son nez.

« Une table.

— Non, dessus.

— Une photo. Pour Instagram. Notre anniversaire, hier. On est supposés être ensemble depuis un an.

— Aimée...

— Tu as dit que je pouvais continuer à poster. Pour ma carrière.

— Ta carrière, soupire-t-il. Depuis tout ce temps, je n'ai jamais voulu y participer.

— Nous n'avons été ensemble que six mois, Mo. »

Mais il a raison. Mohammed, originaire de Twisk, n'était même pas un acteur, mais un accessoire, le figurant parfaitement sélectionné : le sportif connu qui s'est glissé entre les draps de l'influenceuse à succès. Nous vivions une histoire que nous partagions avec le reste du monde et qui ne pouvait donc plus être la nôtre. Image après image, nous cédions tout. Nous n'arrivions même plus à passer des soirées tranquilles sur le canapé en écoutant de la musique et en buvant un verre de vin parce que après cinq séances de détente instagrammées il a commencé à éviter le canapé aussi.

« Tu savais que ça allait se terminer », dit-il. Je secoue la tête, mais je le savais. Depuis l'Italie, quand nous avions pris l'avion pour Venise aux frais d'une marque de lingerie. Dans un palais au bord de l'eau avec des gondoles qui passaient et des rideaux transparents, soufflés par le vent, qui gonflaient à l'intérieur comme des bulles de savon, il a commencé à protester : « Je ne veux plus me lever à cinq heures du matin parce que la place est vide à ce moment-là, je ne suis pas ton esclave d'Instagram ! » Deux semaines après, il rompait. Et maintenant, six mois plus tard, pour la galerie.

J'ai été bête. Au fil des mois où nous ne nous sommes pas vus, j'ai posté des photos de notre appartement rempli de bougies, de lumières tamisées et de coussins ; de fêtes inoubliables où d'après les légendes nous étions ensemble ; de notre dîner d'anniversaire formidable. Parce qu'en tombant sur ces images il changerait peut-être d'avis et rassemblerait son courage pour liker un de mes posts et moi, j'aurais une excuse pour afficher un pouce levé et lui demander de ses nouvelles. Et si on se voyait ? En souvenir du bon vieux temps ? Un petit café ? Un verre de vin, peut-être ? Ça ne s'est pas passé de cette manière. Mes posts, au lieu de compenser une réalité indésirable, se sont traînés derrière les faits comme un enfant geignard.

Je demande à Mo comment il voit les choses et il répond qu'il ne voit rien, qu'il a quelqu'un d'autre et qu'il veut pouvoir marcher avec elle dans la rue sans que des inconnus lui adressent la parole. Il veut retrouver sa liberté et je comprends ce qu'il veut dire.

« J'ai besoin de temps, dis-je. Pour assimiler cette nouvelle – sur mes *socials*, je veux dire. »

Parce que je ne sais absolument pas comment raconter ça à mes trois cent mille abonnés, pour qui notre relation éclatante n'a pas une égratignure. Il va falloir que je monte l'info en épingle pour la transformer en Grand Choc, je vais jouer les victimes et faire de Mo un monstre. *Comment a-t-il osé ? Sans prévenir ? Coucher avec une autre ?*

« Pas moi.

— Comment ça ?

— Je n'ai pas le temps. C'est fini. Ce n'est pas juste.

— Pas *juste* ? » Ma voix se casse. « Qu'est-ce que tu ne trouves pas *juste*, exactement ? Alors que tu viens ici l'air de rien m'annoncer que ma carrière est peut-être foutue ?

— N'en fais pas tout un plat, Aimée.

— Allez, tire-toi, dis-je. Emmène ton cabot frétiller ailleurs !

— Ce n'est pas...

— Wouf ! »

J'aboie, mais je me sens faible. J'ai honte. Comme les chiens qui aboient fort, je ne suis pas fâchée, mais j'ai peur. Encore un autre de perdu. Je n'arrive pas à les garder, ça se passe bien un moment puis soudain c'est fini. Le cabot, c'est moi.

Mo me regarde et forme un T avec ses mains, un signe dont nous avons convenu il y a longtemps. Un T. Pour apaiser chaque dispute. Pour l'apaiser, mais pas la désamorcer.

« Je t'apprécie comme amie, dit-il. Mais ça, ce n'est plus vivable. Aux yeux du monde extérieur, nous sommes encore ensemble, nous vivons heureux tous les deux ici, il y en a même qui font des pronostics sur un bébé. »

Le bébé. Et c'est lui qui aborde le sujet.

« Je n'ai jamais parlé d'un bébé, dis-je en chuchotant.

— Tu as posté une photo de trois bonnets identiques : deux grands et un petit, avec une citation de je ne sais plus quelle auteure sur la maternité. On ne peut pas être plus suggestif !

— Je n'ai jamais parlé de bébé à mes followers.

— Aimée, il n'y a pas un seul jour sans que ce bébé

virtuel apparaisse dans mes mails et mes applis. Même les voisins me posent des questions.

— *Ce* bébé », je répète, blessée, parce qu'il semble trouver le sujet futile, une poussière sur la rétine à retirer le plus vite possible en se frottant l'œil.

« Il n'y a *pas* de bébé, Aimée. »

Non, même si ç'aurait été génial pour faire marcher le business. Chantal avait été enthousiasmée par le concept : un bébé né de l'amour générerait une flopée de nouvelles *collabs*. Seulement voilà : le bébé en était à la phase conceptuelle, la conception ne s'était pas concrétisée.

« Et d'ailleurs, dit Mo, comment ma petite amie vit tout ça, tu y as pensé ? »

Si j'ai pensé à ce que ressent sa petite amie ? J'ai envie de rire, mais quelque chose craque, une douleur intense m'élance la jambe. Par réflexe, je me retourne, trop vite. Je fais de grands moulinets avec mes bras, ma main touche un verre de vin qui se renverse sur le tapis. J'agrippe fermement la table, pousse un juron et là je sais : autrefois, il se serait approché, m'aurait regardée avec compassion et on se serait réconciliés. À présent, il reste planté là à me fixer d'un air résigné. C'est fini.

« Je ne partirai pas avant que tu me dises que tu m'as compris, Aimée. » J'acquiesce. J'ai compris. « Parfait. Ça m'est bien égal, la manière dont tu vas présenter les choses sur tes *socials*, j'espère que c'est bien clair, OK ? » Il tourne les talons et s'en va.

Je me dirige vers la porte et la claque. Les verres du vitrail tremblent. J'appuie mon épaule sur le bois, mon oreille contre le verre, et j'écoute le martèlement des talons de Mo sur les marches de l'escalier, toujours plus lointain et étouffé, jusqu'à ce que les impacts ne soient plus qu'un cliquètement qui finit par disparaître. La fin d'un bruit. J'ai si souvent entendu ces mêmes pas dans l'escalier, sans y faire particulièrement attention. Maintenant j'en reconnais le son. Le bruit d'une fin.

Les fins sont traîtresses parce qu'elles vous renvoient toujours au début. Nous étions si heureux dans cet appartement haut de plafond, avec son carrelage noir et blanc, ses fenêtres impossibles à obscurcir et son balcon donnant sur le pittoresque Lauriergracht. Nous l'avions loué ensemble, l'endroit idéal pour un nid d'amour dont le contenu moi-aussi-j'en-ai-envie exploserait sur l'écran du smartphone. Nous avons profité pendant deux mois de notre nid puis l'oiseau s'est envolé.

Il n'avait pas beaucoup d'affaires. Moi encore moins. La maison est pleine, mais rien ne m'appartient vraiment. Ni le plan de travail en pierre avec les hautes chaises brillantes, ni les placards intégrés ou l'imposante rangée de casseroles suspendues, ou le Chesterfield plus grand que nature en cuir beige aux charmantes déchirures, ou les peaux de mouton, les plantes grasses et les petits tapis couleur pastel. Tout dans cette maison est le résultat d'un troc contre de belles images. Tout a bazardé son âme en échange de likes.

Je m'effondre sur le canapé et regarde droit vers la lumière du jour, qui me pique les yeux. J'aime cette lumière parce qu'elle est pure et n'appartient à personne. Idéalement, je serais restée assise pour voir cette lumière s'atténuer d'heure en heure, de minute en minute. Mais ce n'est pas possible, je suis attendue quelque part, comme toujours : une inauguration, un gala caritatif, un défilé de mode.

Chaque jour, les marchandises affluent, des cartons entiers. Je leur ai consacré une pièce où Chantal a conçu un système d'étagères et de données, afin que chaque expéditeur obtienne une réaction à temps. Le contenu des cartons est toujours flambant neuf, envoyé directement de l'usine à l'influenceuse avant même d'arriver dans les boutiques. Quotidiennement, je pousse des colis de la porte d'entrée vers la pièce aux cartons. Chantal les déballe, elle s'en réjouit. La nouveauté ne m'a jamais vraiment attirée. J'aime les toasts rassis, les pulls favoris qui n'en finissent plus de godailler, les voitures d'occasion aux pare-chocs cabossés, les verres français vintage.

Je m'agenouille avec précaution pour extraire les bouts de verre du tapis berbère blanc qui ressemble à un mouton ensanglanté. Nous l'avons acheté au Maroc à un homme qui tenait un étal au bord d'un sentier sableux et n'avait jamais entendu parler d'Instagram, mais qui a gentiment posé une demi-heure avec nous. De manière totalement déplacée, Mo a passé paternellement un bras autour de ses épaules. L'homme continuait de sourire à l'objectif, encore plus longtemps que j'y parvenais moi-même. Il nous prenait sûrement pour des idiots. Peut-être avait-il raison.

Amsterdam

AIMÉE

300 K followers

Je suis en retard. Vêtue d'un smoking blanc qui lui sied à merveille, Chantal se dirige vers moi. Finalement, de nous deux, c'est elle qui aurait dû être l'influenceuse, cela aurait été plus logique. Je me faufile en passant à côté d'un mannequin aux abdos en tablette de chocolat qui ne porte qu'un Speedo et des claquettes de luxe et passe sa soirée à faire des petites croix sur un iPad. Il me voit et me reconnaît, je poursuis mon chemin.

La musique est assourdissante et la piscine déborde d'invités qui baignent dans l'argent, les stupéfiants, le succès : tout ce qui a de la valeur dans le décor shabby chic de ce bâtiment Art déco vacant où on lance une ligne de bijoux haut de gamme. Clic. Clic.

Le jeu commence. Tout le monde en connaît le but et chacun y participe de manière exemplaire : le carrelage en mosaïque brille sous l'éclairage festif, la pataugeoire a été transformée en bar à cocktails, près des douches trois maîtres nageurs coiffés de toques de cuisinier servent des demi-homards fumés, on danse sous les lampes écarlates au-dessus d'une piscine vide où les lueurs rouges rappellent une couveuse. Des vidéos, des photos sont prises sans interruption, car tout l'intérêt est là : il faut être vus, par des yeux qui comptent vraiment. Inoubliabiliser la soirée à l'aide d'un smartphone : le regard suprême. Taguer et réseauter. Multiplier les likes et les followers comme des Gremlins dans de l'eau douce. *Bright light!*

Chantal pointe le doigt vers mon poignet, d'un air affolé : « Il est où ? » Je ne comprends le problème que maintenant : dans la précipitation, j'ai oublié mon bracelet à la maison. La seule contribution exigée : porter un bracelet. Même à ça, je n'ai pas pensé. Les choses m'échappent et Chantal le sait. « Comment t'as pu ? » demande-t-elle en secouant la tête. « Attends-moi ici, dit-elle. Je vais en dégoter un nouveau. Bouge pas. » Elle s'éloigne, exaspérée.

Je m'appuie contre un pilier et regarde fixement un DJ qui mixe pendant qu'une chanteuse improvise. Perchée sur des hauts talons, une blonde éblouissante distribue de petits bavoirs. Je n'ai jamais rêvé de ça. Il m'arrive encore de me sentir étrangère à ce milieu, alors que j'en fais partie depuis des années. J'en suis actrice. À contrecœur.

Je ne comprends pas la nouvelle Aimée, a dit Margot une fois, comme si elle parlait d'un chiot mouillé récupéré dans un refuge. Je me suis sentie blessée. Ma sœur fait mine de ne rien comprendre à mon succès, alors qu'elle sait mieux que quiconque comment c'est arrivé. Peut-être qu'elle ne veut pas que j'aie du succès. La fille prometteuse, c'était toujours Margot.

« Comment as-tu pu oublier une chose pareille, Aimée ? Sérieusement ! »

Chantal s'affaire avec un écrin dont elle finit par extraire un bracelet étincelant.

« Mo, dis-je. Il est venu à la maison. Il veut qu'on arrête. »

Chantal lève les yeux, la bouche crispée. Elle est agacée, mais prétend le contraire.

« OK, dit-elle. Aucun problème. Nous allons réfléchir à Mo, mais pas maintenant. Viens, je vais t'aider. »

Ses doigts graciles referment avec un déclic le bracelet. Il est trop serré. Je le trouve laid.

« Je ne suis pas d'humeur, Chantal, je ne peux tout de même pas faire la fête maintenant, pas avec Mo et tout ce qui s'est passé.

— Oh, Aimée, il se passe tant de choses. Et je ne connais personne qui soit capable de déformer la réalité aussi élégamment que toi. Fais appel à ton imagination ! » Elle me tapote deux fois l'avant-bras et agite la main : « *Do your thing !* » Je pense aux taxis à qui on dit de se débrouiller.

Flânant à travers la foule, je vois des visages qui me sourient en hochant la tête. Je leur réponds en hochant la tête moi aussi et me mets en quête du bar, en évoluant dans ce biotope bourdonnant de la nouvelle Aimée, l'univers étourdissant où elle s'aventure chaque jour. Cela n'a pas été un choix, non, la nouvelle Aimée est survenue par accident, une tirade furieuse, filmée en pleine nuit par quelqu'un qui n'avait pas le droit de le faire.

Saul venait d'avoir soixante ans et, tandis que la zone linguistique néerlandophone y consacrait toute son attention, j'essayais d'oublier son anniversaire du mieux possible. Cette nuit-là, je déambulais d'un club à l'autre à Amsterdam et quand, à la fermeture du dernier, je me suis retrouvée en robe courte trempée de sueur dans la rue, quelqu'un m'a demandé ce que je pensais de mon père célèbre qui aujourd'hui fêtait son anniversaire. J'étais ivre et j'ai répondu.

Deux jours plus tard, la VRT, l'organisme de radio et

télédiffusion flamande, diffusait une émission en direct avec Saul comme invité d'honneur. *Et maintenant quelque chose de très spécial*, a dit l'aimable présentateur, *si vous voulez bien regarder votre écran, monsieur Mertens.* L'image d'une jeune femme en robe courte dorée devant l'entrée d'un club est apparue. Elle s'était appliquée cette fois-ci, en restant particulièrement longtemps devant son miroir : rouge à lèvres rouge vif et paillettes sur les yeux. Il bruinait cette nuit-là, les pavés brillaient sous la pluie. La jeune femme avait une démarche chancelante, instable. Ses mouvements ressemblaient à une danse, triste mais fascinante. *Ascenseur pour l'échafaud**. Elle s'est dirigée vers la caméra et, quand elle a commencé à parler, son regard dévorait l'objectif.

Ce que je pense de mon prétendu père ? Qu'il peut aller se faire voir, là-bas en Flandre, avec son soi-disant chef-d'œuvre, ses personnages éculés, ses petits mecs rancuniers entre deux âges, si maussades, si blasés, qui se cherchent dans un monde où les femmes ne sont là que pour baiser ou enfanter et, dans certains cas, les deux. Moi je dis : *fuck it ! Fuck* son succès qui n'existe que grâce à d'autres hommes entre deux âges qui, comme par hasard, font la pluie et le beau temps dans ce paysage littéraire prétendument multicolore, mais en fait blanc et gris et prévisible et étouffant et hypocrite. *Fuck* son cynisme ras des pâquerettes et uniforme et son sarcasme qui passe pour une profonde compréhension de l'âme humaine. Tu sais ce qu'il fait avec les femmes dans sa vie ? Exactement ce qu'il fait avec elles dans ses romans : il les engloutit. Il les consume. Il se promène en criant : « Je veux baiser quelque chose ! » Et les autres écrivains rient et le trouvent fantastique car ses textes sont à l'origine d'une existence littéraire passionnante. Mais je ne suis pas un auteur, je suis sa fille. Et je dis : dégage, toi et tes perles misogynes ! Je te connais depuis ma naissance, toi et ta clique d'écrivains m'as-tu-vu, et je vais te dire une chose : je ne suis pas une pute et tu n'es pas un héros. Tu ne vaux rien. Tu sais très bien ce que tu es. Je le dis ? Et si je vendais la mèche ? Un écrivain médiocre bordel !

Une heure plus tard, la fête dans la piscine est à son comble, partout on danse. Le carrelage de la piscine est jonché de verres vides, de barquettes de frites en carton éclaboussées de mayonnaise et de restes de homard. Entre deux palmiers, je commande un double Moscow Mule que j'aspire bruyamment comme de la limonade. Peu importe qui le voit, nous buvons tous trop.

Avec lassitude, je prends la photo obligée du cocktail avec le bracelet autour de mon poignet. L'image est d'un ennui, mais avec le bon filtre, il y a toujours quelque chose à en tirer. *C'est l'espace entre un événement et sa restitution*, dit Chantal, *qui constitue notre terrain de chasse*.

Je me dirige vers un petit banc étroit à côté de la piscine où autrefois de fiers parents s'asseyaient pour voir leurs enfants faire leurs premiers sauts dans le grand bain avec leurs bras serrés dans des brassards gonflables, ou obtenir leurs diplômes de plongée, sous des applaudissements de soulagement. À présent, le bassin est rempli d'une foule dansante, tourbillonnante, qui se balance et transpire. Et je participe. Je glisse au-dessus de la piste de danse comme un colibri fou, bats des ailes en effleurant des crânes, des aisselles, des bras et des visages luisants, volette à toute vitesse, sens le rythme, deviens la mélodie.

Un cinéaste du nom de Serge, qui tourne des documentaires sous-marins, est assis à côté de moi. Cela fait déjà une demi-heure qu'il essaie d'engager la conversation. Il parle d'animaux marins, de combinaisons de plongée et de l'importance du plancton. Je marmonne de temps en temps une réponse. Il ne comprend pas que je suis en train de danser.

« Tu as de beaux yeux », dit-il.

Il se glisse un peu plus près sur le banc, se penche en avant et approche ses lèvres de ma bouche. Je le regarde.

« Toi, tu es lisse et visqueux.

— Visqueux ?

— Avec ton plancton et tes pingouins. »

Je pose une main sur sa poitrine pour le tâter ou le repousser.

« Il se trouve que les pingouins sont des animaux très intelligents.

— Très certainement.

— Sensibles, aussi.

— Ils ne savent même pas voler, alors qu'ils ont des ailes.

— Et toi tu ne danses pas, alors que tu as des jambes.

— Mais si. »

Il sourit et, brusquement, en une seconde qui s'étire, il introduit sa langue entre mes lèvres. Je la laisse remuer, humide et avide, dans ma bouche. Je ferme les yeux. Il baisse la fermeture de ma combinaison pour en ouvrir le col, embrasse le liseré en dentelle de mon soutien-gorge. Il me tâte la taille, fait glisser ses doigts sur mes cuisses vers le bas et s'immobilise. Ses mains se figent.

Je vois qu'il cherche ses mots parce qu'il sent à la hauteur de mon genou quelque chose qui ne devrait pas être là. Ou parce qu'il ne sent *pas* quelque chose qui devrait y être. Il est difficile de désigner un handicap. Les plus beaux parleurs se mettent à bégayer quand il est question de ma jambe, soudain ils veulent prendre des précautions, dire ce qu'il convient, enrober leur langage, choisir leurs mots avec des pincettes. Ils ne se rendent pas compte qu'en faisant cela, ils gâchent tout.

Je tends la jambe et relève l'ourlet droit de ma combinaison pour qu'il voie la tige en titane, la cheville mécanique dépassant de ma basket, la prothèse fixée à mon moignon sous ma combinaison de styliste. Mon semblant de jambe.

« Alors c'est toi, dit-il étonné. Cette influenceuse unijambiste qui a traité son père de sexiste à la télévision.

— Je ne suis pas sûre.

— Mais si, j'ai vu la vidéo : tu étais déchaînée, tu as dit de lui que c'était un écrivain raté. » Je prends une profonde inspiration. Toujours cette vidéo qui resurgit, le #momentAimée. Un fragment de ma vie au fond sans importance qui a pourtant tout changé définitivement. Je ne peux pas revenir en arrière. Le #momentAimée a fait celle que je suis devenue. Ma tirade en état d'ivresse, la célébrité de mon père, la jupe ultracourte exposant ma jambe en titane sans vergogne. Qui sait pourquoi l'information est virale à présent, quelle corde postmoderne la vidéo a-t-elle touchée ? J'ai gagné des followers. Je me suis fait connaître. Soudain j'étais cette influenceuse. Cela me plaît. Cela me dégoûte. Si le #momentAimée n'avait pas existé, Serge et moi serions toujours en train de nous embrasser maintenant ; si le #momentAimée n'avait pas existé, personne ne saurait qui je suis. Peut-être que j'existe seulement depuis le #momentAimée.

Serge tripote sa ceinture et hésite à coucher avec une influenceuse qui a publiquement humilié son père. Peut-être même qu'il se demande si c'est possible, avec cette prothèse.

Je croise les mains sur mon moignon. Je déteste mon moignon, je l'aime. Parfois j'oublie qu'il me manque une jambe, surtout quand je suis ivre. Ma jambe n'est plus là, mais j'ai l'impression qu'elle existe encore. De même que j'ai l'impression de trahir Mo, alors que cela ne va plus depuis des mois.

Je suis aveugle. Je ne vois pas ce qui a disparu. Je me lève et remonte la fermeture de ma combinaison. Mo en a une autre. Moi, j'ai des fantômes.

Bruges

MARGOT

Lundi 6 septembre

Comment ai-je atterri ici ? Je me le demande parfois. Question idiote, bien sûr, parce que je connais parfaitement les choix qui m'ont amenée ici, dans cet hôpital, cette salle d'opération, ce chaos sanglant quotidien.

Elle était déjà prête quand je suis arrivée devant les portes battantes des urgences. Elle a incliné la tête de côté, comme elle le fait toujours avant que cela commence. Je mastique un grain de raisin sec pour la convaincre que je mange. Parfois, je pense qu'il suffit à Tamara de me regarder pour savoir dans quel état je suis, qu'elle est capable de me radiographier avec ses yeux et qu'elle sait à quoi je passe mon temps. C'est faux, bien sûr. Je fais très attention.

Les portes étaient encore fermées et, à travers les vitres, je voyais la pluie dehors. Le vent soufflait fort et j'avais averti Simon avant de partir qu'il devait fermer les volets de la fenêtre. Notre maison est à la merci du vent qui s'infiltre partout et fait tout claquer et trembler. Je n'arrive pas à supporter ce bruit. Il me rappelle la ferme.

Un jour, une branche qui s'est cassée a transpercé la

vitre ; sur le sol à côté du bureau de Simon, des feuilles mouillées étaient éparpillées dans une mare de verre. Il n'était pas à la maison, je n'ai pas eu de frayeur. L'air froid de l'extérieur agitait mes cheveux, j'ai vu les éclats sur le tapis et la lumière de la lampe de bureau se refléter même dans les fragments les plus petits. Cela m'a bouleversée. Quand je l'ai raconté plus tard à Simon, il était effaré. Tout ce qu'il voulait savoir, c'était pourquoi je n'avais pas encore retiré le verre. Les débris étaient restés là toute la soirée. Et si notre chatte Fanta avait marché dessus par accident ? *Que se serait-il passé ?*

Les portes battantes s'ouvrent brutalement. Deux infirmières courent derrière un brancard. « Lara de Cock. Vingt ans. Traumatisme aigu. Choc entre un cycliste et une voiture. Risque d'obstruction des voies respiratoires. Blessure à la tête, fracture à la jambe, entaille dans le flanc droit, hémorragie interne possible. » Je vois une des infirmières appuyer sur la plaie pour arrêter l'écoulement du sang.

« Lara, tu m'entends ? » Je me penche au-dessus de la patiente : une enfant encore, des yeux vitreux, du sang ruisselle d'une blessure à la tête, qu'on étanche. « Tu es à l'hôpital, Lara, tu m'entends ? Nous allons t'examiner. » Intubation, perfusion. « Nous allons te déplacer. Ne bouge pas. Tout va bien se passer. » Toujours rester le plus vague possible : tout va bien se passer. Même quand on sait, avec dix ans d'expérience, que cela ne va pas bien se passer.

En trente secondes, nous sommes six autour du lit, des câbles serpentent sur sa poitrine. Le bruit râpeux de ciseaux qui découpent le vêtement. La plaie profonde continue de saigner, la chair à vif et les morceaux d'intestin qui débordent de la peau déchirée ondulent comme des anguilles rouges.

« Appuie, appuie plus fort ! » Mes mains agissent vite, détachées de mes pensées. J'observe ce qui se passe, reconnais ce que je vois et exécute les bons gestes, mais ma tête est à deux endroits. C'est ce qu'on m'a appris : trop de compassion peut être mortel. D'un côté comme de l'autre.

La semaine dernière, j'ai demandé à Simon si nous pouvions aller dîner ensemble à l'occasion, par exemple dans le restaurant grec de notre premier rendez-vous. Ça fait longtemps, lui ai-je dit, et je trouve que ce serait romantique, une sortie à nouveau tous les deux. J'écarte le tissu des jambes du pantalon, j'observe la peau, les muscles visqueux à nu, l'os cassé. *Simon a levé les yeux de son livre et j'ai eu un choc. Il avait un regard doux, désarmé, mais toute cette douceur était traversée par une éraflure. J'ai compris avec effroi que c'était de la pitié. Il m'a parlé d'une femme qu'il avait rencontrée en France. Une Française.*

« Ça fait longtemps ? » La pendule au-dessus du lit. « Lara, tu m'entends ? » Les battements sur le moniteur ralentissent. Trois minutes et les saignements n'ont toujours pas cessé. Un stagiaire part, livide. Cela dure trop longtemps. *La pitié est le chant du cygne de toute relation, ai-je lu quelque part. J'ai encore essayé de détourner le regard, de faire comme si rien n'avait été dit, mais sa pitié m'avait rattrapée depuis longtemps.* Le téléphone direct, pour prévenir la salle d'op, la prochaine équipe est prête, la relève. *Une Française.*

J'annonce : « Salle d'op 2 », puis m'adresse au stagiaire : « Toi, tu restes ici. Bois de l'eau. Assieds-toi. » Nous avançons en toute hâte dans le couloir, poussons le lit à roulettes sur les lignes aux couleurs enfantines qui foisonnent dans l'hôpital. Cinq personnes marchent à petits pas, plaquées contre le lit, se déplaçant comme une seule entité. *Autrefois*

Simon et moi formions une seule entité. Je ne sais plus exactement quand ça s'est arrêté. Quand être ensemble s'est arrêté. Est-ce qu'on finit un jour par le savoir ?

Quand nous sommes dans l'ascenseur, son cœur s'arrête. J'amorce la réanimation. La ligne reste horizontale. Je continue. *Il ne faut pas la perdre, il ne faut pas perdre une personne de plus.* Un battement de cœur fragile, presque indiscernable, une ride sur la ligne. Je transpire, son flanc étroit continue de saigner, les infirmières appuient. Nouveaux battements, faibles, mais tout de même. Assez pour la déplacer avec précaution vers la salle d'opération et la confier à l'équipe suivante. *La Française.* Je regarde Lara disparaître rapidement derrière les portes battantes.

Hochements de têtes et bruit du latex qu'on ôte des mains, qui me rappelle le son produit quand on noue des ballons. « Bravo, Margot. » Je souris faiblement. Les surblouses en plastique tachées de sang sont retirées et jetées dans les poubelles. Nous avons terminé, c'est au tour du suivant. Aucune garde n'est la même, mais toutes les gardes sont oppressantes, rudes. Madame la bouchère. Voilà comment mon père m'a appelée un jour. *Madame la bouchère, c'est ce que tu es*, et il semblait fier parce que les bouchères supportent la vue du sang. Papa aime parler de la mort, qu'il ne considère pas comme une ennemie mais comme une compagne, et il m'admire parce qu'il pense que j'ai le même point de vue. Il pense que je lui ressemble.

Il est trois heures et demie du matin quand je me dirige vers les toilettes des femmes du département de pédiatrie. Je tends la main sous un distributeur de savon qui crache une bouillasse stérilisante. Je me vois : des cheveux noirs décoiffés glissés sous une charlotte en papier, un masque pendouillant sous mes larges mâchoires, des yeux fragiles. Je vais dans la cabine tout au fond et ferme la porte.

Ma main fouille dans la poche de mon pantalon, allez encore un peu. Je sais parfaitement doser. Je n'exagère pas, je fais juste en sorte de pouvoir exceller dans mon métier. Je sais précisément quel médicament me rend meilleure, la meilleure. Je pense à Lara, à son jeune visage tuméfié, à Simon qui doit se rendre de plus en plus souvent à Paris, à Aimée. Naïve Aimée. Elle devrait avoir honte. J'appuie sur la plaquette et j'avale.

Amsterdam

AIMÉE

303 K followers

Serge a décidé qu'il peut avoir une relation sexuelle avec une féministe. Nous grimpons à toute allure les marches de mon immeuble, lui avec son sac rempli de tubas et moi avec mon semblant de jambe qui ce soir a fonctionné avec une étonnante souplesse. Le sexe était comme un jeu, nous nous sommes entortillés, léchés, aspirés, caressés, culbutés, esclaffés : tout était possible. Même la barbe de Serge n'était pas un problème. D'habitude les barbes me rebutent – pas ce soir.

Il est ensuite resté assis, détendu parmi les oreillers, à me regarder avec des yeux brillants. Il avait l'air heureux, ce qui me mettait mal à l'aise. Je suis allée dans la cuisine pour préparer deux expressos, que nous avons bus au lit. Il était étonné de me voir arriver avec les expressos parce que le matin était encore loin. Il avait raison, d'ailleurs. Ce n'était pas le matin, mais c'était tactique. J'espérais que le café le requinquerait et qu'il filerait de mon lit pour rentrer chez lui à vélo. Mais une fois notre café terminé, il s'est retourné sur le côté et endormi.

Je suis éveillée dans mon lit. Je fixe son grossier sac de

marin d'où dépasse une palme comme s'il avait plongé directement du plancton dans ma chambre. Son visage a quelque chose d'un poisson, avec ses lèvres charnues, ses paupières bombées, ses joues rouges un peu pendantes. Plus je le regarde, plus il ressemble à un poisson. Je ferme les yeux, je pourrais encore prétendre que j'essaie de m'assoupir, mais je sais que je ne m'endormirai pas. J'écarte le drap et me lève sans le réveiller. J'enfile un peignoir et me dirige pieds nus vers la cuisine.

Il fait sombre dans l'appartement, du moins aussi sombre que c'est possible la nuit, à Amsterdam. Il y a toujours cette lueur orange des vieux lampadaires, une lumière flamboyante derrière les fenêtres qui donne l'impression que le monde brûle dehors. Autrefois, cela m'agaçait, ce jamais-obscur. À Damme, l'obscurité était totale et, dans le jardin, on ne voyait pratiquement pas devant soi quand il n'y avait qu'un croissant de lune. À l'époque, tout était sombre. Depuis, j'ai fini par apprécier la lumière.

Je regarde ma cuisine ouverte comme un plateau de tournage : le décor de la vie que je mets en images. Je ne sais pas si j'ai vraiment un petit creux mais, comme le veut le cliché, j'ouvre le réfrigérateur. Évidemment, il n'y a rien dedans parce que je n'y ai rien mis c'était toujours Mo qui faisait les courses. Tandis que je fixe les étagères vides, j'entends mon portable bourdonner. Je le sors de la poche de mon peignoir. Qui m'appelle, à trois heures et demie du matin ? Sur l'écran s'affiche : PAPA ? et je me pétrifie.

PAPA ? ne m'appelle jamais. Il y a des années, j'ai cessé volontairement de parler à PAPA ?, ce que Margot juge impitoyable et puéril de ma part. Elle ne comprend pas. Elle voit les choses autrement et je ne peux pas les voir autrement. Je ne sais pas si cela me rend forte ou bornée.

Le bourdonnement de PAPA ? persiste. Je ne réponds pas. Ça ne va pas se passer comme ça. On ne brise pas un silence sur un coup de tête, en appuyant sur un bouton. Je m'approche du plan de travail et me sers un verre d'eau. Je bois pendant que PAPA ? continue de bourdonner.

Pourquoi Saul appelle-t-il aussi tard ? Il doit sûrement être ivre. Il y a des années, il a aussi eu l'idée d'appeler une fois. Il pleurait sur ma messagerie téléphonique : *Aimée, pardonne-moi, j'aurai des remords toute ma vie.* Mais quand je l'ai rappelé le lendemain matin, il avait déjà oublié ses remords à vie. Il ne se souvenait plus de rien. *Je t'ai appelée ? Quelle idée ! Pourquoi j'aurais fait une chose pareille ?*

À présent, PAPA ? ne cesse de bourdonner. Pourtant, je n'ai pas le cœur d'appuyer sur l'écran pour me débarrasser de lui. Nerveusement, je me rends dans les paramètres pour mettre sur silencieux, pour ne plus avoir à supporter ça : sa main tendue, ce PAPA ? qui ne cesse de vibrer. Je cherche et je swipe et je ne sais pas ce qui se passe, ce doit être instinctif, un bug génétique, peut-être. Mon index répond.

« Aimée ? » Au ton de sa voix, Saul semble abasourdi. « Aimée, c'est toi, vraiment ?

— Je crois, oui.

— Quoi, pourquoi ?

— C'est toi qui as appelé.

— Oui. C'est vrai. »

Silence. Sa respiration semble agitée. Des secondes s'écoulent, pleines de mots possibles. Je ne les entends pas. Je les sens.

« Qu'est-ce qu'il y a ? je lui demande.

— Qu'est-ce qu'il n'y a pas ? » Petit jeu de mots. Je me lève et me mets à marcher.

« Ça fuit, dit-il.

— Qu'est-ce qui fuit ?

— L'eau ne s'évacue pas, je suis en plein dedans ?

— Dans quoi ?

— La merde !

— La merde, je répète calmement.

— Mon jardin en est inondé et ma maison tout entière pue la merde ! »

Dans l'obscurité incandescente de mon propre logement, je visualise la vieille ferme : la porte d'entrée en bois délabrée, la cuisine remplie de vaisselle crasseuse, les pièces aux bibliothèques montant jusqu'au plafond et Saul avec ses fins cheveux blancs comme la neige, sa panse de buveur de bière belge invétéré, ses lunettes de lecture toujours suspendue à une cordelette autour de son cou. Je ne le vois jamais, je le vois parfaitement.

« Le robinet de l'évier ne ferme plus.

— Et c'est pour ça que tu appelles ?

— Bien sûr que non ! » Je continue de marcher en silence. « Depuis combien de temps n'es-tu pas venue, Aimée ? Dix ans ? » *Sept*, depuis sept ans. « Ça ne me rajeunit pas. » Non, toute la Flandre est au courant. *Une gloire passée*, voilà comment Saul aime se décrire dans les médias, mais en fait, il est aussi vieux qu'il y a vingt ans, quand on l'a proclamé chouchou des intellectuels nationaux et que la moitié du pays a acheté *Le Coup de poing de l'amour*.

« S'il n'y a rien, je raccroche, dis-je calmement, bien que mon cœur s'emballe.

— Aimée, je ne suis pas idiot. » Il prononce mon nom avec lenteur, le fait traîner sur sa langue d'ivrogne dans des phrases vibrantes qu'il aura oubliées demain. « Je sais pourquoi tu ne veux plus venir en Flandre, Aimée. Pourquoi tu ne viens plus jamais à Damme. »

J'allume la lumière dans la cuisine, regarde autour de moi. Lumière. Nomme les objets faciles : un wok, une théière en fonte, une boîte de tisanes à la camomille.

« Il se passe toutes sortes de choses, Aimée. Des choses importantes. Des choses très importantes.

— Quel genre de choses ? » Une machine à expressos, un moulin à café, une passoire.

« Ça va exploser. Tu n'as pas idée. Ils vont tout lâcher ! » Une planche à découper, un minuteur.

« Qu'est-ce qui va exploser ?

— Je voulais te prévenir.

— De quoi ?

— Je l'ai fait pour toi.

— Qu'est-ce que tu as fait ?

— Il faut que j'y aille. » Un clic et il n'est plus là.

« Saul ? »

Silence de l'autre côté tandis que la cuisine commence à tanguer. Je m'appuie contre l'îlot central, la main serrée autour du téléphone. Un poing. Sa voix fait remonter tout le passé : la Flandre, la ferme. Les écrivains bruyants. L'odeur matinale de cigares consumés et d'alcool sur le tapis. Les fauteuils aux accoudoirs collants. Les chansons de Willem Vermandere. L'accident.

Je me dirige vers le canapé, je me vois dans le miroir, bouleversée : le rouge aux joues, les sourcils froncés, les yeux dont on disait qu'ils ressemblent tant aux siens. Je secoue la tête, non, je dois dormir. Demain je serai sur un bateau. Je laisse Serge dans la chambre à coucher et vais m'allonger sur le Chesterfield, tire une couverture sur moi. Oublie Saul. Il n'a aucune importance. J'ai une vie ici. Une carrière. Qu'a dit Chantal déjà ? *Tu as plus de followers qu'il n'a de lecteurs.*

Amsterdam

AIMÉE

304 K followers

« Un peu plus à droite. » Docilement, je me glisse dans le coin d'un petit bateau à moteur rempli d'influenceurs qui jacassent de chaque côté pendant qu'une femme aux lèvres siliconées, en équilibre entre des jambes nues, sert de coûteux amuse-bouches et du rosé. Un homme en mocassins avance en bombant le torse pour distribuer des brochures. Je n'aime pas être sur un bateau mais, d'après Chantal, c'était une *golden opportunity* et un privilège de compter parmi les influenceurs de premier plan qui se faisaient inviter.

Un plateau de *finger food* circule et tout le monde feuillette dûment les pages en papier glacé vantant les mérites des nouveaux modèles de bateaux à moteur. Avant même que ne soit servi le premier verre, j'ai déjà commencé, comme tous les autres, à accumuler du contenu et à rédiger des publis. Je maudis la facilité avec laquelle je m'y prends, triant spontanément ma réalité quotidienne en images utilisables ou non. Au bout de trois ans, je sais ce qui marche et ce qui ne marche pas. Ce qui ne marche pas, je ne le vois même pas.

« Aimée !

— Anna ! » Ma réaction est enthousiaste, même si notre première rencontre remonte à un mois seulement. *Toujours se souvenir des noms*, dit Chantal, *cela peut faire la différence entre être oubliée ou rester inoubliable.*

Anna vient s'asseoir à côté de moi dans sa jupe jaune presque phosphorescente et sa large chemise blanche qui met parfaitement en valeur son décolleté bronzé. Anna a plus de followers que moi. Anna ne parle jamais de féminisme, mais de fitness et de mode. Anna a deux jambes.

« Comment vas-tu ? demande-t-elle. Tu as déjà vu le vlog d'Esther ? Avec ces talons ? » Je secoue la tête. « Elle va le regretter. Est-ce que Cantaloupe t'a envoyé un mail ? Je vous trouve parfaitement assortis

— Je ne fais pas la lingerie.

— Mais il faut que tu en fasses, *au contraire*, en tant que féministe ! Et une partie des bénéfices sert à financer des microcrédits pour les femmes en Afrique. Au Zimbabwe, ou un autre pays, je ne sais plus. En tout cas c'est une bonne marque. Tout à fait ton style.

— Peut-être. »

Elle se renverse sur son siège et me regarde en plissant les yeux, comme si j'étais un minuscule caractère d'imprimerie. « Tu es sûre que ça va ?

— C'est fini avec Mo », dis-je, parce qu'il faudra bien que je le dise un jour. « Mais ça va. » Je lui adresse un sourire évasif tandis qu'elle ouvre des yeux comme des soucoupes.

« Mais, Aimée ! Comment vas-tu l'annoncer à tes followers ? »

Avec le sens du drame, elle lève les mains au ciel et même ce geste paraît instagrammable. Je sens que je me recroqueville. Non, Anna, ai-je envie de dire, le problème ce ne sont pas les followers. Je n'en ai rien à faire, de ces trois cent mille personnes. Le problème, ce ne sont pas les gens qui me suivent, mais l'homme qui a cessé de le faire depuis des mois déjà, chaque jour un peu plus.

« Et quand je pense que ton chat est mort, en plus », dit-elle sans une once de délicatesse. Oui, je suis encore en deuil de Mouw. En fait, je ne voulais pas d'animal de compagnie, mais Chantal trouvait qu'avoir un chat était très important parce que ses recherches avaient révélé que presque soixante-dix pour cent de mes followers avaient au moins un chat à la maison. Le lendemain matin, elle était devant ma porte avec un chat blanc. Mo le petit ami et Mouw le chat. Tout collait parfaitement, enfin le temps que ça a duré.

Anna recommence à tapoter sur son clavier. Nous voguons lentement sur les canaux. Le soir tombe, le soleil se couche en rougissant, inondant les immeubles au bord de l'eau d'une lumière dont les filtres ne peuvent que rêver. Je suis amoureuse d'Amsterdam, ma magnifique ville qui sombre. Les vieilles maisons de maître défilent au son des clapotis, des cyclistes traversent le soir en pédalant tranquillement. Quelqu'un que je n'ai encore jamais rencontré, mais dont je suis une follower, commence à chanter. Iel était encore une fille il y a deux ans, mais tient à présent à ce qu'on emploie à son sujet le pronom *iel* utilisé pour les non-binaires. Je sais qu'iel a plus de cinq cent mille followers sur le compte @LuckyAmsterdam. *Geef mij maar Amsterdam*, « Je préfère de loin Amsterdam », chante tout le bateau à tue-tête.

Les caméras s'agitent dans les airs. Je ne chante pas. Je regarde le quai et laisse mes doigts tremper au fil de l'eau douce. Je pense à Saul, à sa voix cette nuit, à la curieuse impression que cela m'a fait de l'entendre et aussi de sentir qu'elle m'était familière. Comment peut-il être aussi simple de parler à quelqu'un après des années de silence ? Un doigt sur un bouton. Deux voix. Comme si c'était aussi facile.

Naturellement, il manifestait une fois de plus sans honte son goût du mélodrame. *Ils vont tout lâcher.* Du grand spectacle, cette attitude de tragédien grec qui lui est coutumière. Tout est bon pour attirer l'attention. Sur ce plan, Saul est insatiable.

Le petit bateau à moteur fait retentir sa corne et l'homme aux mocassins s'empare d'un micro inutile : « Nous naviguons à présent en direction de l'Amstel, où nous disposerons de tout l'espace nécessaire pour une démonstration de la puissance et de la rapidité de cette dame. » Il fait allusion au bateau.

Anna parle, mais je viens seulement de me rendre compte qu'elle s'adresse de nouveau à moi. Elle me dit qu'elle est choquée, qu'elle a toujours trouvé Mo très charmant et beau garçon. C'est tout juste si elle ne me demande pas son numéro de téléphone. J'acquiesce et je bois.

Deux fois. En tant qu'influenceur, on vit tout deux fois, et cela vaut aussi pour les expériences qu'on a déjà mises derrière soi une première fois. Quand Mouw a fait son saut de l'ange depuis le balcon et s'est écrasé sur la rocaille japonaise des voisins, Chantal et moi avons dû préparer le post. On s'est mises d'accord sur une image tout en retenue : le Chesterfield soigneusement positionné, ma silhouette à contre-jour, une main contre mon front, image à la fois de fragilité et d'énergie, un si beau chagrin qu'on l'envierait presque.

Soudain @LuckyAmsterdam met une main devant sa bouche et pousse un cri. Iel regarde droit dans ma direction. « Aimée, dit iel. Merde ! Tu connais déjà la nouvelle ?

— Quoi ? »

Iel secoue la tête et se tait. Mon téléphone vibre sur mes genoux. Je regarde : un message de Chantal. *Urgent*, est-il écrit. Je clique sur le lien vers la une d'un site d'actualité belge montrant une grande photo. En la voyant, j'arrête de respirer, j'arrête d'écouter. Tout se fige.

Le voilà : le Saul d'il y a des années, dans la villa Krekelhof, entre les affiches pour la sortie de son livre, *Le Coup de poing de l'amour*. À sa gauche une pile de livres, à sa droite une jeune fille dans une robe bustier violette qui sourit avec insouciance. Elle serre son livre contre sa poitrine. Elle le regarde, radieuse, et personne ne sait ce qui lui est arrivé plus tard ce soir-là. Elle a disparu. La jeune fille a disparu. Personne n'avait plus parlé d'elle jusqu'à aujourd'hui, plus de quinze ans plus tard. Un titre en lettres dures et sonores :

UNE PHOTO ÉTABLIT UN LIEN ENTRE
L'AUTEUR DE BEST-SELLERS
SAUL MERTENS (63 ANS)
ET LA TRAGIQUE DISPARITION DE
L'ADOLESCENTE DAPHNÉ K.

« Tout va bien ? » demande Anna. *Une pendule qui s'arrête. Le menton de Margot sur mon épaule.* Je sais que je dois dissimuler mon angoisse, surtout ici, dans ce bateau rempli de vlogueurs, de bouffeurs de chagrin, de parasites du malheur. Mais je suis de retour dans la villa Krekelhof, parmi les fêtards, les verres qui s'entrechoquent, les robes qui bruissent, Saul qui dédicace son livre. *C'est encore lui ? À ton avis, Aimée, c'est encore lui ?*

« Qu'est-ce que tu lisais ? » demande Anna d'une voix perçante. Je regarde autour de moi, le bateau entier a vu ma réaction et scrolle avec ferveur. Même la femme aux lèvres siliconées sort un appareil de son sac banane. Tout le monde a lu le titre en une.

« C'est ton père ? demande Anna. Qu'est-ce qu'il a fait de mal ? »

Ne rien dire. Nous allons tous garder le secret, l'emporter dans la tombe. Pendant des années, tout s'est bien passé. Je vois les influenceurs tapoter furieusement sur leurs claviers de lutin. Tout est fini. Tout a commencé.

« Tu crois que c'est vrai, Aimée ? demande @Lucky-Amsterdam. Tu la reconnais, cette personne ? »

J'essaie de respirer, mais j'ai le souffle coupé.

« Aimée, dit Anna. Reviens ! »

Mais je ne peux pas revenir, la photo est là, exposée à la vue de tout le monde : Saul et Daphné. La belle et gentille jeune fille qui ne reviendra plus jamais dans nos vies.

« Regarde-moi, Aimée. »

Je tourne mon regard vers les yeux brun foncé d'Anna et j'essaie de me concentrer. Je pense à la conversation, en pleine nuit. Sa voix. *Il va se passer des choses très importantes, Aimée. Ils vont tout lâcher.* Mon cœur bat à tout rompre. *Je voulais te prévenir, Aimée. Je l'ai fait pour toi.*

Je crie : « Je veux descendre !

— Descendre ?

— Elle veut descendre du bateau, dit Anna.

— Ça ne va pas être possible, nous n'avons fait que la moitié du parcours. »

Je me lève maladroitement, mon semblant de jambe ne

m'aide pas, le bateau tangue. Margot. Il faut que je joigne Margot.

« Calme-toi », dit Anna d'une voix apaisante tandis qu'autour de moi un mur de téléphones surgit, flashe, filme. Un bateau rempli de regards en biais et de chuchotements.

« C'est dramatique pour son compte.

— Tout dépend de sa réaction.

— Son succès, elle ne le doit qu'à son père.

— Qu'est-ce qu'elle va faire ?

— Qu'est-ce qu'elle PEUT faire ? »

Je crie : « Je veux descendre du bateau ! Tout de suite ! »

Bruges

MARGOT

Vendredi 10 septembre

Lucas ne me fait jamais venir dans son bureau. Nous sommes collègues depuis dix ans déjà. Tout ce dont nous avons à parler, nous en discutons autour d'un café ou dans le couloir. J'entre en essayant de prendre un air nonchalant, mais Lucas ne m'aide pas. Nous sommes assis l'un en face de l'autre à son bureau et j'ai l'impression d'une mise en scène. Je ne comprends pas. Il se racle la gorge et me regarde, il n'est pas comme d'habitude. Son visage doux a revêtu un masque pâle, sévère. Il ouvre un tiroir et pose, avec des doigts nerveux, un formulaire à côté d'un stylo sur le bureau. Je suis assise sur une chaise dure, les genoux serrés, la fille la plus sage de la classe.

« Pourquoi ? » demande Lucas. Il laisse s'installer un silence tendu. « Pourquoi, Margot ? » Je ne lève pas les yeux, je regarde fixement le linoléum par terre, une surface sans lignes de couleur : cet endroit ne va nulle part. « Des médicaments ont disparu de l'hôpital, Margot, et on t'a vue. » Il n'a pas ce ton chaleureux qu'il emploie toujours quand nous sommes ensemble. La distance dans sa voix est de mauvais augure. « Cela fait déjà un certain temps qu'il y a des soupçons, des plaintes. Tamara a même fait une déposition officielle. Est-ce que la charge de travail est devenue ingérable, Margot ? Tu sais pourtant que tu peux toujours en parler ? Nous avons des gens pour ça. » Je me tais. Tamara rayons X. Je le savais. Lucas poursuit d'un ton sec, glacial : « Nous avons toute une équipe de personnes spécialement formées qui auraient pu t'aider. » Il ne comprend pas. Bien sûr que je sais que nous avons des *personnes spécialement formées*, je connais ces *personnes spécialement formées*, c'est justement le problème. Je bois du café tiède et mange de la tarte aux pommes industrielle avec ces personnes, j'échange des adresses de restaurants et de saunas, je ris avec elles et je me souviens de l'anniversaire de leurs enfants. Comment dire à ces personnes que j'ai à la maison des boîtes pleines de comprimés et dans le réfrigérateur un pot de sauce pour les pâtes plein d'ampoules, tout un arsenal de médicaments qui me permettent chaque jour comme Frankenstein de donner forme à la meilleure version de moi-même ? Énergique ou calme, vigilante ou intrépide : le monstre que requiert la journée.

Du plat de la main, Lucas frappe la surface de son bureau. « Regarde-toi, assise là, Margot ! Regarde ! Tu es complètement défoncée, bordel ! Tu crois que je ne m'en aperçois pas ? Je te connais, Margot. Et j'en ai vraiment ras le bol ! Tu es une des personnes les plus talentueuses de cet hôpital. Pourquoi ? »

Pourquoi, oui. Pourquoi est-ce que je n'ose pas le regarder ? Pourquoi est-ce que je n'ai pas de réponse ? Pourquoi est-ce que je sens l'énergie ruisseler de mon corps, toujours plus rapide, plus vide, plus seul, comme lorsque dans un couloir je viens de déclarer la mort de quelqu'un ? Qui est passé de vie à trépas ?

Je continue de regarder par terre, le sol devient flou à mesure que les images défilent au hasard dans ma tête comme les photos dans une visionneuse : clic ! La réunion où nous avons fait une surprise à Lucas en lui offrant une piscine gonflable parce qu'il ne prend jamais ses congés. Clic ! L'entretien au cours duquel nous avons chacun campé sur nos positions avec une telle obstination que nous avons fini par nous lancer du raisin à la tête. Clic ! Le repas avec Lucas dans un restaurant et sa main solide qui m'a serré l'épaule quand il est passé à côté de moi. Clic ! Dans le bureau de Lucas à l'hôpital, de l'autre côté de son bureau, où il déchire ostensiblement le formulaire devant lui. Je suis lâche, voilà pourquoi.

« Je devrais te renvoyer », dit-il. Il a repris son ton chaleureux. « Mais compte tenu de notre longue collaboration, et de tes états de service irréprochables, il serait raisonnable, à mon avis, que tu fasses un break pendant un certain temps pour raisons personnelles.

— Pendant combien de temps ? dis-je à voix basse.

— Cela dépend de l'évolution de la situation ici. »

Je ne sais pas ce qu'il veut dire par là et n'ose pas lui demander. Je n'ai plus le droit à la parole. J'ai tout gâché. Le grand talent du service a dérapé et est devenu le cliché de l'urgentiste, rejoignant les douze pour cent qui, bêtement, ne peuvent pas s'empêcher de mettre la main sur des médicaments.

« Margot, tu en es à quel degré de dépendance ? » Je dois dire quelque chose, expliquer. Je me racle la gorge.

« Lucas, je regrette d'avoir pris ces médicaments, mais j'aimerais que tu ne me considères pas comme une junkie. Je ne suis pas accro, j'ai une stratégie. Je suis intelligente, et un des meilleurs éléments du service, comme tu l'as dit toi-même. Je sais ce que je fais. Je ne consomme que lorsque c'est nécessaire, pas autrement. Et je note tout, soigneusement, dans un journal. Ce que je prends, les doses et la raison. Si l'effet était celui souhaité. Ce que tu appelles dépendance, c'est de la science. » Il me regarde fixement. Je doute d'avoir dit ce qu'il fallait.

« Ça fait combien de temps ? demande-t-il. Des mois, des années ?

— Pas des années », dis-je, car je ne peux pas lui mentir. Ce n'est pas notre genre. Je m'apprête à ajouter quelque chose, à nuancer, mais il lève une main.

« Ne dis plus rien, ça vaut mieux. Si tu en dis trop, je ne pourrai plus t'aider. Tiens. » Il pousse quelque chose devant moi : « J'exige que tu suives ce programme. » Un dépliant avec un logo d'arbre entouré d'un cercle et un homme en costume qui s'appelle apparemment le professeur Angres et me sourit mollement. « Une cure de désintoxication. Tu resterais sur place en tant que pensionnaire, deux semaines, tu bénéficierais de l'aide des meilleurs spécialistes, tout se passerait sous le radar, personne n'a besoin d'être au courant. Le pourcentage de réussite est élevé, le traitement a une excellente réputation. » Le *traitement*. Il y a encore dix minutes, c'était *moi* qui décidais des traitements. Quelque chose cloche. Je suis en pleine forme. Pourquoi ne pas passer outre, Lucas, ce n'est pas si grave, nous pouvons tout de même continuer à travailler, à flirter ?

« Je vais y réfléchir », dis-je.

Lucas secoue la tête. « C'est ma condition, Margot. Si tu n'y vas pas, je vais devoir te suspendre. J'ai fait du mieux que je pouvais pour toi. Tu peux y aller dès lundi.

— Je dois y rester deux semaines ? Sans visites ?

— C'est effectivement l'idée, Margot. » Il prend le stylo sur son bureau et le fixe à la poche de poitrine de sa blouse, où sont déjà accrochés deux stylos. « D'accord ? » Je regarde le dépliant avec l'arbre et le sourire. Je n'ai pas le choix. Je hoche la tête, avec soumission. « Bon. Nous te reverrons dans deux semaines. » *Nous*. Il ne dit même plus *je*, mais *nous*.

Il se lève et, lorsqu'il passe derrière moi, sa main touche brièvement mon épaule : une main flasque, hésitante, ça n'aurait pas pu être pire. Je suis son fantasme brisé. Est-ce qu'il y a un mot pour ça ? Un fantasme frustré ?

Il referme la porte de son bureau et me laisse seule, j'incline la tête et serre les paupières. *Margot n'échoue jamais. Margot a toujours réponse à tout et un talent sans bornes*. Au fond c'est Aimée qui aurait dû être assise ici, ratatinée devant le bureau. C'est elle, la sœur à problèmes, parce qu'il en va toujours ainsi pour les sœurs : il y en a toujours une qui est plus douée que l'autre. Chez nous, c'est l'aînée, qui était capable à six ans de sortir facilement de sa manche des histoires passionnantes, alors que la cadette écrivait de ses doigts moites des poèmes qui ne lui permettaient même pas de franchir la présélection du concours de poésie locale. J'étais authentique. Aimée avait tellement envie de l'être qu'elle ne l'a jamais été. Elle ne pensait qu'à Amsterdam, où elle pourrait tout laisser derrière elle. Repartir à zéro. Naïve Aimée. Damme resurgit toujours.

Amsterdam

AIMÉE
350 K followers

« C'est ton tour. » Je suis en route pour la péniche où habite Chantal sur l'Amstel quand j'arrive enfin à joindre Margot. Je lui raconte ce qui s'est passé et elle a une réaction différente de celle à laquelle je m'attendais : calme, presque résignée. Sa voix est éteinte, abattue, alors que je suis certaine que la nouvelle la touche. Saul et Margot : unis comme les deux doigts de la main. « Je ne pourrai pas t'aider dans les semaines qui viennent, Aimée, dit-elle. C'est ton tour. » Comme si la famille à laquelle nous essayons de survivre était une course de relais. « Papa a besoin de toi, Aimée. Tu dois aller à Damme.

— Margot. Ça ne va pas être possible.

— Pourquoi ?

— Parce que je ne veux pas y aller. »

Elle pousse un profond soupir.

« Le passé, c'est le passé, Aimée, tout ça, c'est révolu. Tu n'es plus une gamine. Tu peux faire ton enfant gâtée et regarder tout le bazar exploser en Flandre, ou alors retourner là-bas pour te présenter devant lui en adulte. »

En adulte, comme si ça allait de soi. Ici, à Amsterdam,

je suis adulte, mais dès que je me retrouve face à lui, je redeviens une enfant et lui le père qui détient le pouvoir et se fout de tout.

« Je reste ici, dis-je.

— Évidemment, fais ce que tu fais toujours, sœurette.

— C'est-à-dire ?

— Te défiler, bien sûr ! Tout oublier, t'éclater comme une bête, alors que les vraies bêtes s'attaquent à notre père. Tout cet article est un mensonge, tu le sais aussi bien que moi. Il était fou d'elle. Ça ne nous réjouissait peut-être pas, mais c'était comme ça. »

C'est toi que ça ne réjouissait pas, Margot.

« Parle avec lui et arrête de faire de lui un homme qu'il n'est plus. »

Plus.

« Il aimait les femmes et il buvait trop. Et quoi d'autre ? »

Il aimait les jeunes femmes.

« Mais tu as vraiment oublié, Margot ? Ce qui se passait autrefois ? Tu ne te souviens plus du nombre de fois que tu es toi-même partie ? »

Avec ta brosse à dents et ton sandwich. Le manteau fermé, le bonnet sur la tête. Je te suppliais de ne surtout pas me laisser seule, mais tu partais.

« Et tu me laissais partir, dit Margot. Tu te souviens de ça, peut-être ? »

Oui, je te voyais disparaître derrière la porte, mais dix minutes plus tard j'enfourchais mon vélo pour aller te chercher, je pédalais en pantoufles en appuyant de toutes mes forces sur les pédales, je criais ton nom. Je n'obtenais pas de réponse et l'idée que tu ne reviendrais jamais, que tu pouvais m'abandonner comme ça, était insupportable. J'aurais préféré continuer de pédaler sur mon vélo, en parcourant la ville, le pays, le monde, plutôt que croire que tu disparaîtrais à jamais.

« Je revenais toujours, Aimée. »

Oui, c'est vrai, tu rentrais par la porte à l'arrière et me regardais à peine, posais ton sac dans la cuisine et courais dans ta chambre. Chaque fois je vidais en silence le contenu de ton sac à dos : je reposais ta brosse à dents en lieu sûr, dans le gobelet Garfield, pliais soigneusement tes vêtements que je rangeais dans l'armoire, et grignotais avec gratitude ton sandwich recouvert d'une pâte à tartiner au chocolat.

« Pourquoi tu n'arrives pas à laisser tout ça derrière toi ? demande Margot avec lassitude.

— Parce qu'elle est revenue. »

Je ne prononce pas son nom, mais nous savons toutes les deux de qui il s'agit.

« Tu dois aider Saul, bon sang, dit Margot sèchement. Tu le lui dois. » Elle l'affirme comme s'il s'agissait à la fois d'une donnée, d'une caractéristique génétique, d'un commandement biblique et d'un fait biologique : votre père vous aiderez. L'amour familial est censé être inconditionnel. Mais je ne crois pas à l'amour inconditionnel. Toute forme d'amour est conditionnelle, et peut donc être remise en jeu.

« Je ne vais pas le disculper, dis-je avec humeur. Il ne le mérite pas.

— Aimée, il ne faut pas se fier aux apparences.

— Que veux-tu dire par là ? »

Elle ne répond pas, mais coupe la communication. Saul tout craché. Qu'est-ce qui ne correspond pas aux apparences, elle ne le dit pas, ni quel en est alors l'aspect. Elle me laisse sur les rives de l'Amstel : seule et troublée. Je passe devant le club d'aviron, emprunte l'étroite passerelle qui mène chez Chantal : une maison-bateau, avec une extension en verre sur le toit, qui n'a plus trop l'apparence d'un bateau. Elle ne peut même pas naviguer. Je sonne.

Chantal ouvre, un stylo derrière l'oreille. Elle m'examine et hoche la tête. Sans rien dire, elle me fait signe d'entrer, me parque sur un canapé gris couvert de magazines et va s'asseoir à une longue table.

« Je n'en ai pas pour longtemps », dit-elle en regardant avec concentration des images qu'elle monte à toute allure. Au bout de deux minutes, elle s'écrie, triomphalement : « C'est fait ! » et tourne l'écran vers moi. Je me vois sur un élégant balcon ensoleillé à Amsterdam, soigneusement maquillée, dans une tenue que Chantal a choisie en fouillant dans une douzaine de cartons. Une jupe courte bien sûr, car mon semblant de jambe est indispensable au succès. Être sexy avec une prothèse – *inspirante*, disent mes abonnés. Je me vois appuyée nonchalamment contre le dossier d'une chaise, les yeux rivés sur la caméra, fulminant contre Ernest Hemingway :

> Sa mère l'a habillé pendant des années comme une fille quand il était enfant, dans des robes à volants et manches bouffantes, les cheveux toujours mi-longs. Sa maman le câlinait, le dorlotait comme s'il était la deuxième fille qu'elle n'a jamais eue. C'est difficile d'être un homme, a enseigné Hemingway plus tard à ses propres fils. Quant à lui, il a cultivé sa vie durant l'image du boxeur, du chasseur, de l'homme primitif poussant des grognements, bourré de testostérone...

Les propos que je tiens ne sont pas les miens. Jamais les miens. Le script est toujours de Chantal. *L'authenticité*, dit-elle, *est totalement surestimée. Tu n'as pas à être authentique, il te suffit d'en donner l'impression.* Je ne peux pas regarder, je tourne l'ordinateur portable de l'autre côté. Ce n'est pas le moment des jupes courtes et de ce connard d'Hemingway.

« Un trois ? demande Chantal.

— Quoi ?

— Quel score allons-nous donner à Ernest, sur l'échelle féministe ?

— Chantal, je pousse un profond soupir. Cette notation m'agace. C'est banal. J'ai vraiment envie d'arrêter ce truc.

— Arrêter ? Aimée, ce chiffre est la seule chose qui compte. Si nous décidons de faire une évaluation en nous référant à une échelle, nous devons oser prononcer un jugement très dur. Personne ne fait attention à une opinion modérée.

— Ce n'est pas une question d'audace, dis-je. Je trouve que ça manque de nuance.

— Mais enfin, gémit Chantal, tout ce que nous faisons ici manque de nuance. C'est seulement maintenant que tu t'en rends compte ? La nuance, c'est un coup fatal porté à toute forme de réussite sur les réseaux sociaux.

— Mais je veux être sincère », dis-je tandis que le visage de Chantal vire au rouge.

Toute résistance déclenche presque instantanément chez elle une crise de panique. Inflexible, elle régit notre marque avec un sens des affaires qui auparavant suscitait mon admiration, mais c'est aussi une rédactrice chevronnée, elle travaillait avant pour une agence prestigieuse dont elle est partie pour d'obscures raisons. Elle voulait être libre, m'a-t-elle raconté un jour. J'ai entendu dire qu'elle était surmenée.

« Tu veux que je sois *honnête* avec toi pour une fois, Aimée ? » Elle se lève et n'attend pas ma réponse, bien sûr. « Nos vlogs sont mous, bien trop mous ! Ce #BaromètreMeToo a connu son heure de gloire. Les gens sont #FatiguésdeMeToo. Nous devons réfléchir à une nouvelle niche, et vite. Le scandale autour de ton père est une chance que nous devons saisir. »

Enfin, le grand mot lâché. Que devons-nous faire de ce scandale ? Chantal se replie derrière son ordinateur portable et commence nerveusement à ouvrir des fichiers, à scroller et à cliquer. J'ai l'estomac qui se noue, je sens des élancements dans ma jambe. Douleur. Tout découle de la douleur. Une bordée d'injures et un semblant de jambe m'ont valu mon succès d'influenceuse. Mes followers ne se lassent pas des images sur lesquelles je m'affirme. Je folâtre avec ma jambe, je fais preuve à la fois de sensibilité et d'humour, ce que le monde trouve *courageux* et *rafraîchissant*. Aimée au premier rang devant le catwalk qui, sous sa robe haute couture, tend sa jambe terminée par une prothèse, Aimée rayonnante devant un coffee shop tenant dans une main un cappuccino et dans l'autre sa jambe, Aimée au lit vêtue d'une nuisette sponsorisée qui lit un magazine et laisse entrevoir sans aucune gêne son moignon. Je ne suis pas cette Aimée, mais tout le monde la trouve crédible. Croit en elle. Quelle est la différence au juste ?

« Je ne veux pas parler de Saul, dis-je. Pas dans mes vlogs. »

Chantal m'ignore, continue de scroller.

« Du nouveau contenu, marmonne-t-elle. Un point de vue étonnant : les femmes oubliées dans la littérature. Non, plus spectaculaire : les femmes kidnappées. Ou un truc sur les groupies : les femmes qui sont des fans et deviennent la proie de leur idole masculine. Oui, ce serait bien ça, il y en a beaucoup. Ou alors nous inscrivons Saul dans la tradition séculaire des hommes-papas qui séduisent des jeunes femmes souffrant d'un complexe paternel et en abusent.

— Comment ça, nous inscrivons Saul dans une tradition ? »

Chantal lève les yeux, sourit : « Tu sais quel est le côté positif de tout ça ? Ce pataquès autour de ton père détourne l'attention de ta rupture avec Mo. On se débrouillera pour qu'elle passe inaperçue dans toute cette agitation. Et même mieux : on va créer un lien de cause à effet ! Mo est parti parce qu'il soupçonnait Saul. Mo, en tant que partenaire, n'arrivait plus à supporter ce cirque médiatique qui prenait de l'ampleur. Le timing est parfait ! »

Ma vie entière vacille, ma carrière est sur le point de s'effondrer, je doute de tout, mais le timing est bon, il est *parfait*. Je me frotte les yeux, longtemps et fort, comme si je voulais me réveiller.

« Aimée, tu m'écoutes ?

— Je ne peux pas m'occuper de ces vlogs pour l'instant, Chantal. Je ne vais pas y arriver.

— Alors t'as plus qu'à dégager.

— Pardon ?

— Alors tu es finie, comme influenceuse. Terminé, exit ! Nous devons continuer de poster. Tu le sais pourtant !

— Nous avons Hemingway. »

Elle rit : « Hemingway est la dernière chose dont les gens veulent t'entendre parler en ce moment. Ils veulent savoir ce que tu ressens. *Toi !* »

Elle me pointe du doigt avec insistance, comme si je n'avais pas encore compris de qui elle parlait.

« Chantal...

— Je sais, c'est pénible pour le moment. Ce n'est pas agréable. Ton petit ami est parti, ton père est dans le viseur, mais nous devons avancer. »

Ou peut-être que je dois avancer seule. Ou reculer. Peut-être que Margot a raison.

« Tu penses que je devrais y aller ?

— Où ?

— À Damme. »

Chantal me regarde, stupéfaite : « T'es cinglée ? Tu ne peux pas te laisser éclabousser ! Tu es *spectatrice*, Aimée. Tu parles des scandales, tu ne te précipites surtout pas en plein dedans. » Mais je ne suis pas spectatrice, je suis l'administratrice d'une vie qui n'existe même pas. Je suis un mensonge. « Nos followers veulent savoir ce que tu penses de ton père et ils préfèrent l'apprendre avec la même insolence, la même franchise, que la première fois.

— J'étais ivre cette nuit-là, Chantal.

— Alors tu n'as qu'à boire ! »

Ça suffit ! Je tape sur la table, étends les bras, me penche en avant. Mes mains me picotent.

« Qu'est-ce que tu veux dire par là, Chantal ? Tu es de mon côté, non ? Tu veux des tirades alcoolisées ? Tu veux que je proclame des conneries parce que ça nous apporte plus de likes ? Est-ce que je dois me ridiculiser ? C'est ça le plan ?

— Exactement ! dit Chantal. C'est ça ! C'est ça que je veux ! Que tu te fâches, que tu sois plus dure ! Pour viser le million de followers !

— Mais là, il est question de mon père.

— Et depuis quand c'est un problème ? »

Amsterdam

AIMÉE
360 K followers

Le bain est rempli. Assise au bord de la baignoire, je ferme le robinet. Je regarde l'eau qui ondule doucement, la mousse qui scintille. Lentement, je me glisse dedans, bulles blanches sur ma peau. Je ferme les yeux et essaie de me perdre dans une ivresse de chaleur. J'entends le vent derrière la fenêtre, les bruits étouffés de la ville, un chien qui aboie, quelqu'un qui siffle.

Pendant un très court instant, j'éprouve une agréable sensation, comme si rien n'existait plus au-delà des rebords de la baignoire : pas de crise, pas de scandale, pas de forêt d'images. J'ai l'impression que je pourrais presque oublier la photo, mais dans l'obscurité, derrière mes paupières closes, elle surgit avec une grande netteté. La belle Daphné et ses longues jambes, ses cheveux roux, ses omoplates resplendissantes. Son arrivée à la ferme sur un vélo rouge vif, qui n'aurait pas pu être d'une autre couleur. Sa façon de jouer avec les fines bretelles de son soutien-gorge qui chaque fois glissaient de ses épaules. J'étais enfant à l'époque, mais j'avais compris qu'elle laissait volontairement glisser ses bretelles pour les remonter d'un mouvement souple. Je voyais qu'elle était consciente de sa beauté et que c'était une force.

Je me redresse, prends une éponge et la plonge dans l'eau. J'aimais Daphné, même si Margot me l'avait interdit. Je recule la tête, ferme les yeux et presse l'éponge sur mon front. De l'eau très chaude coule sur mes yeux, mes joues, mon menton.

J'aurais dû lui poser des questions. J'aurais dû parler à Daphné tant que c'était encore possible, de ses rêves, de ses plus grandes angoisses et de ce que Saul signifiait pour elle. J'aurais pu en faire plus. Bien plus. Avec l'éponge, je me caresse doucement les seins, les hanches, le ventre. C'est pour cela que je ne pense jamais à Daphné : j'ai honte, je me dis que je pourrais retourner en Flandre pour faire quelque chose pour elle. Peut-être qu'il n'est pas encore trop tard. Peut-être.

Mes jambes tendues se dessinent sous la surface de l'eau, des zigzags qui nagent, et je vois les lignes à droite s'arrêter juste en dessous du genou. Après, plus rien. Je le vois, mais je ne le sens pas. Cela fait déjà quinze ans que je dois m'en passer, mais mon cerveau ne veut rien savoir. Mentalement, je suis encore entière. Si on remonte quinze ans dans le passé, il y a eu une fête et une Vierge avec des bougies à ses pieds, un accident, un grand cri puis tout a disparu.

Je me penche en avant, tourne le bouchon de trop-plein et laisse l'eau s'écouler. La température se rafraîchit. Les bulles blanches rétrécissent. Je regarde autour de moi un ici et maintenant tellement mieux que le là-bas à l'époque. Le lavabo vintage aux robinets cuivrés. Le tapis de bain tissé main. Le cadre autour de la couverture du magazine de décoration sur laquelle je pose, rayonnante. Une illustration.

Et je pense à Daphné, aux photos d'elle publiées partout dans les médias. Il y en a de plus en plus. Sa mère a même fourni des photos d'elle enfant : Daphné à six ans avec des bouclettes folles, le regard planté dans l'objectif, les bras grands ouverts, entre soumission et don de soi. Daphné n'a jamais quitté mes pensées. La jeune fille qui a disparu il y a longtemps refuse de disparaître.

J'ai des regrets. J'aurais dû rester quand elle avait besoin de moi, quand elle était là-bas, crispée, à côté de la chapelle. J'aurais dû m'occuper d'elle parce que personne d'autre ne le faisait. Elle avait confiance en moi et je l'ai trahie. Le dernier filet d'eau s'évacue. Je sens le froid nocturne qui s'insinue par une fente et je me réveille. Margot a raison. C'est mon tour.

Damme

AIMÉE

383 K followers

Le fleuve derrière les roseaux où couvent les canards au printemps, les prés infinis où paissent les vaches tachetées, l'odeur du bois humide et du feuillage des saules, des fossés troubles, des pissenlits sucrés et de l'ail des ours qui s'étend délicatement comme une mer de blancheur sous les pommiers. Le paysage de mon enfance : j'y pense rarement, mais il existe encore. Non seulement ici en Flandre, mais aussi au plus profond de moi.

Je suis partie il y a onze ans. Ce départ était volontaire, mais l'évitement qui a suivi est allé de soi. Il y avait toujours une raison de se dérober à un anniversaire, une commémoration ou un enterrement. Le message a fini par passer. *Elle ne veut pas venir. Elle ne veut plus être ici.*

Je ralentis et j'abaisse la vitre de la voiture en appuyant sur l'ouverture électrique. Devant la maison de l'éclusier, je tourne dans la rue de l'Église et suis l'ancienne digue qui me mène à Lapscheure et à la ferme. Je remarque que le monde se rétrécit à chaque kilomètre, comme si je me faufilais dans un entonnoir où tout devenait sans cesse plus étroit : les bois, les routes, l'air dans mes poumons.

Comme si les rues de ma jeunesse étaient trop étriquées pour que je puisse encore m'y glisser, trop exiguës pour que je m'y introduise et en ressorte à l'endroit où tout a commencé.

Au bout d'une route en terre, entre les chardons et les orties blanches, apparaît la grille que je contemplais autrefois pendant des heures. J'étais petite et je voulais savoir ce que j'avais sous les yeux, ce que les circonvolutions en fer forgé me racontaient, mais chaque fois je voyais autre chose : un carrosse, une abeille, un enfant bondissant, une pince. La grille se comportait comme la maison : au moment où je croyais comprendre quelque chose, tout devenait soudain différent.

J'arrête la voiture, j'en sors et approche d'un pas tranquille. J'appuie mon front contre le métal froid. Entre les barreaux, je regarde la ferme aux volets verts qui attend entre les arbres à la fin de l'allée. La ferme me regarde à son tour. Aussi effrayée que moi.

Par petites secousses systématiques, je pousse la grille pour l'ouvrir, je sais encore comment m'y prendre. La mémoire de mes doigts répète ces petites manipulations, les routines de l'époque. Je remonte en voiture et suis avec précaution les traces boueuses, creusées au fil du temps, jusqu'à ce qu'au milieu de l'allée un homme surgisse. Il tient un talkie-walkie et une pancarte avec une inscription en petits caractères que je ne parviens pas à lire. Il se tient droit, ses cheveux gris flottant au vent, et me montre le plat de sa main : stop. Je freine. Le Gandalf de Lapscheure reste planté un certain temps devant ma voiture, la main levée. Il finit par venir nonchalamment vers moi à travers les mauvaises herbes. Sur le revers de sa veste froissée brille un V argenté. Il regarde à l'intérieur de la voiture sans aucune gêne et me demande qui je suis sans le moindre intérêt.

« Aimée ? » dis-je d'un ton interrogateur, comme si j'en doutais encore. Comme rien d'autre ne me vient à l'esprit, j'ajoute : « Sa fille. »

Depuis combien de temps n'ai-je pas prononcé ces mots ? *Sa fille*. Ils paraissent poussiéreux, tordus. Je suis la fille qui ne l'est plus. La fille qui a décidé de ne plus jouer la fille, ou qui joue à ne plus être la fille.

Au bout de l'allée, quelque chose bouge et l'agent de sécurité lève les yeux. La porte d'entrée de la maison est ouverte et un homme court vers la voiture, d'un pas léger mais précipité, comme quelqu'un qui chasse des papillons.

« Aimée ! » Max passe sa tête par la fenêtre ouverte. « Tu es là, ma chérie ! » Ses yeux bleus brillent et me donnent l'impression que nous nous sommes parlé la veille. Il me regarde, rayonnant. Max est l'éditeur qui a *découvert* Saul, comme on dit. Issu d'une famille noble néerlandaise, il baigne dans une richesse de longue date qui a permis à tous égards de faire du *Coup de poing de l'amour* de Saul un grand succès. À présent, il n'est plus éditeur, il s'intéresse aux arts plastiques, vit dans une villa avec piscine à un jet de pierre de la ferme et se qualifie de manager. Le manager de Saul.

« Hé, Max ! » Je lui caresse la joue et sens une bouffée d'after-shave, toujours le même. Il fronce les sourcils, je fronce les sourcils à mon tour. Max est un familier. Il a passé beaucoup de soirées à la ferme pour discuter avec Saul du *Coup de poing*. Même si nous parlions peu à l'époque, nous nous comprenions. *Nous sommes des penseurs silencieux, Aimée*, avait-il dit un jour. C'est là que ce froncement est né, notre complicité.

Je lui demande : « Comment vas-tu ? » Il esquisse un sourire. Max a quelque chose de lisse, de charmant, mais aussi des aspérités qui le rendent attirant : il a les oreilles juste un peu trop décollées, des cheveux rebelles, ses clés de voiture dépassent toujours des poches de ses pantalons italiens ajustés. Et aujourd'hui : des cernes foncés sous les yeux, une peau plus pâle que d'habitude. Il paraît plus vieux et fatigué.

« C'est de la folie ici, dit-il. Tout le monde veut des interviews, la police passe ses journées ici. Elle nous surveille. C'est scandaleux, Aimée, Saul est crucifié. On l'a déjà jugé dans les médias alors qu'il n'est même pas encore question d'une affaire judiciaire. » Max est ému, il cligne des yeux nerveusement. « Nous avons besoin de toute l'aide dont nous pouvons disposer », dit-il et j'acquiesce, même si je ne suis pas venue pour ça.

Il indique un endroit où je peux me garer. Deux voitures sont stationnées à côté de la Volvo jaune de Saul et d'une Range Rover qui n'a plus bougé depuis une dizaine d'années. Une détonation se fait entendre. Un crépitement, un claquement. Des pétards. Au loin, des oiseaux s'envolent et quelqu'un hurle.

« C'est quoi ça ? dis-je en descendant de voiture.

— L'agent de sécurité. J'ai convaincu ton père de recruter quelqu'un, nous ne voulons pas que la presse s'introduise ici.

— Non, pas cet homme – la détonation.

— C'est Étienne. Il veut essayer le fusil de chasse de ton père. Juste comme ça, au cas où.

— Au cas où quoi ?

— Ton père fait l'objet de menaces, Aimée, et pas des moindres. Apparemment, les gens le croient coupable, surtout après... enfin, tu sais ce qui s'est passé le jour de ses soixante ans. » Tac. Nous y sommes. La première référence au #momentAimée ou à l'*incident*, comme Margot a désigné ma prestation télévisée involontaire. Max n'aura pas traîné pour y faire allusion, ce qui m'agace, je m'attendais à plus de finesse de sa part. Je ne réagis pas, fais tranquillement le tour de la maison en direction de la porte à l'arrière. Toujours la porte à l'arrière, je ne me rappelle pas avoir jamais utilisé la porte de devant. *Il n'y a que les étrangers et les mauvaises nouvelles qui empruntent la porte de devant*, disait toujours Saul. Max m'agrippe le bras et me tourne doucement vers lui.

« Aimée, il faut que je te prévienne. Il ne va pas bien. Cette crise le touche. Elle l'a blessé. Nous essayons de le soutenir mais... je ne sais pas si nous allons y arriver. »

Max a l'air sombre et je constate que je dois réprimer un rire. On ne se fait pas de souci pour un homme comme Saul. Il n'est pas vulnérable. Il ne se laisse toucher que par des textes d'écrivains morts ou des poèmes de protégés qu'il surestime. Sa sensibilité est féroce par nature, elle s'exprime par une sentimentalité sans bornes et, comme la plupart des hommes sentimentaux, Saul est sans pitié.

« Quel est le sens de la vie, Aimée ? » m'a-t-il demandé un jour alors que nous étions assis ensemble sur un appontement le long du canal. J'avais dix ans et je n'avais envie de rien. Je jouais avec une brindille de saule cassée sur mes genoux. J'avais honte de mon père quand il parlait de cette manière : avec ce ton emphatique et mélodramatique, la voix imbibée d'alcool. Je n'osais jamais trop écouter ce qu'il avait à dire à ces moments-là.

« Non », a-t-il dit en riant, comme si j'avais déjà répondu. La brindille rampait sur la fine étoffe de ma robe d'été comme un insecte. « La grandeur. » Il a laissé s'installer un silence qui a duré longtemps et m'a rendue nerveuse. La brindille possédait à présent deux petits yeux, s'accrochait au tissu puis s'en détachait. S'accrocher et se détacher. « La grandeur en toute chose et l'audace de n'accepter aucune limite, pour suivre sa propre voie, tu entends ? Ta *propre* voie ! La plupart des gens n'en sont pas capables. Ils sont trop lâches, trop petits. La plupart n'ont aucune idée de ce qu'ils veulent faire de leur vie. Toi, tu ne deviendras pas comme ça. » Je regardais la brindille ambulante avancer tant bien que mal jusqu'à l'extrémité de mon genou. « Sais-tu pourquoi, Aimée ? Tu es ma fille, mon sang ! Je le vois déjà chez Margot. Pas encore chez toi. » Je me taisais, espérant qu'il ajouterait quelque chose. « Peut-être que ça viendra », a-t-il dit, mais je remarquais l'inquiétude dans son regard. Et ma brindille ambulante s'est retransformée en un petit bout de bois. Sans yeux. Inutile. Je l'ai prise, je l'ai jetée devant moi et je l'ai vue continuer de flotter tranquillement sur l'eau du canal.

« Et toi, qu'est-ce que tu veux ? » ai-je demandé. Mon père a pris une profonde inspiration, rayonnant avec un air de conspirateur, comme s'il avait anticipé ma question et qu'il était sur le point de partager un Secret Bien Gardé. Il a plissé un œil, s'est penché en avant et a fait un cercle avec ses mains, comme s'il prenait dans ses bras un globe terrestre : « Je veux tout ! » a-t-il dit. Atlas. Et il a répété, d'un ton chantant : « *Tout !* »

Max et moi entrons par la porte à l'arrière qui s'ouvre sur la cuisine. Je sens l'odeur de renfermé, confinée, qui s'est infiltrée dans la ferme comme dans un pull-over épais et dont il est impossible de se débarrasser. Si seulement je pouvais nettoyer tout ce qui s'est passé ici. Comme un vieux pull. Pour le porter de nouveau.

Mais rien n'est neuf, tout revient en mémoire. Les profondes rayures sur le carrelage que Margot a faites en traînant à l'extérieur une plante qui, selon elle, voulait *être libre* ; le mur blanc avec les fresques à moitié effacées d'une fête d'enfants ayant dégénéré ; les poutres nues auxquelles pendaient autrefois des roses que maman cueillait dans le jardin pour former des bouquets qu'elle clouait à l'envers sur le bois, où ils restaient suspendus jusqu'à ce que l'odeur de roses séchées atteigne même le grenier.

Deux hommes parlent dans la cuisine. Un petit gros, portant un jean bien trop large et des tongs, et un jeune avec des bouclettes. Je ne les connais pas. Le jeune me regarde à travers des lunettes à la monture noire qui supplient que l'on prenne au sérieux le visage derrière.

« Étienne et Arnold », dit Max. Il n'a pas besoin de me dire que ce sont des amis écrivains de Saul, je sens leurs regards sur moi. Pour eux, je suis la fille qui a trahi son père, le Judas d'Amsterdam. Je fais un signe de tête et vois l'acteur Jean-Claude Van Damme qui rit sur un aimant collé au réfrigérateur, posant à moitié nu avec une mitraillette, luisant de sueur. Cette photo est là depuis mon enfance. Dédicacée.

« Viens », dit Max, et il m'entraîne vers la bibliothèque encore meublée des mêmes canapés en cuir brun, de la même table de salon recouverte d'une nappe en dentelle, d'étagères de livres sur toute la surface des murs, avec sa cheminée et un plafond qui me paraît plus bas que dans mon souvenir. Nous nous asseyons. Max verse du thé et je prends un biscuit dans une coupe en verre qui est sans doute là depuis des semaines. Il a un goût de terre.

« Il faut qu'on parle, dit Max.
— Où est Saul ?
— Il dort.
— Il est deux heures de l'après-midi.
— Il prend des comprimés. » Max glisse un journal sur la table. « Ça fait la une des journaux. »

Je n'ai pas besoin de lire l'article, je sais ce qu'il raconte et ce qu'en ont fait les médias : Daphné (dix-huit ans), originaire de Malines, a disparu un soir sans laisser de trace, sa mère l'a cherchée pendant des années, sans jamais perdre l'espoir, elle a vu par hasard la semaine dernière une photo à côté d'un article et, à ce moment-là, sa vie a changé. Elle a reconnu sa fille sur la photo, dans une robe bustier violette, souriant à côté du célèbre écrivain. Elle a lu la date dans la légende : le jour où elle a vu son enfant pour la dernière fois.

« Je suis là, tout de même », ai-je dit et je pose le journal. Dans la cuisine, les hommes rient.

« Tu te souviens encore de ce soir-là, Aimée ? »

Max me regarde sérieusement. Sa question me fait l'effet d'une gifle. Il y a peu de sujets que nous n'abordons pas, mais celui-là, nous l'avons décidé il y a longtemps, est exclu.

Je secoue la tête : « Tout a disparu. Je ne me souviens de rien. Tu le sais. »

Il acquiesce prudemment.

« Peut-être que le moment est venu, dit-il, et il pose une main sur mon bon genou.
— Pas ici, Max, dis-je en chuchotant.
— Tu m'as manqué.
— Le moment est venu pour quoi ? » je demande.

Quelqu'un tapote sur la vitre, Max se retourne, surpris.

Un jeune homme au large sourire agite un râteau derrière la fenêtre. Il a l'air empoté. Max lève un pouce et le garçon disparaît.

« Ils s'occupent des égouts. Ils travaillent dur.

— Je veux voir Saul.

— Je comprends, Aimée, mais cela ne va pas être possible dans les prochaines heures. Saul est encore K.-O. Tu restes dormir ici ? » Il fait un signe de tête en direction du sac de voyage posé à mes pieds. « Ce ne sont pas les lits qui manquent. »

On entend des piétinements près de la porte à l'arrière, des murmures dans la cuisine. Le garçon qui était dehors tout à l'heure entre dans la pièce avec son râteau. « Je dérange ? »

Max lève la tête. « Qu'est-ce qu'il y a, Bart ?

— Je vois que tu as de la visite, dit-il.

— Effectivement, dit Max. Je te présente…

— Aimée, dit Bart, en regardant Max triomphalement. Nous nous connaissons. »

Je fronce les sourcils car je suis à peu près sûre de ne jamais avoir vu Bart auparavant. Il est grand, porte une combinaison de jardinier sur laquelle est brodé en lettres jaunes ENTREPRISE HORTICOLE VERDONK À DAMME. Il est plus âgé que je ne le pensais et presque chauve, il a sans doute un peu plus de trente ans.

« Nous étions au même lycée », dit Bart. Toujours aucun souvenir. Je me tais et j'essaie de me faire remarquer le moins possible. J'ai l'impression de ne pas être à la hauteur. J'ai tant oublié de mon passé. Tellement de choses. « On était déjà convaincus qu'Aimée irait loin », dit-il. Max sourit gentiment et moi je voudrais m'enfoncer sous terre, car s'il est bien une chose qui est sûre, c'est qu'autrefois personne n'aurait misé sur moi. C'est de Margot qu'on attendait monts et merveilles.

« Est-ce que je peux t'aider, Bart ? demande Max.

— Les égoutiers sont là et ils veulent te parler. Apparemment, il va falloir qu'ils creusent encore plus pour trouver la fuite. »

Max pousse un juron. « OK. Attends ici, Aimée, je reviens. »

Je me lève et prends mon manteau sur le canapé car je n'ai pas envie de rester, surtout avec Bart qui a des souvenirs que je ne partage pas et se permet sans la moindre gêne de réécrire mon passé. Je lui en veux mais je le comprends. Le passé : nous en faisons tous quelque chose.

« Je m'en vais, dis-je.

— Tu ne veux pas choisir une chambre ? » demande Max étonné, mais cela paraît idiot : choisir une chambre dans la maison où j'ai encore ma chambre, pour autant que je sache.

« Je reviendrai tout à l'heure », dis-je.

Max acquiesce, hésitant, je prends congé et passe devant les deux écrivains en train de jouer aux cartes qui font de leur mieux pour m'ignorer.

Avant même d'arriver à la voiture, je m'en souviens. Bart. Bart Verdonk. Le capitaine de l'équipe de basket, le fonceur, un des gars cool. Bart, toujours comme un petit chien derrière Margot qui n'en voulait pas. *Bart est bidon*, disait-elle, *il n'a aucun avenir*. Bart, et ses boucles brunes autrefois, avait quitté un soir avec moi la villa Krekelhof pour ne pas m'embrasser dans un petit parc. Bart le capitaine devenu jardinier. Bart aux bouclettes qui maintenant est chauve. Je frissonne. Le passé s'est déguisé discrètement. Tout est un théâtre de marionnettes.

Drongen

MARGOT

Lundi 13 septembre

J'entends la femme qui a pris la parole dire toutes les choses qu'il faut. Elle me ressemble, cette femme, pourtant ce n'est pas moi. Qui est-elle ? Cette marionnette ? Cette usurpatrice ? Pourquoi écrit-elle ce journal ? Ma tête me démange tant elle est envahie par ces pensées.

Simon m'aime encore. Oui, j'en suis sûre. Nous nous sommes dit au revoir devant notre maison, il m'a regardée et il a chuchoté : « Margot, je ne sais pas ce que tu veux.

— Ce n'est pas grave », ai-je dit, comme si c'était une réponse. En fait, j'avais envie de dire : Simon, tu le sais pourtant. Il y a encore si peu de choses pour lesquelles se battre. Nous ne nous voyons plus. Tout ce qu'il nous reste, ce sont les heures le soir : un lit où nous dormons ensemble, mais où nous ne nous réveillons plus jamais ensemble. Les murs de cette maison nous réunissent comme dans une boîte à chaussures et aucun de nous ne dit : il faudrait que tu partes, maintenant.

Je suis montée dans le taxi avec ma valise et des lunettes de soleil sur le nez comme si j'allais sur la Côte d'Azur. Je ne sais pas pourquoi j'avais emporté ces lunettes. Elles paraissaient adaptées à la situation, même si le ciel était très nuageux et que ce n'étaient pas les vacances. Quand le taxi est parti, je me suis retournée pour regarder notre ferme avec la boîte aux lettres jaune et soudain toute la maison m'a paru une répétition ou un signe de faiblesse. Une vie avec papa au coin de la rue, je ne suis pas allée bien loin.

Il fait chaud ici. La Fleur de pommier fait tout pour ressembler à une maison lambda : collections de livres éclectiques dans les bibliothèques, magazines près du canapé, coupe de fruits pleine sur la table de la cuisine. Ma chambre ne se verrouille pas. La fenêtre a des rideaux attachés sur les côtés comme dans un théâtre à l'ancienne. Autrefois, dans ma chambre à la ferme, j'avais aussi ce genre de rideaux. Je ne sais pas si cela me réconforte ou m'irrite.

Le silence. Il règne un silence épouvantable. Les petits coups de tête de Fanta me manquent. Ils sont rares, mais tout de même. Fanta est une chatte rousse et maigre qui n'a jamais été câline. Peu importe. Moi aussi, je suis rarement câline. Autrefois, c'était différent.

Les téléphones sont évidemment interdits. J'ai laissé mon portable chez Simon; mieux vaut là que chez une personne étrangère. Il ne me manque pas. Je ne me sens pas seule, comme je le craignais. Pas comme si on m'avait privée de quelque chose, mais comme si j'en étais libérée. Du téléphone, je veux dire.

Tout à La Fleur de pommier se passe à heures fixes. Sauf la thérapie : elle est individuelle. On m'a attribué un thérapeute et je leur ai aussitôt fait savoir que cela me paraissait déraisonnable. Je suis incapable de parler avec un homme. Vous pouvez sans crainte parler de sexisme. Mon problème n'est pas tant qu'un homme pourrait penser autrement, mais que je ne vois pas comment parler en toute confiance avec une personne si le sexe avec elle est une possibilité. De mon point de vue, cela remet en cause toute forme de complicité.

Près de la fenêtre, un bureau blanc est disposé à côté d'une armoire vide, le tout étant aménagé dans un esprit pratique conforme à la doctrine d'Ikea. Ma fenêtre donne sur des prés verdoyants où paissent des moutons et où de hautes balles de paille sont recouvertes de toiles bleues.

Les promenades sont encouragées ici. À mon arrivée, j'ai trouvé sur mon lit une carte sur laquelle sont tracés en lignes épaisses bien visibles cinq itinéraires partant de La Fleur de pommier, pour qu'il soit impossible de s'égarer, même si on en a envie.

J'ai beaucoup de temps pour réfléchir à ce qui peut se passer ces prochains jours à Damme. Je crains d'avoir fait une erreur : je n'aurais jamais dû y envoyer Aimée. Elle ne comprend pas ce qu'on attend d'elle. Elle aurait dû choisir le camp de Saul, publiquement, dans ses vlogs. Maintenant elle ne fait qu'aggraver la situation; elle ne fait que frotter la tache du passé et je crains qu'elle n'en découvre davantage. C'est surtout Mathilde qui pose un problème. Mais Aimée n'a aucune raison de s'adresser à Mathilde. Je me rassure, sans arrêt. Il n'y a que de cette manière que je peux tenir ici, en portant un regard extérieur.

Mais pas pour longtemps. J'ai un plan, une stratégie : je vais suivre sagement le programme puis aller à Damme le plus vite possible pour mettre des bâtons dans les roues à Aimée. Elle ne soutient pas papa, alors qu'elle lui doit tout, vraiment tout. Même le succès qu'elle a obtenu uniquement en le descendant en flèches. Aimée vit dans une illusion. Elle m'a dit un jour : *si tu parles de ma carrière,*

Margot, ce n'est pas une illusion mais une activité. Une activité sérieuse et lucrative avec une stratégie et des rapports annuels et des prospections positives. Des prospections grâce à papa, mais elle s'est bien gardée de l'ajouter.

Du vent, jusqu'à présent ce n'est que du vent, et rien de plus. De quelles preuves disposent-ils ? Daphné est venue à cette fête par hasard et ensuite elle a disparu par hasard. Aimée ne sait rien de Daphné. Comment pourrait-elle savoir quoi que ce soit puisque je l'ai toujours protégée de la vérité ? Daphné n'était ni une héroïne ni une sainte.

Tout a pris fin quand Daphné est arrivée.

Damme, à l'époque

« Les filles, je vous présente Daphné. »

Nous sommes assises à la terrasse du café Lamme Goedzak sur la grand-place. Partout sont suspendus les petits drapeaux et les guirlandes de la fête foraine. Il est encore tôt et il n'y a pas trop de monde, le soleil brille et nous avons toutes les deux une glace. À la framboise pour Margot, à la vanille et à la pistache pour moi, dans une coupelle argentée qui est si froide qu'elle colle au bout des doigts. La boombox d'Hervé, le gérant du débit de tabac, diffuse à fond une chanson : *Mooie dagen*, de Johan Verminnen. Belles journées.

Juste devant la table, il y a une jeune fille, le rose aux joues, avec des boucles rousses et un T-shirt bleu pâle qui lui arrive au-dessus du nombril que papa n'autoriserait jamais Margot à mettre. Elle est vêtue d'un short découpé dans un jean qui laisse voir ses jambes d'un blanc laiteux, des tongs avec ses ongles de pied vernis en violet et une chaînette autour de la cheville.

« Bonjour », dis-je.

Margot prend une bouchée de sa glace et regarde.

« Bonjour, dit Daphné.

— Daphné loge au Postillon, précise papa. Mais ce soir elle vient dormir chez nous. »

Il porte sa chemise blanche la plus soignée et des lunettes de soleil. Il donne à Daphné une petite tape sur la seule partie de son dos qui est couverte par le T-shirt bleu. Margot garde le silence, lance un coup d'œil par-dessus son épaule en direction de la place où maman a disparu dix minutes plus tôt parmi les auvents rouges et blancs des baraques. Elle cherche un nouveau collier pour Santiago parce que, pour la énième fois, il a détruit l'ancien en le mordillant. Papa donne une nouvelle tape à Daphné qui émet de petits rires discrets. Malgré les chansons diffusées à plein volume par la boombox, un silence gêné s'installe. Je cherche une question et j'en trouve une.

« Tu viens d'où ?

— De Malines », dit Daphné avec un gentil sourire. Elle a quelque chose à la fois de dur et de tendre. Elle établit par son regard une forte proximité, comme si ses yeux allaient dire tout ce qu'il y a à dire.

« Et tu t'es retrouvée ici comment ?

— Je suis venue en train », dit-elle.

J'acquiesce, même si ce n'est pas ce que je voulais savoir.

« Elle veut dire : *pourquoi* es-tu ici ? » demande Margot d'un ton si cassant que la jeune fille sursaute. Daphné hésite et regarde papa comme s'il connaissait la réponse.

« Pour lire, dit-il. Et écrire.

— Ah, dit Margot. Quelqu'un avec qui tu vas pouvoir lire et écrire. Intéressant. »

Je suis effrayée parce que Margot ne dit jamais ce genre de choses normalement, surtout quand papa est dans les parages. Il fait comme s'il n'avait pas entendu.

« Tu as envie de boire quelque chose, Daphné ? » demande-t-il.

Margot prend encore une grande bouchée de sa glace à la framboise. La jeune fille acquiesce et commande un demi.

Maman apparaît au loin sous les guirlandes de la place. Il y a de plus en plus souvent une fête foraine dans le village. Margot aime ça, pas moi. Pendant que, dans les autos tamponneuses, elle fonce sur les autres, et aux stands de tir vise des canettes, je me promène d'un appontement à l'autre, le long du canal de Damme, pour observer les cygnes et attendre que le bateau à vapeur qui transporte les touristes de Bruges à Damme vienne accoster à son rythme paisible.

« Youhou », dit maman. Elle a une voix énergique, cela me fait plaisir. La semaine dernière, papa a donné une interview pour un magazine et toute la famille a posé pour la photo. Ensuite ils se sont encore disputés et maman a pleuré. Elle fait de grands gestes enthousiastes en montrant le collier tout neuf de Santiago : un violet avec une rangée de faux diamants translucides.

« Vous avez déjà fait la connaissance de Daphné ? » demande maman comme si nous n'étions pas ici tous les quatre depuis un certain temps. Maman va se tenir à côté de Daphné et lui touche aussi le dos. Cela fait une drôle d'impression. Mes parents, debout bien droits, un large sourire détendu, de chaque côté d'une jeune inconnue. On dirait qu'ils nous présentent un nouveau membre de la famille.

« Est-ce que Daphné va venir vivre chez nous ? » La question m'a échappé.

« Non, dit maman. Daphné va venir de temps en temps, pour partager de bons moments. »

Je demande : « Alors Daphné n'est pas une nouvelle

sœur ? » et le silence se fait. Maman fronce les sourcils, papa tousse et Daphné continue de rougir, tripote le bas de son T-shirt et regarde par terre. Margot se lève et dit qu'elle va aux toilettes alors qu'elle vient d'y aller.

« Je t'accompagne », dis-je et je lui emboîte le pas. Du coin de l'œil, je vois s'estomper le sourire de maman. Je cours derrière Margot. Dans les toilettes, elle ouvre le robinet et se lave énergiquement, brutalement, les mains. Elle se regarde dans le miroir : pas gentiment mais en colère.

Je lui demande : « Qu'est-ce qu'il y a ? »

Elle secoue la tête. « Rien, mon poussin.

— Tu n'as pas aimé la glace ? »

Margot rit. « Bien sûr que si. Allez, viens ! » Elle me précède pour sortir par le jardin à l'arrière, où nous courons entre les petites tables rondes branlantes vers notre arbre à escalader. Nous connaissons toutes les branches de cet arbre, il a grandi avec nous. Nous venons depuis des années au café Lamme Goedzak.

Avec ses jambes de sauterelle, Margot grimpe d'une seule traite tout en haut. Je ne suis pas aussi grande ni aussi agile, je me hisse péniblement en m'accrochant aux branches jusqu'à ce que je puisse m'asseoir à côté d'elle. La branche ploie. La porte à l'arrière du café s'ouvre et quelqu'un en tablier blanc fait basculer une haute marmite pour en jeter le contenu à travers une grille.

« Je pensais qu'il ne pouvait pas tomber plus bas, dit Margot.

— Qu'est-ce que tu veux dire ?

— On vit dans un drôle de monde, mon poussin. »

L'odeur de la nourriture jetée à travers la grille envahit mes narines. De la soupe de légumes aigre.

« Oui », dis-je.

Elle tourne la tête vers moi. « Comment peux-tu le savoir ? demande-t-elle. Que sais-tu de ce monde ? »

Je trouve sa question enquiquinante : bien sûr qu'elle en sait plus que moi, Margot a cinq ans de plus. Je hausse les épaules. Elle passe un bras autour de moi.

« Je vais te protéger. »

Elle le dit souvent. J'appuie ma tête sur elle.

« Je sais. » Mais *contre quoi* ?

« Plus tard je deviendrai célèbre », dit-elle et cela ne m'étonne pas du tout. S'il y a bien quelqu'un qui deviendra célèbre parmi les personnes que je connais, c'est Margot, avec ses cheveux foncés, ses yeux mystérieux et son sourire qui ensorcelle tout le monde. « Mais pas une chanteuse ou ce genre d'idioties, dit-elle avec véhémence. Je deviendrai une chirurgienne connue. Et tu sais ce que je ferai avec tout mon argent ? » Je ne sais pas. « J'achèterai la grande maison avec la boîte aux lettres jaune dans la rue. Parce que les chirurgiens, ils sont riches. Ils peuvent parfois acheter plusieurs maisons. Et toi, mon poussin ? Qu'est-ce que tu veux ? » Je me tais, pense à papa qui m'a posé la même question, et balance mes jambes au-dessus du vide. « Sérieusement, tu veux quoi quand tu seras grande, Aimée ? Tu dois bien avoir envie de quelque chose ? » La question sonne comme un reproche. Je n'ai pas de réponse. Ce que je voudrais est impossible. Je ne suis pas douée pour l'écriture comme Margot, ni pour les études, je ne suis pas une casse-cou, ni une apparition spectaculaire. Qu'est-ce que je pourrais bien vouloir ? Qu'est-ce que pourrait vouloir quelqu'un comme moi ?

« Rien, dis-je.

— Mais voyons, Aimée ! Qu'est-ce que tu dis ? Moi, je vois bien tout ce que tu sais faire !

— Alors je veux rester auprès de toi, dis-je en chuchotant. Je t'aime. »

Margot me regarde en plissant le front comme si je venais de dire quelque chose de compliqué. L'instant me paraît durer une éternité.

« Daphné est une étudiante de papa, dit-elle. Ça n'a rien de bizarre si elle reste loger chez nous de temps en temps. »

Je répète : « Non, ça n'a rien de bizarre », mais ce n'est pas tout à fait normal non plus. Je le sens bien. Margot baisse le menton et ses cheveux doux me caressent la joue.

« Tu es adorable, mon poussin », dit-elle et elle m'applique un baiser sonore sur la tête, prend son élan contre la branche et saute.

Du haut de l'arbre, je vois à travers la grande vitre une partie de la terrasse et papa qui tend la main vers Daphné. Il sourit à la jeune fille et lui caresse le visage. Trop lentement. Trop doucement. Elle appuie la joue dans la paume de sa main et le regarde.

« Tu viens, mon poussin ? » crie Margot. Comme je n'ose pas sauter, je me débrouille tant bien que mal pour descendre de l'arbre. Quand nous sommes de retour sur la terrasse, ma glace s'est transformée en une bouillasse gris-vert. J'en ai la nausée. Maman arrive avec Santiago qu'elle est allée chercher dans la voiture. Elle déchire la petite boîte qu'elle a achetée dans le magasin pour animaux : les faux diamants scintillent et Santiago remue la queue avec enthousiasme en les regardant. Pauvre Santiago. Si seulement il savait combien de colliers il y a dans le monde. Bien plus qu'il ne sera jamais capable de réduire en morceaux.

Damme

AIMÉE

390 K followers

Il bruine et les pavés mouillés le long du canal de Damme ne facilitent pas la marche quand on a une guibolle en titane. Je jette un trognon dans l'eau et m'apprête à flâner un peu, mais ce n'est pas facile dans un village où chaque pavé me reconnaît. Dans une centaine de mètres surgira le tournant vers la rue principale de Damme, où le poète médiéval Jacques van Maerlant a passé sa vie, où Till l'Espiègle serait mort, où la librairie Feniks, la plus petite des plats pays, se cache dans les catacombes de la maison communale, et où l'on peut manger au café Lamme Goedzak les meilleures crêpes de Flandre occidentale.

Quand nous étions au café Lamme Goedzak, nous étions une famille merveilleuse. Saul se montrait charmant et la brasserie tout entière le suivait du regard, riait quand il riait, se réjouissait de son plaisir. Saul savait s'y prendre. Jamais nous n'étions présents quelque part sans qu'il se démarque d'une manière ou d'une autre. Cela ne dérangeait pas maman, mieux encore, elle aimait se blottir dans son ombre. Et nous étions ses enfants dans l'ombre. Du moins, c'est ce que nous aurions dû être.

L'automne arrive et les premières feuilles tombent en tournoyant des peupliers qui flanquent, tels des monuments séculaires, le canal de Damme, la pittoresque voie d'eau qui relie Damme en Flandre à L'Écluse aux Pays-Bas. Mais je ne sens pas de connexion, je me sens à des kilomètres des Pays-Bas et de ma vie là-bas.

Une vieille dame perchée sur des hauts talons, de l'autre côté du canal, promène un petit chien blanc. Elle me fait un signe de tête et je lui réponds par un signe de tête. Elle me reconnaît. Pas à cause d'Instagram, mais de Saul. Parce qu'ici je ne suis pas l'*authenticated influencer* qui a trois cent quatre-vingt-dix mille amis, mais la fille de l'écrivain.

J'appelle mes followers des amis, alors que c'est bien entendu ridicule. Nous ne sommes pas des amis, nous sommes des étrangers. La seule chose qui nous relie, c'est le léger effleurement d'un doigt sur un écran. Un mouvement insignifiant. Des amis du bout des doigts. Et pourtant : trois cent quatre-vingt-dix mille bouts des doigts.

Peut-être que je devrais appeler Chantal et lui présenter mes excuses. J'étais en colère, cela m'arrive rarement. J'ai hurlé dans sa maison-bateau : « Je laisse tomber ! » J'ai refermé brutalement son ordinateur portable et je me suis précipitée dehors. Peut-être que je l'ai renvoyée, peut-être que c'est *moi* qui ai démissionné. À qui appartient ce projet, au juste, qui mène cette danse que nous exécutons depuis trois ans déjà ? Qui en a créé les pas ? Sans ma personnalité, pas d'influenceuse. Mais sans Chantal, pas de personnalité.

Le village approche et la tour plate de Notre-Dame se dresse au-dessus du polder. Je ne vais pas vloguer ici. Les champs de blé plats, les enfilades interminables de peupliers et les rues étroites de Damme ne sont pas une toile de fond instagrammable, du moins pas pour mon public de niche. Chantal a dit : *Tu ne dois pas être tes followers, tu dois les inspirer.*

Je tourne la tête et vois la dame au petit chien marcher le long de l'eau. Ses cheveux sont parfaitement crêpés, sans doute une perruque, elle porte une petite veste en bouclé, une jupe fuseau jusqu'aux genoux et un collant avec une couture noire qui descend tout droit sur son mollet. Ou remonte.

Mo m'a vue un jour swiper tandis que, sur une photo, j'éliminais des petites rides sur ma peau, ajoutais du lustre à mes cheveux, me donnais un petit peu meilleure mine. Il m'a regardée d'un air compatissant au-dessus de son café noisette dans le bistro à Paris. Je me concentrais sur mon écran et j'essayais de ne pas y prêter attention, mais ce regard compatissant est revenu de plus en plus fréquemment et je ne pouvais plus nier que je me sentais blessée.

« Qu'est-ce qu'il y a ? ai-je demandé du ton le plus neutre possible.

— Que fais-tu ?

— Je travaille.

— Tu changes la photo que j'ai faite de toi.

— Oui.

— Pourquoi ?

— Pour l'améliorer.

— Selon quelles normes ?

— Écoute, Mo, je n'ai pas le temps pour ce genre de choses.

— Tu ne vois pas ce que tu fais ? Qu'en trichant tu crées des critères de beauté impossibles ?

— Je ne triche pas, j'utilise une application photo professionnelle.

— C'est un mensonge.

— Ne sois pas si dédaigneux, Mo. Ces applis rendent tout plus sincère au contraire. Avant, il fallait avoir un physique parfait pour pouvoir être influenceur, maintenant tout le monde peut ressembler à un influenceur. Il suffit de savoir comment fonctionnent les outils et c'est incroyablement simple. Les règles du jeu sont plus équitables. Cette soi-disant tricherie a simplement rendu les réseaux sociaux plus inclusifs et démocratiques. »

J'essayais de marquer des points, mais cela ne marchait pas vraiment. Je n'arrivais pas à me convaincre moi-même.

« Tu crois à ce que tu dis ?

— Comment ça ?

— Que tu contribues de cette manière... », il s'est raclé la gorge, « à la *démocratisation* des réseaux sociaux ? Ce n'est pas cette même femme qui s'est écriée qu'elle ne se laisserait jamais transformer par la chirurgie esthétique parce que la vraie beauté vient avec les années ? Je ne te reconnais pas, Aimée. » Je me suis tue et j'ai continué de swiper. « Très bien, a-t-il dit. Continue de suçoter ta tétine numérique. Ça va comme ça. » Il a reculé sa chaise qui a crissé sur le sol et il est sorti.

À travers la vitre, je l'ai vu disparaître dans la rue la plus photogénique de Paris. Je l'ai laissé partir et j'ai glissé plus près un vase en verre contenant une rose, j'ai posé la jolie petite cuillère en forme de coquillage près du café, je me suis appuyée de côté pour que les lettres sur la fenêtre du bistro entrent tout juste dans le champ à l'arrière-plan. J'ai mis la photo en ligne.

En un rien de temps, ma nature morte de tasse de café en France a obtenu plus de dix mille likes. Mes followers se bousculaient pour me souhaiter un séjour agréable dans un Paris ensoleillé. Personne ne voyait à quel point mon café était sombre.

Le petit chien blanc jappe et la dame regarde l'animal avec ravissement comme si elle le comprenait. Malgré les talons, son âge et les pavés, elle se déplace avec souplesse et grâce. Le petit chien blanc avance au même pas. *Daar gaat ze*, « La voilà qui passe », chantait Koen Wauters il y a longtemps, et toute la Flandre chantait avec lui. Une chanson sur une femme jeune, pas sur une femme âgée qui se promène sur les pavés de Damme. Et pourtant : la voilà qui passe. Mo avait-il raison ?

Impulsivement, je prends mon téléphone et le place près de mon visage. Je ne sais pas ce que je fais, ni pourquoi, mais je commence à parler sous la lumière crue du jour en disant qu'elle part et qu'il faut que les choses changent, qu'elle veut faire des recherches. Elle a en tête la chanson qui à présent semble ne parler que d'elle.

Elle dit qu'elle ne prend pas congé de ses nombreux followers, mais qu'elle va explorer ce qui se trouve sous les paillettes, sous la peau, et même, dit-elle un peu pompeusement, dans les profondes cryptes de son cœur. *Elle a parfois des secrets dont je préfère ne rien savoir.*

Elle dit qu'elle promet d'être sincère à cet égard, qu'elle ne veut pas continuer à aller à la dérive dans un monde qu'elle a l'impression de rêver et que d'ailleurs elle rêve probablement. *Il lui arrive de planer, et de rêver si bien qu'il lui arrive aussi de m'oublier.*

Elle dit qu'elle veut inverser l'oubli. Qu'elle veut aller de l'avant, pas en arrière, mais qu'elle doit pour cela creuser.

Que cela fera mal, mais qu'elle ne se laissera pas barrer la voie. Par personne. Elle va faire la lumière.

Elle s'interrompt.

Je tourne l'objectif, arrête de parler, n'édite rien et ne choisis aucun filtre.

Partager.

Drongen

MARGOT

Mercredi 15 septembre

Merde. Finalement, on m'a tout de même collé un homme, parce qu'il n'y avait pas de femme disponible. Vu aujourd'hui pour la première fois mon thérapeute ou, comme on dit, mon *traitant. Traitant* est le mot le plus laid que je connaisse pour décrire une personne avec laquelle on a un entretien. Il est plus jeune que moi, pose des questions qui semblent sortir directement de ses cours, a un visage étroit, une coupe mulet et un regard indéchiffrable. Je ne réponds pas, bien sûr que non. Je vais faire mon temps ici sans laisser un adolescent assommant triturer mon esprit. Chez mon père, il y a toujours un glandeur de ce genre qui ne peut pas m'encadrer, et inversement. On ne peut pas faire confiance à Max.

L'adolescent a une voix monotone que j'ai imitée pour plaisanter. Je me suis contentée de dire *oui* et *non* pendant notre entretien et, pour le reste, nous nous sommes tus. Au bout de trois quarts d'heure, une sorte de dialogue a fini par s'instaurer, qui s'est déroulé à peu près comme suit.

Le traitant : « Vous travaillez dans un hôpital universitaire, je vois. »

Moi : « Oui. »

Le traitant : « Curieux. »

Moi : « Non. »

Le traitant : « Vous portez toujours du noir ? »

Moi : « Oui. Depuis mes seize ans je porte du noir, à l'hôpital je porte un uniforme blanc et l'ironie ne m'échappe pas. »

Le traitant : « Pourquoi portez-vous du noir ? »

Moi : « Parce que je me sens bien ainsi. Est-ce que les séances portent sur ce sujet ? Le type de vêtements ? Dans ce cas nous en avons terminé. C'est noir. »

Le traitant : « Que ressentez-vous ? »

Moi : « Quand ? »

Le traitant : « Maintenant. »

Moi : « De l'ennui. »

Le traitant : « Si nous arrêtions alors ? »

Moi : « Oui. »

Si cela se déroule aussi facilement, je vais traverser cette période tout en douceur. Me taire, éviter les questions, me promener de temps en temps et dans deux semaines filer chez mon père pour l'aider et dire à Aimée ce qu'elle doit faire. Aimée va s'insurger, mais elle n'est pas de taille. Je suis la plus forte.

Damme

AIMÉE

401 K followers

Il est huit heures du soir quand je me gare de nouveau devant la ferme de Lapscheure. L'agent de sécurité, assis parmi les orties sur une chaise pliante, regarde son téléphone portable, les voitures inconnues ont disparu, ce qui me rassure. Max me fait entrer dans la maison silencieuse et, cinq minutes plus tard, nous sommes assis entre les mêmes bibliothèques dans la pièce basse où il fait une chaleur désagréable et utérine.

« Une boisson plus forte que cet après-midi. » Il ne pose pas la question, il annonce, car nous aimons le whisky et nous en avons à présent tous les deux envie. La boisson rend loquace.

« Ça fait combien de temps que tu es là, Max ?

— Je fais partie des meubles, tu le sais pourtant, non ? » Il me fait un clin d'œil, je secoue la tête et esquisse un léger sourire. « Depuis que j'ai appris la nouvelle, dit-il. Saul ne le savait pas encore. Je l'en ai informé et je lui ai aussi expliqué les répercussions que cela aurait. Il pensait que tout allait s'arranger. » Typique de Saul : convaincu de sa propre grandeur, mais totalement naïf quant aux conséquences. La célébrité n'est pas tendre. Margot et moi l'avions déjà compris enfants. La célébrité est une vermine qui vous grignote avidement la chair pour s'introduire en vous, se propage à toute allure et, si vous n'y prenez pas garde, mange votre père.

Saul se faisait harceler par des *stalkers*. Moi aussi. Il y a deux ans, un follower m'écrivait sans cesse sous des noms différents des choses épouvantables : des menaces qui prenaient de l'ampleur. Un matin, j'ai trouvé devant ma porte un bouquet de roses rouges. *Je sais où tu habites et ce que tu penses*, était-il écrit. Je suis allée à la police, qui ne pouvait rien faire. Un agent entre deux âges a regardé mes fleurs d'un air compatissant et m'a dit qu'on ne pouvait pas établir un lien entre une menace dans le monde virtuel et un bouquet de roses dans le réel.

« Tu es passée voir Annelies ?

— Non », ai-je répondu sèchement à Max. J'ai du mal à supporter qu'on se réfère à une tombe comme à une personne. On ne pourra plus jamais aller voir maman, car maman n'existe plus. Je peux me mettre debout à côté d'une stèle, je peux déposer des fleurs et allumer des bougies, mais passer la voir, non, c'est impossible. Je n'ai pas envie de penser à maman maintenant, je prends une lampée, laisse le whisky glisser dans ma gorge, *maak me zacht*, « fais-moi fondre », comme le dit la chanson.

« Saul m'a confié qu'elle lui manque.

— Pourquoi ?

— Parce qu'elle était la femme de sa vie, c'est ce qu'il dit.

— Saul dit tant de choses.

— J'aurais préféré mourir plutôt que d'avoir aimé une autre femme, ce sont ses mots.

— Ils ne sont pas de Saul, mais d'Hemingway.

— Ah bon ?

— Saul passe son temps à citer les autres, tu le sais pourtant, non ?

— Aimée », dit Max avec circonspection et il s'interrompt pour que ce qui suit s'érige sur un socle de silence. « Pourquoi es-tu encore tellement en colère ? »

Encore. Tellement. En colère. Quatre mots qui sous-entendent toutes sortes de choses.

« Je veux le voir.

— Pas maintenant.

— Pourquoi ?

— En fin d'après-midi, il a bu avec ses amis, ils sont allés se promener avec le fusil et, brusquement, près de l'étang, il s'est tiré dans le pied. » Typique, maintenant Saul peut en faire des tonnes dans le rôle du héros tourmenté. « Ce n'est pas grave », me console Max inutilement. « Là il est au lit, en train de cuver son vin, et ça devrait durer encore un certain temps.

— Pourquoi est-ce que je ne peux pas le voir ?

— Je viens de te l'expliquer.

— Max, s'il y a quelque chose de grave, je veux le savoir.

— Quelque chose de grave ? » Il rit, stupéfait. « Que veux-tu dire ? Ce n'est pas assez épouvantable qu'il soit soupçonné d'avoir enlevé une adolescente ? Que toute sa réputation soit ternie ? Aimée, as-tu seulement idée de toutes les saloperies qu'on lui balance ? Ton père est dévasté, détruit sur les réseaux sociaux, soit dit en passant, le monde où tu exerces tes activités ! »

Tac. Voilà que ça recommence. *Mon* monde est encore responsable. *Mon* monde est constamment accusé de tout. *Mon* monde est factice. *Mon* monde est idiot. *Mon* monde est dirigé par des abrutis, les Russes, les riches, les grandes entreprises. *Mon* monde détruit mon propre père. Désolé, Max, mais c'est l'inverse.

Je bois et me tais. La maison se tait avec moi et semble trop grande pour nous deux, et Saul qui dort. Je regarde le foyer de la cheminée et les grosses bûches qui ne brûleront qu'en hiver.

Je demande à Max : « Tu crois que Saul est innocent ?

— Tu crois que Saul est coupable ? »

Je pose mon verre sur la table, relève la jambe droite de mon pantalon. Je serre une main autour du tube d'acier où autrefois il y avait un mollet de onze ans. Je regarde Max et je ne dis rien. Je dis tout.

« Aimée... » Il chuchote mon nom.

« Oui, Max ? »

Il me prend la main, approche mes doigts de sa bouche et les embrasse, me regarde de ses yeux vigilants. Je pense aux soirées à Amsterdam, aux promenades le long des canaux, aux détournements de petites embarcations, à nos nuits ensemble, aux moments où il venait et aux moments où il repartait. Je ne savais jamais quelle idée me faire de ce que nous étions, de sa sollicitude, son adoration, une forme d'intimité peut-être perverse tout compte fait.

« Pas ici, dis-je.

— Nous pouvons y travailler, Aimée.

— À quoi ? »

Je prends la bouteille sur la table et ressers du whisky.

« Tu étais là ce soir-là, Aimée, à la villa Krekelhof, au moment de l'accident. »

Il pèse ses mots. « Tu as dû te demander si, au fond de toi, tu ne sais pas tout. » Je bois et laisse mes pensées aller dans la direction où je les empêche toujours de se diriger. *La porte derrière Marie. Un poing serré sur une robe.*

« Margot était là aussi, Max. Pourquoi tu ne lui demandes pas ? »

Il s'adosse à son fauteuil et se frotte l'aile du nez.

« Où est ta sœur ?

— Elle suit des cours », dis-je en ricanant, avant de décider que Max a le droit de connaître la vérité. « Margot a volé des médicaments à l'hôpital. Elle suit une sorte de programme de désintoxication qui dure deux semaines. Mais ne le dis pas à Saul, s'il te plaît, elle ne voudrait pas qu'il l'apprenne.

— Tu vas lui rendre visite ?

— Non, l'idée est qu'elle s'isole pour sa cure de désintoxication et qu'elle fasse son introspection. » Max secoue la tête.

« Margot qui va faire son introspection », dit-il avec aigreur. Ils ne s'entendent pas bien, ces deux-là. « Et après ?

— Comment ça, après ?

— Est-ce qu'elle va pouvoir reprendre son travail à l'hôpital ?

— Aucune idée. Je crois, oui. Nous ne sommes plus aussi proches, Max, elle s'éloigne de plus en plus, de tout le monde en fait. Elle a des problèmes avec Simon.

— Et toi ?

— Comment ça, et moi ?

— Quel effet ça te fait ?

— Je ne sais pas. Je pense que deux semaines de repos lui feront du bien.

— À toi aussi.

— Peut-être.

— Tu restes dormir ?

— Non. Je vais retourner au village. Je trouverai bien une chambre.

— Il n'y a qu'un seul hôtel », dit-il.

Je le sais bien sûr. À cette heure, on ne peut aller qu'au Postillon, l'hôtel familial qui existe depuis deux siècles déjà, autrefois fierté locale et à présent gloire passée de la rue principale.

« Je voudrais voir Saul avant de partir.

— Cela ne me semble pas raisonnable.

— Pas à moi. »

Je me lève et passe entre deux bibliothèques remplies de livres pour m'engager dans le couloir étroit et longer l'escalier aux marches irrégulières qui conduit aux chambres à coucher.

« Il n'est pas en haut, il est ici. » Max indique le cabinet de travail de Saul, la pièce dans le coin qui était toujours strictement interdite à Margot et à moi. Dans cette pièce ne venaient que des mots et qui étions-nous pour nous interposer entre un écrivain et ses mots ? Saul pouvait y séjourner des journées entières, parfois des semaines ; il y avait là un lavabo, une brosse à dents et un lit. Pendant les périodes d'écriture qu'il appelait ses *retraites*, maman déposait trois fois par jour un repas sur un plateau devant la porte, comme dans un monastère ou une prison.

Personnellement, cela me faisait toujours penser à un hôtel, où les assiettes sales atterrissent devant la porte, pour être nettoyées par le personnel. Maman voyait les choses différemment. Ou elle ne les voyait pas, c'est plus probable. Une fois, Margot a retiré un plateau fumant qu'elle a caché sous son lit ; nous voulions voir si la faim finirait par faire sortir notre père de son repaire. Mais il a simplement vociféré pour obtenir son repas.

Par l'entrebâillement, j'observe la pièce obscurcie. Mes yeux s'habituent lentement : il dort encore au même endroit.

J'ouvre un peu plus la porte, la lumière du couloir se projette à l'intérieur, précisément sur ses grandes mains crevassées qui reposent, immobiles, sur sa poitrine. Il ne fait aucun bruit et j'ai l'impression sur le moment qu'il n'est plus. La peau de son visage est blanche, très différente de la trogne d'ivrogne que je lui connais. Ses yeux sont fermés et mon regard paraît déplacé.

Jamais auparavant je n'ai pu voir Saul ainsi, jamais auparavant je n'ai pu l'observer de cette manière parce qu'il a toujours été le premier à regarder. Dans notre famille, c'est lui qui avait les yeux, lui qui était le regard mettant tout le monde mal à l'aise. Nous subissions ce regard, nous le tolérions, sans savoir y répondre.

Max pose une main sur mon bras, il s'apprête à parler, mais je l'écarte d'une secousse et pénètre dans l'obscurité. Un tapis moelleux sous les pieds, des rideaux épais qui protègent du vent et du froid glacial car l'écrivain aime travailler au chaud.

Sur son bureau est posée la même machine à écrire, pas une classique, mais une électrique, une sans levier de retour qui peut effacer les mots mais pas les déplacer. Une demi-page écrite pend au-dessus du rouleau. Autour de la machine s'étend une forêt de feuilles A4 dactylographiées et, droit contre le mur se dresse, comme s'il supervisait son travail, un exemplaire du *Coup de poing de l'amour*.

Je cherche l'homme allongé et le vois clairement maintenant que mes yeux peuvent percer l'obscurité. Je m'accroupis à côté de son lit et m'approche plus près de lui que je ne le souhaite. Il me devine. Ses yeux clignotent, s'ouvrent. Son regard cherche, il me fixe d'un œil vague.

« Aimée », dit-il d'une voix frêle, apeurée, laissant entendre que tout est fini, qu'il est quelque part aux portes de la mort, et que je dois être une apparition angélique.

« Oui, Saul. » Il ne bouge pas, en proie à une ivresse due à l'alcool et aux comprimés. Il continue de regarder avec des yeux faibles, effrayés, qui ne lui ressemblent qu'à moitié.

« Ça s'est déclenché », dit-il. J'acquiesce lentement, même si je ne sais pas ce qui s'est déclenché. L'homme allongé à côté de moi, je ne le reconnais pas. Même son haleine n'a pas la même odeur.

« Tu vas m'aider ? » demande-t-il et je me tais. « Tu es revenue », chuchote-t-il, et cela chambarde quelque chose en moi. Un endroit que, depuis des années, j'avais entouré de murs, verrouillé. Quelque part où je n'ai même pas le droit d'aller.

« Tu es revenue », répète-t-il et je réponds la seule chose qui me vient à l'esprit et qui est peut-être vraie.

« Oui, je suis revenue. »

Damme, à l'époque

« Aimée, tu sais qui a écrit *Moby Dick* tout de même, non ? » Je pense que le livre est à propos d'une baleine qui a avalé quelqu'un, mais apparemment cela ne suffit pas. Margot tend le cou chaque seconde un peu plus, parce qu'elle connaît la réponse, bien sûr.

De son fauteuil de lecture, papa continue de me lancer un regard où se mêlent désagréablement la déception et la moquerie.

« Laisse donc Aimée tranquille, dit Max.

— Moi je le sais ! Je le sais ! » s'exclame Margot, comme si quelqu'un en doutait encore. Papa dit qu'il est temps d'arrêter le jeu, alors qu'il n'y participait même pas. Les invités vont arriver et il doit encore se changer. Max regarde sa montre et referme le plateau de jeu avec un claquement.

« Qui a gagné, Max ? demande Margot.

— Toi, dit-il.

— Est-ce que nous pourrons descendre un petit moment tout à l'heure ?

— Je ne préfère pas, répond Max.

— Juste un petit instant alors », concède Saul.

Une heure plus tard, en pyjama, nous proposons à la ronde des toasts Melba tartinés de salade de crabe, les invités en prennent tous un et nous regardent d'un air attendri.

« Vous avez des filles superbes ! » dit une femme rousse qui s'appelle Nicole, et à mon horreur, elle me touche le menton en faisant un clin d'œil à papa. Un chauve au sourire animé qui s'appelle Rex compte puérilement chaque chips qu'il prend dans le plat. Trois, quatre, cinq. Merci, madame, dit-il en souriant. Nous distribuons les serviettes et Margot sert même des verres pleins à ras bord. Maman sourit dans sa robe courte et c'est comme ça que je sais que nous faisons ce qu'il faut. Nous disons bonsoir et nous montons à l'étage tandis que tout le monde agite la main avec enthousiasme en signe d'adieu, comme si nous partions en voyage.

Je demande à Margot si je peux rester allongée auprès d'elle un moment. Il y a toujours du bruit quand des invités sont là et je n'arrive pas à dormir. Elle acquiesce et je me faufile à côté d'elle sur le lit surélevé dont toutes les peluches ont été bannies depuis cet été, mais Margot n'a pas voulu me les donner. Maintenant, elles vivent dans un coffre fermé. C'est de la maltraitance, d'une certaine manière, mais je ne dis rien.

J'ai le droit de rester dans les bras de Margot et nous plaisantons sur les gens en bas avec leurs grands nez, leurs voix fortes et leurs cheveux roux. Papa a des amis bizarres. Nous chuchotons et rions tout doucement, même si nous savons que, ces soirs-là, il ne monte jamais. Nous finissons par nous endormir.

Je me réveille au pied du lit de Margot. Il fait noir dehors.

On entend des battements étranges, comme les sons graves d'une basse ou des coups répétés contre quelque chose. Je n'entends plus de conversations ou de rires. Que des coups. Je ne sais pas pourquoi, cela m'inquiète. Je tire le pied de Margot.

« Quoi ? » Je ris parce que ses cheveux sont en bataille et que tout est froissé par le sommeil. « Quoi ? » demande-t-elle encore une fois en se frottant les yeux.

« Tu entends ? » J'écarquille les yeux, comme si je l'aidais ainsi à entendre. « Ces coups !

— J'ai envie de dormir, Aimée.

— Ce n'est pas de la musique.

— Non.

— C'est quoi alors ?

— Aimée, ça n'a aucune importance. Allez, va dans ta chambre. J'ai envie de dormir. »

Pas moi. Je descends du lit de Margot et dis : « Je vais voir.

— Aimée, non ! »

Je sors de la chambre, descends tout droit l'escalier vers le couloir en bas, d'où vient le bruit.

« Attends ! » me lance Margot et elle me suit d'un pas traînant.

Nous descendons pieds nus l'escalier en bois qui craque toujours. J'ai l'habitude de ce craquement, mais je n'arrive pas à situer ces coups inquiétants. Peut-être que le volet d'une fenêtre s'est brusquement détaché ? Peut-être que le vent souffle fort et que le bois vient heurter le mur ? Je regarde par la fenêtre : le pommier est immobile dans le jardin. La balançoire ne bouge pas.

Margot reste derrière moi. Je la trouve adorable avec ces cheveux en bataille et c'est la première fois. Margot est magnifique. Margot sait écrire. Je l'ai vue à l'œuvre : les phrases glissent sous sa plume, presque naturellement, comme des larmes. Oui, j'ai pensé à des larmes, mais je ne sais pas pourquoi. « Je sais tout simplement où chaque chose a sa place », a-t-elle dit quand je lui ai demandé comment elle s'y prend. « Je ne réfléchis même pas, j'accompagne les mots vers l'endroit où ils ont le plus envie d'être. » Elle aide, j'ai pensé, quand elle écrit, elle aide les mots.

Boum. Le bruit n'arrête pas. Il a un rythme, mais ce n'est pas de la musique. Boum, boum. La porte au bout du couloir est fermée, et ça aussi, c'est curieux. Cette vieille porte est de travers et se coince. On la laisse donc toujours ouverte.

Je pose mon oreille contre le bois. Quelqu'un soupire. Une voix d'homme. Très profondément et longtemps. Comme s'il était épuisé ou renonçait. Boum. Boum. Je regarde Margot qui a l'air tout d'un coup totalement éveillée et dit que nous devons retourner en haut. Elle ajoute que tout va bien, car d'après ce qu'on peut entendre personne n'est malheureux et rien n'est cassé.

« Comment le sais-tu ?

— Aimée, tu peux dormir avec moi dans mon lit, OK ? » Elle a l'air gentille, mais aussi nerveuse. « Viens, on retourne en haut. » Avant, elle m'aurait certainement convaincue en me faisant cette proposition, mais les coups ne font que s'amplifier et je veux savoir ce qui se passe. Je plie les genoux pour regarder. Margot me tire par le bras.

« Arrête ! » lui dis-je en sifflant, mais elle tire plus fort, m'entraîne dans le couloir.

« Aimée, qu'est-ce que tu fais ? Je veux que tu remontes avec moi !

— J'ai juste envie de voir.

— Je sais ce qui est bon pour toi, non ? »

Je m'agenouille devant la porte. Entre les planches j'aperçois une partie de la chambre : le fauteuil vert où papa lit toujours. Je remarque une chose suspendue, une chose qui n'est pas à sa place : un tissu rose qui ressemble à de la chair. Le tissu bouge, c'est de la peau, un dos nu avec des fesses : quelqu'un sans vêtements est assis à l'envers sur le fauteuil de lecture de papa. Devant le fauteuil, la femme aux cheveux roux rampe par terre. Elle aussi est nue et appuie son nez entre les fesses.

Dans le coin se dresse une bibliothèque qui vient heurter très fort le mur. Boum. Boum. Devant les livres flotte maman que deux grandes mains agrippent par les cuisses. Contre elle un homme dont les hanches font un mouvement de va-et-vient. Un homme aux larges épaules et chauve. Je retire ma tête, me retourne et arrête de respirer. Margot, assise sur l'escalier, a l'air triste.

« Mon poussin... qu'est-ce que je t'avais dit ? »

Drongen

MARGOT

Jeudi 16 septembre

Je ne suis pas jalouse. Parfois je pense à Simon, je me le représente alors sur son siège en première classe dans le Thalys en direction de Paris, avec son ordinateur portable sur la tablette rabattable, sa barquette de sushis de supermarché sur les genoux et un sourire constant aux lèvres, pendant tout le trajet en train. Il commande un gobelet en plastique de vin au Welcome Bar du train, regarde plein d'attente le monde qui défile et se dit que sa vie est riche et qu'il est heureux.

Je le lui souhaite sincèrement, esquisse même dans mes pensées un portrait d'elle raisonnable : très française et élégante, mais pas particulièrement attirante. Aimable, mais pas intelligente. *Quand tu laisses libre cours à ton imagination*, a dit Saul un jour, *il faut que ce soit à ton avantage, imagine ce qui fait ton affaire. Ce que tu ne sais pas ne peut pas te faire du tort, contrairement au fruit de ton imagination.* Il avait parfaitement raison.

Chez le traitant, je fais de mon mieux pour ne penser à rien. J'y parviens plutôt bien. Ces derniers jours, nous étions assis en silence l'un en face de l'autre. Pour tuer le temps, j'essayais de lire les titres dans sa bibliothèque. Certes, je suis obligée d'assister à ces séances, mais pas de parler avec lui et, de toute façon, il n'a pas le droit de raconter ce que je dis pendant les séances. Ou ne dis pas.

Puis il s'est passé quelque chose d'intéressant. Le traitant a regardé mes mains et m'a demandé pourquoi j'avais la peau si sèche. C'est une bonne question, mes mains sont souvent blanchâtres et fendillées. Curieusement, personne ne le remarque d'habitude. À l'hôpital, je porte des gants et devant Simon je parviens très bien à le dissimuler. La tentation de le récompenser pour sa fine observation était trop grande. Autant le faire, puisque j'étais là.

« Cette sécheresse s'explique parce que c'est là que ça commence.

— Qu'est-ce qui commence là ? a-t-il demandé.

— Désolée, mais je ne peux pas vous le dire. »

Il se penche légèrement en avant sur sa chaise : « Vous ne le pouvez pas ou ne le voulez pas ?

— Je ne le veux pas, monsieur le psychiatre.

— Je ne suis pas psychiatre, je suis psychologue.

— Le vide.

— Pardon ?

— Le vide commence au niveau de mes mains et de mes pieds.

— Je ne comprends pas.

— L'évidage.

— De quoi ? »

Question extrêmement bête. J'étais agacée au plus haut point par sa stupidité, son incapacité à enchaîner, à comprendre. J'ai décidé de me taire. Il n'a pas insisté.

« Avez-vous déjà pris le temps d'examiner l'album ? »

Il veut dire l'album photo que je devais apporter au centre : des photos de ma jeunesse.

« Je connais l'album, merci. » Les albums photo sont légion. Maman aimait fixer les souvenirs sur des photos, des images qui étaient plus proches de l'imaginaire que de la réalité. Elle collait soigneusement les photos dans des albums aux couvertures en tissu colorées. Sur les photos, tout était merveilleux. Des visages ravis autour d'un gâteau. Margot sur la balançoire. Papa bronzant dans le jardin. Une rétrospective exemplaire. Avec ses photos, maman voulait rendre le passé inoubliable, mais une chose vraiment inoubliable n'a pas besoin de photos. Elle faisait ce que fait Aimée sur ses réseaux sociaux : réécrire. La photo d'une table mise pour fêter un événement avec un ami qu'elle n'a plus. Et Simon ? Est-ce que j'ai encore Simon ? Et quand il pense à notre passé, est-il inoubliable ?

« Regardons-le ensemble la prochaine fois », a dit le traitant d'un ton cordial, comme si nous avions enfin une perspective de réjouissance. Un plan. Une lueur d'espoir. Il s'est levé alors qu'on était encore loin de la fin de la séance. Cela me convenait, je n'ai rien dit et je suis retournée sagement dans ma chambre.

À présent, je suis assise à mon bureau Ikea en train de réfléchir et cela me dérange qu'il ne se soit pas donné la peine de poser davantage de questions. Nous avons partagé quelque chose que je n'ai encore partagé avec personne, vraiment personne, quelque chose qui pousse à miser le tout pour le tout, et il laisse filer. Est-ce qu'il ne serait pas vraiment intéressé ? Par moi ?

Non, tout le monde s'intéresse à moi. Je n'ai jamais eu à faire quoi que ce soit de spécial pour ça, il en a toujours été ainsi. Je sais aussi qu'il peut en être autrement : je l'ai constaté chez ma sœur. Autrefois, personne ne s'intéressait vraiment à Aimée. Elle était tellement banale. Parfois, elle me paraissait transparente. Maintenant, elle a des followers qui lui font croire qu'elle est visible. Est-ce que ça la rassure ?

J'essaie de l'imaginer à Damme chez papa, chez Max ou au Postillon, où elle a une chambre. Bien sûr que Max fera comme s'il comprend Aimée parfaitement. Papa sera fidèle à lui-même, il n'écoutera pas, ne comprendra peut-être même pas à quel point la situation est sans issue, et pendant tout ce temps je suis coincée ici dans ce putain de centre Fleur de pommier et on m'en fait baver.

Cette nuit j'ai fait un rêve. Vivant, déstabilisant. Lucas était dans sa blouse blanche de médecin devant la porte de ma chambre et me suppliait de revenir à l'hôpital, de le retrouver. Je riais et ressentais tant d'amour que je ne pouvais m'empêcher de le serrer fort dans mes bras, mais il glissait, se brisait lentement dans mes bras, se dissipait en une version poudreuse de lui-même. Il finissait gris, poreux, dans mes mains. Il n'était plus que cendres. Je soufflais.

Est-ce qu'Aimée a des rêves ? Et papa, est-ce qu'il s'habitue à ses cauchemars ? C'est assez intéressant de se trouver au seuil d'une histoire, de regarder les joueurs empiler soigneusement les cartes alors que je sais que je peux, d'une seule phrase, en créant un seul minuscule courant d'air, renverser tout le château de cartes.

Damme

AIMÉE

419 K followers

O Blanche, Blanche, Blanche en zijn peird! Djuk djuk judjuk mijn peird! Braillant cette chanson dialectale sur une femme dans sa carriole encourageant son cheval à avancer, un cortège exubérant de buveurs de bière ventripotents défile dans les pièces de la ferme. Un homme du nom de Stan avance à quatre pattes en hennissant sporadiquement entre les meubles et en portant sur son dos un Bruxellois auteur de son premier livre qui agite en chantant le drapeau de la Flandre occidentale. Deux autres artistes trottinent en entrechoquant des chopes et des fourchettes derrière la monture, et mon père vêtu de son seul caleçon marche à l'avant en claudiquant, le pied droit bandé, et en frappant deux cymbales l'une contre l'autre de toutes ses forces chaque fois que le mot *cheval* est prononcé. *Peird.* Clap, tsing! *Ja, zo is 't leven en azo is 't goed*, « Oui, la vie est ainsi et c'est aussi bien comme ça », chantent-ils joyeusement, faux et à tue-tête. *En ge gaat 't niet verbeteren, hoehard dat ge ook wroet*, « Et tu auras beau te donner du mal, tu ne pourras pas l'améliorer ».

Je me donne du mal. Voilà ce que je fais. Je me donne du mal en observant, assise dans un coin de la pièce, la vie et ce qu'elle a soi-disant de meilleur et je me demande combien de temps va durer cette chanson, car les strophes de Willem Vermandere me paraissent interminables, le refrain se répète inlassablement et j'en ai mal aux oreilles d'entendre le claquement des cymbales, je me demande aussi quand Max va finir par arriver car il saurait mettre un terme à ce qui se passe ici – ou irait-il rejoindre triomphalement ce cortège d'écrivains éméchés ?

Je ne connais pas les textes de Willem Vermandere. J'aimais Stef Bos, lui aussi un chanteur originaire de Flandre occidentale, mais il chantait un autre genre de chansons. *Is dit nu later ?* « Est-ce qu'on est maintenant plus tard » s'interrogeait-il. Je sens les effluves d'alcool jusque dans ce recoin, je n'ai plus touché à mon propre verre depuis une demi-heure. Quand je suis entrée dans la ferme, le cortège était déjà en marche. Saul a paradé devant moi avec sa bedaine toute blanche et ses épaules poilues, et quand il m'a aperçue, il ne s'en est pas étonné. Comme quand on remarque une chose qui auparavant n'était pas là mais n'a pas d'importance : un verre, un manteau, une mouche. Un court instant, il a fixé ses yeux gris sur les miens. Rien dans ce regard ne rappelait la douceur qu'il exprimait la veille dans l'obscurité. Je n'ai pas cligné des yeux. Il tapait les cymbales l'une contre l'autre et il est passé en hurlant.

On n'est pas plus tard, on est autrefois. Ou dans la version ultérieure d'autrefois, qui est précisément la même. Les soucis continuent d'être charriés par la bière et la vodka, le langage continue d'être exubérant, et l'exubérance le langage, il continue de ne pas me voir. Mais moi je le vois tel que je l'ai toujours vu : se cachant derrière des amis, des enfants plus agréables, des soirées de lecture à haute voix, des représentations, des femmes, l'alcool. Je ne l'ai jamais connu. Comment aurais-je pu l'aimer ? Comment y parvient Margot ?

Je fais demi-tour et me faufile discrètement dehors, où il pleut. Je me promène dans le jardin gorgé d'eau à l'arrière, un tas de boue désespérant où des toiles bleues claquent au vent sous des pavés. Le problème est loin d'être réglé. Pas de problème.

La ferme se situe sur un domaine d'environ deux hectares, où quatre granges en bois sont dans divers états de délabrement. Les champs et les prés avoisinants appartiennent à Saul, mais sont cultivés et entretenus depuis des années par un ami fermier. Il y a un verger avec des pommiers et des poiriers, un terrain boisé et un ruisseau si petit qu'on peut sauter par-dessus. De l'autre côté de la rue, en face de la grille métallique, s'élève une digue verte où paissent toujours des moutons, et derrière s'étend le canal de Damme.

Je m'abrite de la pluie dans une des granges et pense au Lauriergracht. Amsterdam est à des années-lumière. Ma vie trépidante faite de soirées cocktails, de looks signatures et de box de goodies n'a rien à voir avec ce village endormi entouré de champs monotones. Ici, au milieu des prés de fauche et des bois marécageux, où vit le bruant des roseaux et où la plupart des habitants, qui ont plus de soixante ans, se cachent dans leurs maisons bien entretenues aux volets roulants en plastique gris. Ici on ne commence pas, on finit.

Le banc dans la remise est poisseux et mouillé. Une humidité boueuse s'infiltre dans mon jean, mais je reste assise. Je regarde dehors à travers une ouverture où il y avait autrefois une porte. Je fais de mon mieux pour ne pas regarder mon téléphone. Comme il n'y a eu aucun nouveau détail à communiquer ces derniers jours sur l'affaire concernant Saul, les spéculations vont bon train. Certains écrivent que Daphné idolâtrait Saul, qu'il lui aurait proposé « des cours d'écriture privés » et l'aurait emmenée régulièrement à la ferme où un grenier du sexe aurait été secrètement aménagé. Un jeu érotique aurait pris une très mauvaise tournure, et oui, que faire quand on est un écrivain célèbre ? On veut évidemment éviter un scandale. Il est donc fort possible, même si nous ne pouvons en être *sûr* à cent pour cent, que Saul ait tenté de dissimuler son crime dans le grenier du sexe et qu'il ait fait disparaître la jeune fille quelque part dans le polder de la Flandre occidentale.

Je me blottis un peu plus dans ma veste en laine. La remise est en plein courant d'air et la tristesse suinte entre les planches mal assemblées. Les étés flamands. Je ne suis jamais joyeuse quand je suis à la maison. Je suis quelqu'un d'autre ici. Plus silencieuse, plus petite, à peine présente. Ici je suis la fille de l'écrivain, mais qu'est-il pour moi ? Est-on autorisée à douter en tant que fille, à se demander si son père serait capable du pire ? Peut-on soupçonner celui qui vous a mise au monde ? Margot estime que non, je vois les choses autrement. Nous sommes différentes. Le plus et le moins. Le noir et le blanc. Autrefois nous nous complétions, mais maintenant nous nous opposons. N'y pense pas. Regarde la pluie, sens l'humidité sur tes fesses.

On ne peut penser qu'à une seule chose à la fois, a dit Max un jour, et en le disant il a agité la main, comme s'il attrapait avec son poing quelque chose dans l'air, qu'il a ensuite approché de mon front. Il a déployé doucement sa paume au-dessus de mes yeux. *Le bossu de Notre-Dame danse le tango à Hawaï*, a-t-il chuchoté. Depuis, je l'ai toujours avec moi, cette pensée de substitution, comme une fausse paroi ou un paravent. L'idée est amusante, mais il s'avère difficile de le faire danser sur commande, ce bossu. Je n'y suis à vrai dire jamais arrivée.

« Je peux venir te parler ? » Bart le jardinier, totalement trempé par la pluie, est debout devant la grange. Je lui fais vite signe d'entrer. Il tape des pieds pour faire tomber la boue de ses semelles et me sourit comme un enfant de cinq ans qui reçoit une récompense. Sans que je le lui demande, il vient s'asseoir à côté de moi sur le banc humide qui ne me semble franchement pas assez large pour nous deux.

« On est bien, ici, à l'abri », dit-il. Un silence gêné s'installe. Nous regardons fixement à travers l'ouverture le jardin où la pluie persistante s'abat brutalement sur la terre. Je pense au petit parc sombre et à un garçon aux cheveux bouclés, avec un semblant de moustache, qui s'éloigne en secouant la tête parce qu'il n'a pas obtenu quelque chose.

« Pétrichor, dit-il. C'est le nom qu'on donne à l'odeur de la terre après la pluie. » Il fait de son mieux pour parler un néerlandais standard, il me tutoie en employant le *jij* néerlandais et pas le *ge* flamand, ce que personne ne fait ici. Il sait probablement d'où je viens. Ou plutôt où j'ai disparu.

« Je ne savais pas, dis-je. Que cette odeur avait un nom.

— Tu vis à Amsterdam, non ? » J'acquiesce et il commence à chanter une sorte de chanson : « *Osje e bitje wil chilln in minnen hof, komt gerust ollemoale mor ki of, want ik en pret en roapn, ik en prêt en roapn.*

— C'est quoi ?

— Ça s'appelle *Prei en rapen*, “poireau et chou-navet”.

C'est une parodie en flamand occidental du tube néerlandais *Drank en drugs*, "alcool et drogues".

— Ah.

— Ça va durer encore un certain temps, dit-il en montrant du doigt l'extérieur.

— La météo a prévu un mieux demain.

— Non, les travaux. »

Il désigne la terre retournée où des mottes d'herbe gisent sur le sol comme des cadavres poilus. Des toiles boueuses claquent au vent entre les piquets indiquant l'emplacement des tuyaux d'évacuation.

« Il ne sort jamais ?

— Qui ?

— Saul.

— Seulement pour des choses importantes », dit Bart en riant.

Il donne un coup de pied dans un ballon de foot à moitié dégonflé. Il porte des chaussures résistantes avec des lacets noirs serrés. Le ballon hésite et finit par sortir, la pluie éclabousse le cuir. Le silence dure. Un hérisson émerge avec prudence d'un morceau de toile. L'animal lance un regard timide autour de lui et se carapate de nouveau sous la toile.

« Un hérisson adulte a plus de sept mille épines, proclame Bart, comme si je mourais d'envie d'entendre ses connaissances sur la faune et la flore. En cas de danger, il s'enroule pour former une boule, comme ça. » Il creuse sa main en forme de bol.

« J'oublie toujours, dis-je.

— Quoi ?

— J'oublie toujours de le faire, de me rouler en boule pour hérisser mes épines. »

Il sourit et me lance un regard un peu trop tendre. Je détourne la tête.

« Autrefois, j'étais amoureux de Margot, dit-il. Mais je te regardais aussi. » *Je te regardais aussi.* Eh ben.

« Tu me regardais.

— Oui.

— Pourquoi ?

— Comment ?

— Pourquoi tu regardais ?

— Oui... pourquoi les gars regardent ?

— Dis-le-moi. »

Il se tait, sort un paquet de cigarettes et un briquet de son blouson. Sa main effleure ma jambe.

« Parce qu'ils veulent quelque chose, un petit quelque chose, dit-il en me proposant une cigarette.

— Et c'est quoi ?

— Je ne sais pas. Quelque chose de pur, peut-être. Quelque chose qui leur donne envie d'y croire. »

Je ne veux pas d'une cigarette. J'ai arrêté de fumer, cela m'arrive de temps en temps. J'ai fumé ma toute première pas loin d'ici, avec Margot, entre les appontements d'une maison en construction, quand elle m'a demandé si je voulais essayer. Nous allions souvent dans des chantiers, entre des murs à moitié terminés, des pièces sans portes, comme dans un carnet de croquis. Nous avons aménagé des maisons entières, des avenirs. Mais ce jour-là, il n'était pas question de maison.

J'ai pris la cigarette que fumait Margot, j'ai aspiré, toussé fort et trouvé ça dégoûtant. Margot a ri. Je faisais souvent le clown pour la faire rire. « Fofolle », disait-elle à ces moments-là. À l'époque j'avais déjà arrêté depuis longtemps de faire le pitre dans la famille, ce qui avait été ma spécialité pendant un moment. Je ne veux rester fofolle que pour ma sœur.

« Il faut avoir tout essayé une fois, mon poussin, disait-elle. C'est important. Le culot d'essayer. » J'ai donc pris une bouffée qui durerait plus de quinze ans et dure encore de temps en temps. Je remarque que je suis en train de fixer Bart qui, avec sa cigarette fumante, me coule un regard duveteux.

« Ça paraît si lointain, dit-il.

— Ça l'est.

— La Flandre ne te manque pas ?

— Non. »

C'est sorti vite et facilement, une réponse dont il faut se méfier.

« Tu as encore des amis ici ? Des amis du lycée ?

— Non. Enfin, un seul, dis-je poliment. Toi.

— Je ne t'ai jamais oubliée », dit-il et soudain il se penche au-dessus de moi. Avant que j'aie pu m'en rendre compte, ses lèvres touchent les miennes. Un baiser doux, presque innocent. J'ai un mouvement de recul.

« Désolé, dit-il. Cela fait des années que j'en avais envie. J'espère que tu me pardonneras. »

Je me frotte la bouche et pince les lèvres. Le tabac.

« C'est OK », dis-je, sans le penser.

Donner un baiser juste comme ça n'est pas OK, même si ce baiser a dû patienter des années. Ce n'est pas OK, mais je ne vais pas le lui dire. Je ne sais pas fixer des limites. Bart sourit et me regarde comme on regarde quelque chose d'attendrissant, de petit et d'insignifiant que l'on peut balayer rapidement sous le tapis. C'est ce qui se passe avec les limites : quand on n'en fixe pas, on s'amenuise, on devient chaque jour plus petit.

Je suis furieuse, mais je ne le dis pas non plus. Je regarde dehors à travers l'ouverture. Je pense à un garçon qui était debout devant moi contre un arbre il y a des années. À la façon dont il s'est retourné et éloigné. Je me sens moite et sale. Le vent souffle fort et j'ai envie d'être debout sous la pluie, d'oublier le baiser, d'oublier Saul, d'oublier tout le monde. Je cherche sept mille épines.

« Nous avons trouvé un vélo, annonce Bart. Je voulais te le dire.

— Pardon ?

— Un vélo, dans le jardin.

— Il y a des vélos partout ici. C'est presque un cimetière d'épaves.

— Curieux que tu emploies le terme cimetière.

— Comment ça ?

— Ce vélo était enseveli, dans la terre, assez profondément. Nous avons trouvé un morceau du guidon et nous l'avons sorti du sol. »

Un vélo, enterré, je me raidis.

« De quelle couleur ?

— Comment ?

— De quelle couleur était le vélo ? »

Je regarde l'allée remontant à la maison et vois mentalement Daphné arriver à toute allure sur son vélo rouge, ses cheveux flottant au vent, son regard plein d'espoir et heureux.

« Un vélo rouge », dit-il.

Damme

AIMÉE

420 K followers

Quand je rentre à la maison, je la trouve curieusement vide. Les amis de Saul sont partis et il est assis avec Max devant une tasse de café à la table de la cuisine.

« Qu'est-ce qu'il y a ? » dis-je.

Saul lève les yeux et bougonne : « Pourquoi il y aurait quelque chose ? » Ses premiers mots après la nuit où, debout à côté de son lit, j'étais encore potentiellement un ange : *pourquoi il y aurait quelque chose ?*

« Verstraete a invité Saul, dit Max. Nous envisageons d'accorder une interview. » *Nocturne Verstraete* est une émission télévisée à succès diffusée tard le soir par la VRT. Les invités prennent place sur un petit canapé d'une grande laideur pour parler avec Roger Verstraete des nouvelles du jour. Un mélange d'actualités et de divertissement auquel assiste chaque jour ouvré la moitié de la Flandre. Je m'étonne que Saul envisage d'accorder ce genre d'interview.

Il lève ses sourcils gris de manière ostentatoire comme s'il avait une lumineuse inspiration et affiche un si large sourire que je suis certaine de ne pas avoir envie d'entendre ce qui va suivre. « Peut-être qu'Aimée a un bon conseil à nous donner ! » dit-il en insistant avec provocation sur le mot *conseil*. Je me glace. Est-ce du sarcasme ? Est-il sérieux ?

« Sûrement pas », dis-je en fixant le sol. Max acquiesce et s'apprête à enchaîner, mais Saul redresse le dos, se grandit et continue.

« Dis-moi, Aimée, tu es une autorité dans les médias, non ? Les *nouveaux* médias, en plus. Je ne peux pas imaginer que tu n'aies rien à m'apprendre. Viens ici me confesser tes secrets professionnels ! Explique-moi ce que je dois dire à la Flandre tout entière ! Non, sérieusement, je suis curieux.

— Ssssaul... » Max prononce son nom sur un ton de remontrance, un reproche que Saul n'accepterait de personne d'autre. « Laisse-la tranquille.

— La laisser tranquille ? dit Saul en riant. Elle n'est tout de même pas venue ici pour rien ! Elle n'a pas encore ouvert la bouche une seule fois, merde. C'est ma fille et je veux savoir ce que me conseille la spécialiste. Viens ici ! »

D'un grand geste, il attrape la chaise pour la tirer sur le sol de la cuisine et apparemment me signifier que je dois m'asseoir. Je me sens vulnérable comme je ne peux me sentir vulnérable qu'auprès de Saul. Je veux le remettre à sa place ou au moins lui dire quelque chose de sensé mais, comme à chaque confrontation, tout dans mon corps est temporairement paralysé. Et Aimée fait ce qu'elle fait toujours en pareille situation : elle retire son gilet mouillé et le suspend soigneusement sur le dos de la chaise.

« Bon, dit Saul. Où en étions-nous ? »

Max me fait un rapide clin d'œil et se penche au-dessus d'une feuille A4 avec la liste des points à traiter : « Crédibilité. »

« Ah ! dit Saul. Tu es arrivée précisément à ce moment-là. On en est au thème de la crédibilité. Comment une personne devient-elle crédible ?

— Tu ne peux pas devenir crédible, dis-je. Tu peux seulement l'être. Ou pas. »

Il me regarde de manière blessante : « Parfait, Aimée, parfait, et... ?

— Comment ça, et ?

— Est-ce que *moi* je suis crédible ?

— Saul, je n'ai pas envie de ça. »

Je veux me lever et partir, mais où ? Dans cette maison, rien n'est sûr, au-delà de la cuisine il y a encore d'autres choses du même ordre, d'autres souvenirs, une pagaille que je ne veux pas ranger, que je ne veux même pas voir.

« Ne sois pas aussi rabat-joie, Aimée, je ne t'ai pas élevée comme ça.

— Peut-être qu'il vaudrait mieux avoir cette conversation plus tard, tente Max.

— Plus tard ? *Quand je serai mort ?* »

Saul rit triomphalement, parce qu'il cite Stef Bos, son chanteur préféré. À ce que je vois, le café n'a pas produit l'effet voulu, il est encore ivre. Si nous étions à Amsterdam, je me serais levée depuis longtemps. Je creuse et je creuse pour retrouver Amsterdam sous ma peau, je cherche l'Aimée d'Amsterdam, en vain. Je me lève.

« Non, ma fille, reste assise ! Bon sang. Je dois toujours faire attention avec toi. »

Attention est un mot que je ne l'ai jamais entendu employer. Maman si, elle le répétait tellement souvent que personne ne l'entendait plus. *Surtout fais attention.* C'est devenu une expression creuse, un bruissement, des lettres confettis. Facile à répandre, difficile à ramasser. Des années plus tard, je me dis encore pour tout ce que j'entreprends : *surtout fais attention.*

Quand j'avais neuf ans et que Margot en avait quatorze, nous avons sillonné la propriété dans la Saab verte de Saul. Cet après-midi-là, il avait annoncé qu'il allait nous apprendre à conduire, en se montrant généreux comme si nous le lui avions demandé depuis des années. Les voitures ne m'intéressent pas du tout. « Surtout faites attention », avait dit maman.

Le plus curieux, bien sûr, c'était que Saul soit à la maison, un dimanche de surcroît. Il avait toujours des conférences ou des entretiens avec des élèves talentueux et, quand il rentrait, il avait tôt fait de disparaître dans son bureau. Ce dimanche de la leçon de conduite était à part. Nous nous étions appliquées pour lui donner satisfaction.

Margot a commencé. Avec ses jambes de sauterelle, elle a facilement trouvé les pédales. C'était une automatique, il n'y avait donc pas besoin de passer les vitesses et bientôt nous foncions à toute allure entre les arbres de la propriété. La voiture cahotait, bringuebalait, Margot hurlait de rire, mon père était ravi et je sentais que je devenais livide et que mon déjeuner remontait. Quand cela a été mon tour, je n'ai pas pu. Saul disait que j'allais essayer, un point c'est tout, que ses enfants n'étaient pas des boulets. *Allez hop, Aimée !*

J'ai pris place sur le siège du conducteur qu'on a avancé le plus possible, j'avais les fesses moites. Je tenais le volant à deux mains, comme Saul l'avait expliqué, *à dix heures dix*, j'essayais de réprimer mon angoisse, je regardais à travers le pare-brise et voyais des arbres. Beaucoup d'arbres. Des troncs massifs. *Partout*. J'ai pleuré. Margot a passé la tête entre les sièges et dit : « Papa, si elle n'en a pas envie, elle n'est tout de même pas obligée. Moi je vais réessayer. »

Soudain Margot me manque. Ma sœur saurait ce que je dois lui dire maintenant. Elle a de la repartie et elle est vive d'esprit. Il la respecte, elle.

« Saul, se plaint Max. Il faut qu'on avance si tu veux prendre cet entretien au sérieux.

— Non, attends », dit Saul. Il recule sa chaise et vient se tenir devant moi. « Pourquoi tu n'es pas de mon côté ? » Il a un regard intense et j'ai l'impression de m'amenuiser, de m'enfoncer dans le sol de la cuisine. Je me ratatine jusqu'à devenir plus petite que l'enfant de l'époque.

« Saul, répète Max inutilement.

— Je ne sais pas de quel côté je suis, dis-je. Je ne sais pas ce qui s'est passé avec Daphné. »

En entendant son nom, il se fige. Nous ne parlons pas de Daphné. C'était ce dont nous avions convenu. Un jour. Max tapote nerveusement la table avec son stylo.

« Nous devons avancer, insiste-t-il.

— Très bien, je m'en vais », je réponds.

Saul secoue la tête et me regarde avec des yeux qui disent : ce n'est pas nouveau non plus.

Je monte dans ma voiture et fonce dans l'allée pleine de boue en direction de la rue, bien que je n'aie aucune raison de me dépêcher et de toute façon aucun endroit où aller. La vitesse me fait du bien. Je prends un chemin détourné vers le village en longeant les pâles pâturages et les fermes, je m'arrête devant un champ qu'un tracteur laboure en grondant.

Je descends, prends mon téléphone, le fixe sur un trépied et l'oriente vers moi. Je ne cherche pas à cadrer le mieux possible ou à choisir le fond le plus symétrique, je ne me donne pas la peine de me coiffer. Je regarde l'objectif et fais comme si je parlais à quelqu'un que je connais, alors que je ne connais personne à qui je pourrais parler de cette manière.

Je suis à Damme à côté d'un champ de tubercules de merde. C'est d'ici que je viens et ici que je suis revenue pour... oui, pourquoi au juste ? (Silence.) Je dirais plutôt : *parce que*, parce qu'on accuse Saul de certaines choses et que je suis sa fille. Parce que c'est ce qu'on attend d'une fille : quand un membre de la famille se fait accuser, il faut le défendre. Je le sais. Et je voulais parler avec Saul, mais je n'y suis pas arrivée. Peut-être que je n'y arriverai jamais. Amsterdam me manque. Ici j'étais chez moi (j'agite les bras autour de moi), autrefois c'était chez moi. La fille prodigue revient – c'était quoi déjà cette parabole ? Est-ce qu'il n'y était pas question de tout pardonner au fils prodigue ? (Je constate que je m'égare, retour à l'essentiel.) Les conduits d'égout à côté de la ferme où habite Saul sont cassés, ça pue donc ils sont en train de creuser dans son jardin. Aujourd'hui, ils ont trouvé quelque chose sous terre, dans la propriété. (Pause.) Un vélo. Profondément enfoui sous les mottes d'herbe dans son jardin, derrière la maison. Un vélo rouge. Qui peut bien avoir l'idée d'enterrer un vélo à un mètre de profondeur ? Pourquoi ? Ce vélo, est-ce qu'il appartenait à Daphné ?

Une voiture avec une remorque passe à toute allure à côté de moi. J'interromps brutalement l'enregistrement. Sans réfléchir à une conclusion ou aux conséquences, j'exécute les manipulations qui sont devenues pour moi une seconde nature et, une fois que j'ai fini, automatiquement, je clique.

Drongen

MARGOT

Vendredi 17 septembre

Je suis ailleurs. Je ne bouge plus. Je ne peux pas bouger. Je suis assise sur le lit et tout ce que j'arrive encore à faire, c'est glisser mon stylo sur le cahier. La porte ne ferme pas à clé et j'espère que le traitant ne va pas monter.

Je le connais, ce sentiment, je le connais si bien. L'angoisse qu'il monte, que la porte de ma chambre à coucher s'ouvre brutalement et laisse tout se produire. Toute sa bourbe et sa douleur qui se déversent comme une avalanche d'une force inouïe. J'ai senti cette force.

« Parlez-moi un peu plus de la photo », a demandé le traitant. J'ai regardé la page qu'il avait ouverte dans l'album photo : le portrait de famille où nous sommes tous les quatre devant la porte d'entrée de la ferme. Papa sourit, la main posée sur mon épaule. J'ai environ quatorze ans, Aimée en a neuf. Elle porte des bagues et donc n'ose pas vraiment sourire. Maman sourit comme si elle portait elle aussi des bagues.

« Votre père a l'air fier.

— La fierté, c'était à ça qu'on avait droit, il était là quand il avait de quoi se sentir fier.

— Que voulez-vous dire ? »

Je me souviens de ce jour-là : le portrait avait été réalisé pour une interview dans laquelle seraient évoquées en des termes charmants notre ferme authentique et notre existence pittoresque des années cinquante au domicile du célèbre écrivain. Il parlait d'œufs frais tous les matins, de plongeon dans le canal de Damme, de batifolage dans le jardin à l'arrière où le linge étendu séchait au soleil et où il écrivait entre les draps claquant au vent comme dans un film italien. Cela ne rimait vraiment à rien.

« Nous posions en tant que famille pour des photos devant accompagner un grand article mais, quand la journaliste est entrée, j'ai aussitôt compris qu'il voulait se la *faire*.

— Se la *faire* ?

— J'ai tout de suite remarqué son regard et j'étais dégoûtée.

— Pourquoi ?

— Si votre père regardait une autre femme de cette manière sous le nez de votre mère, ça vous ferait quoi ?

— Mais est-ce que votre mère s'en apercevait aussi ?

— Je ne sais pas. Ma mère savait détourner le regard.

— Donc qui est-ce que cela dérangeait ?

— Comment ?

— Est-ce que vous trouviez ça grave ou est-ce que votre mère trouvait ça grave ?

— Je ne comprends pas la différence.

— Est-ce que vous trouviez ça grave pour votre mère ou pour vous-même ? »

À quel jeu joue-t-il ? Quelle est cette gymnastique verbale ? Je la reconnais, bien sûr que je la reconnais. Papa savait aussi faire des pirouettes, de la voltige avec les mots.

À la fin de sa phrase, on ne savait plus où elle avait commencé. J'ai le cou tendu. Et la tête dans un étau.

« Margot ? Où êtes-vous ?

— Que voulez-vous dire ?

— S'est-il passé quelque chose pendant cette interview ?

— Il s'est passé beaucoup de choses ce jour-là. Les photos ont duré une éternité, nous avons dû sauter trente fois dans l'eau depuis l'appontement jusqu'à ce que tout soit parfait, j'en avais mal aux mollets et il faisait de plus en plus froid dehors. Et toujours avec le sourire ! C'était idiot, mais nous le faisions pour papa. »

Soudain on ne l'a plus vu nulle part. À un moment donné, il n'y avait plus que maman et Aimée qui flottaient encore sur l'eau devant un objectif graissé pour flouter l'image. Je suis allée à la recherche de papa, parce que c'est tout de même pas très correct de partir comme ça, non ?

Les cheveux mouillés, je me suis dirigée vers la ferme où il était probablement en train d'écrire. Il y avait une curieuse odeur, je m'en souviens encore. Pas de café, même si Max en avait préparé des litres pour l'équipe, mais une autre, vive, ardente. J'ai parcouru pieds nus le couloir et entendu des chuchotements. Non, pas des chuchotements : des gémissements. Le bruit venait de son bureau. J'ai ouvert la porte lentement.

« Quelle impression cela vous faisait, Margot ?

— Comment ?

— Qu'il veuille se *faire* la journaliste, comme vous dites ? »

Je me tais. Je me suis tue. Il ne savait pas que j'avais regardé mais, par la suite, il a vu les traces mouillées dans le couloir, les flaques d'eau laissées par mes pieds, à l'aller et au retour. Le lendemain, il m'a appelée auprès de lui et nous avons conclu un pacte. Peut-être plus tôt déjà, mais ce jour-là nous l'avons formulé. Papa et moi. *Notre pacte*. Le début de l'attachement. Et la fin.

« Je n'en ai vraiment aucune idée.

— Avez-vous eu cette impression à d'autres occasions ? »

Je hausse les épaules. *Surtout fais attention*. J'ai une impression de danger, d'être épiée sans pouvoir en désigner l'origine. Ses questions m'entraînent quelque part, dans une crevasse, un gouffre froid à l'intérieur de mon cerveau. Il veut me séduire pour m'emmener et me faire descendre dans un lieu où personne n'a le droit d'aller, où moi-même je n'ai pas le droit d'être.

« Daphné était-elle aussi ce genre de personne ? »

Son nom me fait sursauter. Je ne veux pas penser à Daphné. Les mâchoires serrées, j'agrippe la chaise.

« Cela vous met mal à l'aise quand je prononce son nom ? » Il me regarde. « Daphné. » Mes mâchoires craquent.

« Personne, dis-je avec véhémence, personne n'a le droit de prononcer son nom.

— Daphné », dit-il encore une fois avec un regard nouveau, alerte. Il me met au défi. « Est-ce que Daphné était dans la voiture quand vous avez eu l'accident ? »

Je ferme les yeux. Me tais. Je veux me lever et quitter la pièce, mais j'ai les jambes flageolantes. Le sang ne circule plus dans mes pieds. Je suis faible. Je ne peux pas partir.

« Cet accident de voiture, dit-il. Vous y pensez de temps en temps ? » Le sang fuit, se retire, de plus en plus loin, tout devient de plus en plus vide, vide. « Vous rappelez-vous que votre sœur a été grièvement blessée ? Elle a perdu sa jambe. Votre père a pu sortir de la voiture et appeler l'ambulance, mais votre sœur était encore à l'intérieur. » Mes mains serrent plus fort la chaise, pourtant je n'ai pas de prise.

Je n'ai plus de prise. Je sens la sécheresse s'infiltrer dans mes orteils et dans mes doigts. Je veux respirer, mais il est trop tard. C'est sa faute. « Et vous, Margot, dans quel état étiez-vous ? »

Je vois mes mains blanchir, se rider. Tout sous ma peau paraît tendu, crispé, me fait mal à hurler. Je ne peux rien faire, sauf sentir le sang se retirer de mes bras, de mes jambes, être aspiré vers mon buste, se loger dans ma poitrine qui se comprime et se comprime et soudain, voilà ce que j'ai redouté toute ma vie. Un claquement. Une fuite. La compression cesse. Je craque. Je me déchire. Du sang gicle de tous les orifices de mon corps, mon estomac explose, j'appuie sur mes intestins chauds pour les réintroduire à l'intérieur. Cela ne sert à rien, tout coule, continue de couler. Je les perds, je perds tout. *L'instant est là.*

Quand je lève les yeux, la salle de consultation est un bain de sang : d'épaisses éclaboussures sur les murs blancs, sur les livres, un ravage d'organes en tas dégoulinant des étagères, d'intestins rouge brunâtre glissant sur le sol, de reins chauds tremblant sur la moquette et à côté de moi sur la chaise : un cœur battant. Le mien.

Le traitant tousse et écrit. Il ne s'est rendu compte de rien.

Damme

AIMÉE

510 K followers

Un cap totalement différent. Intelligent. Engagé. Même Chantal était extatique dans son message vocal à propos de ma nouvelle *approche* sur le vlog et elle a souligné que le franchissement du seuil du demi-million était un événement à faire valoir de manière adéquate, qu'elle est submergée d'appels de chaînes radio et de journaux qui voudraient me parler, même si je sais parfaitement qu'ils ne veulent pas évoquer la barre que j'ai atteinte en tant qu'influenceuse mais l'affaire décrite à présent dans les médias comme le *meurtre commis par l'écrivain flamand.*

Tout cela grâce à un monologue devant un champ maussade à propos d'un vélo rouge. Max était furieux, il m'a informée que la police était venue à la ferme avec un mandat de perquisition, que Saul était dans tous ses états et que je ferais mieux, s'il me restait une once de bon sens, de me tenir à l'écart. « Je ne comprends pas que tu aies fait une chose pareille, a-t-il dit et il paraissait véritablement abasourdi. Je vais passer à ton hôtel. »

Devant la façade du Postillon, il y a deux fourgonnettes blanches et cinq journalistes. On leur demande aimablement de rester à une distance raisonnable de l'hôtel. Les journalistes qui s'approchent malgré tout sont chassés par un employé sur le pied de guerre. Ignorant la presse, j'entre précipitamment. La réception est déserte. Sur le guichet, un pupitre en plastique présente une feuille A4 sur laquelle deux phrases sont écrites dans un anglais approximatif :

TO OUR VISITORS AND GUESTS :
WE DO NOT HAVE INFORMATION
ABOUT THE CASE.
AND WE DO NOT ANSWER QUESTIONS
UNLESS THEY GO ABOUT THE ROOM.

Le message est enjolivé d'un côté par un vase contenant des orchidées en tissu et de l'autre par un téléphone beige à cadran qui ne fonctionne sans doute plus. Le vieil hôtel a quelque chose d'effrayant, le temps adhère au décor comme une trace de mort. Le sol de la réception est recouvert d'une moquette rouge intense usée et effilochée, sur les murs sont accrochés des tableaux poussiéreux d'animaux domestiques et d'arbres. À mi-hauteur de l'escalier en chêne se dresse une horloge ancienne qui retentit toutes les demi-heures dans l'ensemble du bâtiment. Un son creux, égaré.

Ma chambre se situe au deuxième étage et donne sur le cimetière et la célèbre tour plate de l'église Notre-Dame. Juste derrière Le Postillon s'étend un jardin planté de pommiers et se dresse un mur avec une niche dans laquelle une Vierge est prisonnière derrière une vitre.

Je suis allongée sur le lit, une pizza devant moi, à fixer un écran de télévision. Après la perquisition, Saul s'est décommandé pour l'interview avec Verstraete et, dans l'émission qui était censée lui permettre de reconquérir l'opinion publique, de le rendre sympathique et crédible, il n'est à présent plus question que de la mère de Daphné, Janina Koval, femme au foyer à plein temps, mariée à un entrepreneur anversois, deux enfants. Trois – en comptant Daphné.

Le dos droit, Janina est assise en face de Verstraete sur un tabouret brillant, robe mi-longue, jambes croisées, talons hauts, regard fixant ses doigts délicats entrelacés sur ses genoux. Maîtresse d'elle-même. Verstraete tient des propos inaudibles et elle sourit discrètement. Un éclairage d'ambiance bleu et rose danse au-dessus du présentateur et de son invitée, les lumières du studio s'allument.

Pendant l'introduction de Verstraete apparaissent à l'écran les photos constamment reprises dans les médias : un portrait de l'auteur, Saul, quand il avait encore les cheveux noirs, la ferme de Damme en des jours meilleurs, une couverture du *Coup de poing de l'amour*, la façade de la villa Krekelhof, et en dernier, naturellement, la fameuse photo de Daphné et de Saul pendant la fête. Des dizaines de nouvelles photos de la soirée ont entretemps fait surface : des personnes exubérantes, enivrées de champagne, sous des lustres étincelants. Les éditeurs, la presse et les lecteurs qui se bousculent afin de féliciter Saul pour sa grand-croix, mais Saul et Daphné n'apparaissent ensemble sur aucune des photos. Il semble même qu'il n'y ait pas d'autre photo de Daphné à la fête. De Saul oui, il est presque sur toutes les photos : souriant, flirtant, fier.

Verstraete : « Comment allez-vous ? »

Koval : « C'est difficile à dire. »

Janina a un regard intelligent, ses cheveux foncés encadrent un visage remarquablement beau, expressif. Sa voix grave a un léger accent que je ne parviens pas à situer. De temps en temps, les colliers sur son chemisier crème satiné frottent un peu le micro.

Verstraete : « Êtes-vous ébranlée par les récents événements ? »

Koval : « Bien sûr. »

Verstraete : « Pouvez-vous préciser ? »

Koval : « La seule chose que je veux dire, c'est que j'ai été choquée de voir ma fille dans le journal à côté de cet écrivain. »

Verstraete : « Vous voulez dire Saul Mertens. »

Koval : « Naturellement. »

Janina parle aisément, clairement. Elle prend tout le temps et l'espace pour laisser résonner ses mots.

Verstraete : « De quoi accusez-vous Saul Mertens ? »

Koval : « Je n'accuse personne, ce que je dis c'est que j'ai trouvé curieux de voir ma fille, juste avant sa disparition, à côté de cet écrivain connu. »

Verstraete : « Vous ne saviez pas qu'ils étaient en contact ? »

Koval : « Non. »

Verstraete : « Mais dans le message adressé aux médias à propos de la photo, vous sous-entendez tout de même quelque chose de ce genre. »

Koval : « Je ne suis pas responsable de tout ce qui paraît dans les médias, monsieur Verstraete. »

Verstraete : « Le vélo qu'on a retrouvé dans le jardin de M. Mertens appartenait-il à votre fille ? »

Koval : « Oui. »

Verstraete : « En êtes-vous sûre ? Je veux dire, vous n'avez vu le vélo que sur une photo. »

Koval : « J'ai dû aller l'examiner hier au commissariat de police et il appartient à ma fille. »

Verstraete : « C'est bien entendu difficile à prouver. »

Janina a l'air surprise.

Koval : « C'est son vélo. »

Verstraete : « Vous n'avez pas de doute. »

Elle toussote.

Koval : « Monsieur Verstraete. Daphné était l'aînée de mes enfants : je sais quel vélo elle utilisait. »

Lentement, une certaine nervosité s'insinue dans la voix grave de Janina, l'aisance du début disparaît.

Verstraete : « Malines, où vous habitiez à l'époque, est assez loin de Damme où habite Saul. Votre fille prenait-elle le train ? »

Koval : « Elle n'avait pas le permis de conduire, donc oui. »

Verstraete : « Pourquoi son vélo se serait-il trouvé dans la propriété, à votre avis ? »

Janina se tait. Ses doigts délicats sur ses genoux se cherchent.

Koval : « Je n'ai aucune idée de comment ce vélo s'est retrouvé là, monsieur. Peut-être qu'il venait la chercher en voiture à Malines, qu'il emportait son vélo. Comment pourrais-je le savoir.

Verstraete : « Saviez-vous où votre fille était censée aller le soir de sa disparition ? »

Koval : « Daphné avait dix-huit ans. Elle faisait ce qu'elle voulait. »

Verstraete : « Que voulez-vous dire par là ? »

Koval : « Ce que j'ai dit. »

Le ton est vif. Verstraete bafouille, balaie du regard ses fiches jaunes posées sur ses genoux.

Verstraete : « Quand avez-vous commencé à vous faire du souci ? »

Koval : « J'avais toute confiance dans ma fille. Elle n'avait pas de téléphone, il était normal que j'attende. Au bout de deux jours, je me suis inquiétée. »

Le présentateur fronce les sourcils.

Verstraete : « Est-ce qu'il arrivait souvent à votre fille de ne pas vous donner de nouvelles pendant deux jours ? »

Il insiste sur les mots *deux jours*, Janina a l'air agacée.

Koval : « Non. »

Verstraete : « Alors vous deviez être très inquiète. »

Elle lève ses sourcils foncés, crispe les lèvres, sa voix a la dureté d'une pierre.

Koval : « J'ai cherché ma Daphné pendant des mois à travers la ville et le pays, monsieur. Chaque nuit je sillonnais Malines dans l'espoir de la retrouver ou de rencontrer quelqu'un qui avait une information sur elle. J'ai distribué des petites affiches avec sa photo, je les suspendais dans les cafés, les écoles, mais il n'y a eu personne, rien. »

Verstraete poursuit, en marchant sur des œufs.

Verstraete : « Pourquoi à l'époque n'avez-vous pas déclaré à la police qu'elle avait disparu ? »

Janina se penche en avant, saisit fermement un verre d'eau sur la table haute et boit. Elle prend une profonde inspiration.

Koval : « Parce que j'avais confiance en Daphné, monsieur. Ma Daphné était forte. »

Verstraete : « Pourquoi n'êtes-vous pas allée à la police ? »

Janina secoue la tête et sourit péniblement.

Koval : « Vous n'êtes jamais satisfait. »

Verstraete : « Comment ça ? »

Koval : « Monsieur Verstraete, est-ce que vous savez ce que fait la police belge avec les gens comme moi ? »

Verstraete : « Que voulez-vous dire ? »

Koval : « Je ne peux compter sur aucune aide, monsieur, je pose assez de difficultés comme ça. Je ne pouvais pas aller signaler des problèmes à la police. C'était *moi* le problème. »

Elle lance à Verstraete un regard glacial.

Verstraete : « Je ne vous suis pas. »

Koval : « Comment réclamer que justice soit faite, monsieur, quand on n'a aucun droit ? À votre avis, que fait la police quand une sans-papiers vient se plaindre que son enfant a disparu ? Vous croyez que *qui que ce soit* aurait prêté attention à mon affaire ? Dans ce cas vous êtes aveugle, monsieur Verstraete, et très naïf. »

Verstraete toussote, regarde ses genoux, réorganise ses fiches jaunes et donne l'impression de poser la première question qui lui tombe sous les yeux. La mauvaise.

Verstraete : « Avez-vous parfois envisagé que Daphné puisse être encore en vie ? »

Janina est visiblement ébranlée, elle se ressaisit et se redresse. Ses yeux se plissent en deux fentes.

Koval : « Qu'êtes-vous en train d'insinuer ? »

Verstraete : « Il y a naturellement toujours la possibilité que votre fille soit partie de son plein gré. »

Koval : « Vous appelez ça une interview ? »

Verstraete : « Pardon ? »

Koval : « Vous appelez ce genre d'accusation une interview ? »

Verstraete : « Madame Koval, je ne vous accuse de rien. J'essaie seulement d'éclairer l'affaire sous différents angles. Cela me paraît pour le moins raisonnable. »

Janina a un sourire sarcastique. La maîtrise de soi du début de l'interview a fait place à quelque chose de dangereux, d'irrépressible.

Koval : « Vous insinuez donc que ma fille est partie volontairement ? Vous osez me dire ça ? Et si vous n'aviez pas devant vous une Slovène qui a perdu sa fille ? Si j'avais été la voisine flamande de Saul Mertens qui vous aurait raconté tout ça depuis sa ferme rénovée ? Si ma fille avait fréquenté l'école la plus blanche de Bruges et si j'étais née dans ce pays, monsieur Verstraete, est-ce que vous oseriez insinuer la même chose ? »

Verstraete se maîtrise et donne la seule réponse possible.

Verstraete : « Oui. »

Koval : « Sérieusement ? Excusez-moi, monsieur Verstraete, mais je crois qu'avec d'autres origines et sans l'accent que j'ai dieu merci perdu en grande partie, je n'aurais *pas* eu droit à des articles blessants, je n'aurais *pas* été submergée de reproches et de mots obscènes, ignobles, dans vos médias. Parce que ce sont *vos* médias, monsieur. Pas les miens. Combien de réfugiés avez-vous eus en face de vous ces derniers temps ? Je vois qu'il vous faut du temps pour réfléchir. Et vous savez comment ça se fait ? Nous sommes des rôles secondaires, monsieur Verstraete, et nos brefs caméos ne sont qu'une faveur, votre alibi. »

Verstraete regarde rapidement ses fiches, sent la tournure que prend l'entretien et aussi qu'il faut que ça s'arrête. Vite.

Verstraete : « Je comprends naturellement votre point de vue... »

Koval : « Vous comprenez ? Vous pourriez lire des milliers de livres, réaliser des millions d'interviews, vous ne comprendriez strictement rien à ma situation. Ma Daphné a été kidnappée, d'accord ? Est-ce qu'on peut utiliser ce mot pour une fois ? Ou est-ce qu'elle est seulement la énième fille d'Europe de l'Est qui peut se faire acheter et violer par un riche Européen de l'Ouest ? »

Verstraete : « Madame Koval, je vais devoir vous demander... »

Koval : « Vous n'avez rien à demander, non monsieur, il n'y a rien à demander ! Comment se fait-il qu'il n'y ait, comme on dit, *pas d'affaire* ? Parce qu'il est l'un des fleurons de la culture ? Quelle culture, monsieur ? La *nôtre* ? Même sa fille ne le prend pas au sérieux ! »

Sa fille. Je me raidis. Je suis un pion dans ce jeu d'échecs, je le sais, mais c'est vexant qu'une autre personne vous déplace sur l'échiquier.

Janina parle de plus en plus fort, pointe le doigt vers la caméra. « Regardez le #momentAimée, vous verrez que sa propre fille le soupçonne ! »

Verstraete pose la main droite sur son oreillette pendant que Koval déraille en face de lui. Elle regarde autour d'elle et la caméra, transpire, dépasse les bornes. Verstraete lui demande si elle veut boire un peu d'eau, elle hausse les épaules. Des épaules carrées, pas les épaules graciles de danseuse qu'avait Daphné.

Je regarde mon portable, mais sais depuis longtemps que Twitter surchauffe. Les tendances : #InterviewKoval #NocturneVerstraete #SaulMertens. Mon écran affiche un message après l'autre. Twitter hurle et vomit, se tortille, pisse et frappe, les toutes premières rafales d'une tempête qui ne fait que commencer.

Verstraete : « Vous étiez à l'époque sans papiers en Belgique, vous dites ? »

Koval : « Je suis actuellement mariée à un Belge, monsieur, j'ai eu avec lui deux enfants. Je suis belge. Mais pas à l'époque, non. Quel est le rapport avec le sujet ? Ou avec mon chagrin ? Ou avec ce que ce monstre a fait à ma fille ? »

Les avis foisonnent à l'écran, des mots durs, des reproches qui me touchent. Souvent, des réactions blessantes à mes posts et à mes vlogs m'ont empêchée de dormir, parce qu'elles s'étaient faufilées sur mon écran, sous ma peau, parfois au plus profond de ma moelle osseuse. Pourquoi est-ce que je lis toutes ces phrases, ces mots, cette bourbe. Cela ne m'apprend rien, rien du tout ! Frustrée, je jette mon portable qui décrit une courbe avant de tomber sur le lit. Il roule, tombe et rebondit par terre. Comme un cœur qui s'emballe.

J'éteins la télé et m'apprête à ramasser mon portable quand je vois une feuille blanche sur le tapis : une A4 pliée en deux qu'on a apparemment glissée par la fente étroite sous la porte de ma chambre. Je me demande depuis combien de temps elle est là, si silencieuse ? Les nouvelles dans mon univers font du bruit ou vibrent au moins. Je la ramasse et la déplie.

Aimée, arrête de faire ce que tu fais. Ce n'est pas ce que je voulais. Tu n'aides pas. Tu ne peux plus rien changer. Tu vas tout casser. Retourne à Amsterdam.

Avant qu'il ne soit trop tard.

Ta grande sœur,
Margot.

Damme

AIMÉE

590 K followers

Le lendemain matin j'ai presque cent mille abonnés de plus. Des chiffres verts sur mon dashboard. J'ai conscience que Chantal jubile en ce moment dans sa maison-bateau. *Ça va bien!* Mais non, ça ne va pas bien du tout. Max a appelé quatre fois hier soir. J'ai vu ses appels et je n'ai pas réagi. J'étais éveillée dans mon lit.

Il est six heures et demie du matin. Je passe devant l'horloge tapageuse en direction de la salle du petit déjeuner. Hier soir, personne au Postillon n'a pu me dire qui avait apporté le message. Ils m'ont regardée d'un air curieux quand j'ai demandé poliment si quelqu'un avait vu ma sœur entrer. Je le sais moi aussi : ma sœur n'est pas à Damme, ma sœur est à Drongen pour suivre sa cure, il est impossible qu'elle soit venue ici. À moins que l'établissement ne l'ait laissée partir. Mais pourquoi n'a-t-elle pas frappé ?

Une adolescente gothique avec un anneau nasal, de l'eye-liner noir et un inévitable tablier blanc à volants me dit bonjour et me montre la salle du petit déjeuner comme si j'avais pu la manquer.

« Je m'appelle Iris. Vous êtes la première, dit-elle.

— J'ai droit à une médaille ? » je lui demande. Elle rit et, au scintillement dans ses yeux, je vois qu'elle me reconnaît. Tout le monde ici sait maintenant qui je suis, la fille prodigue qui est revenue sans que personne ne comprenne plus pourquoi. *Comme si elle n'avait pas fait déjà assez de mal à son père. Cette enfant sait quelque chose, elle ne dit pas tout. Est-ce qu'il serait coupable en fin de compte ? Qu'est-ce que tu en penses ?*

Iris, avec son tablier à volants et ses bottes militaires noires, se précipite dans la cuisine et revient avec un verre de jus de fruits et un panier de brioches et de croissants. Elle mâchonne du chewing-gum et essaie d'articuler comme si de rien n'était en me demandant si j'ai envie d'autre chose. Je dis non.

Je mens. Je veux être partout sauf ici, à cette table avec des verres retournés, des serviettes en papier, du sel en sachets et de la confiture carrée. Ma maison parentale est seulement à quatre rues d'ici, mais je choisis de dormir à l'hôtel. J'ai l'impression de faire du tourisme dans un passé où je connais chaque attraction. Une trahison, voilà l'impression que j'ai. Même si je ne sais pas si c'est moi qui trahis ou qui au contraire suis trahie.

Iris remplit ma tasse et pose le journal du week-end à côté de mon assiette. Je vois une grande photo de Janina, son regard glacial et inflexible. Elle est debout à côté de la porte du studio de télévision, entre des agents de sécurité et des photographes qui la prennent en photo comme si elle était une célébrité. Elle a quelque chose d'une actrice française, un regard oblique, vulnérable et forte à la fois, une Binoche voluptueuse. L'affaire autour de Saul et Daphné fait la une, il y a en particulier une interview de Colin De Vreeze, un avocat flamand médiagénique qui affirme n'avoir aucune idée de la personne qui assurera la défense de l'écrivain. Selon lui, il n'est pas exclu que Saul veuille s'en charger lui-même. « À condition que cette histoire devienne une affaire judiciaire, une réserve qu'oublient de formuler les médias par commodité. Pour l'instant ce n'est pas une affaire. Il y a des insinuations, il y a une photo et un vélo. Rien de plus. » L'interview se termine par une référence à mon vlog :

> Aimée Mertens s'est de nouveau mêlée au débat autour de son père en partageant avec son demi-million de followers des précisions compromettantes sur les événements. « J'espère que cette femme va cesser de s'occuper de choses auxquelles elle n'entend rien et laisser la police faire son travail. J'espère qu'elle aura le bon sens d'arrêter de se livrer à ce que j'appellerais un jeu de piste pervers dans une situation grave. Qu'une enquête en cours soit menée via les réseaux sociaux est un phénomène sans précédent. Du jamais-vu. Un demi-million d'enquêteurs, cela me paraît un peu beaucoup, franchement », a déclaré Colin De Vreeze.

Je pousse le journal de côté, bois quelques gorgées de café filtre tiède. Un demi-million d'enquêteurs. Mon téléphone posé sur la table continue de s'allumer toutes les secondes. *Un phénomène sans précédent. Du jamais-vu*. Je suis la femme au demi-million. Plus regardée que les talk-shows. Plus lue que les journaux. Les réactions défilent sur mon écran :

> **bloom-xo** Reste forte, je te soutiens @momentAimée
>
> **thijs567** Tu as parfaitement raison ! C'est un putain de complot ! La police nous coûte cher et elle continue de raconter des bobards et de nous tromper.

Truthdaydee Faudrait te coiffer à l'occasion. Tu ressembles à rien @momentAimée

dreamshotmel We think about your losses. Much love from Egypt !

johndk53 Tu ne mens pas. Encore un complot de plus que le monde essaie d'étouffer. Tu dis la vérité. Ne laisse personne t'en empêcher @momentAimée

Par la fenêtre, je vois les fourgonnettes blanches de la radiotélévision garées sur les pavés. Un photographe assis sur des marches bricole son appareil. *Tu dis la vérité.* Quelle vérité ? Celle des réseaux sociaux ? Celle de Saul qui se croit intouchable ? La vérité de Margot qui ferait tout pour lui ? Et la vérité de Daphné ? Est-ce qu'elle a une importance ? Parce que tout a commencé avec Daphné. Elle est la clé. *Ne laisse personne t'en empêcher.*

Je vérifie la date sur mon téléphone : plus qu'une semaine exactement. Dans sept jours, Margot reviendra de ce qu'elle appelle son programme, elle aidera Saul, me chassera et sabotera tout. Elle s'appropriera ce village et elle s'appropriera la Flandre. Mais pas encore. Devant la porte de la cuisine, je vois Iris, un thermos à la main, m'observer d'un regard critique. Plus que sept jours. Je bois mon café, prends un croissant et le tartine de la confiture de l'hôtel. J'ai l'esprit clair, je me sens forte.

À moi de jouer.

DEUXIÈME PARTIE

Plus que sept jours, Margot

#plusqueseptjoursMargot

Bruges, à l'époque

Fiévreusement, j'erre parmi les inconnus. Où est papa ? Daphné a besoin de lui. Toute la villa Krekelhof paraît éméchée. Tout bourdonne et stridule. J'essaie de sortir de ma tête la vision de la Vierge Marie et de Daphné : sa peau blanche, son ventre nu, le sang. Je n'y arrive pas. Où est papa ?

Il n'est plus à côté de la table. Les arrogantes piles de son livre, *Le Coup de poing de l'amour*, se sont amenuisées. Je n'ose demander à personne où il est, sinon on va remarquer les traces marron sur ma robe, me poser des questions et je ne saurai pas répondre.

Maman est assise à côté de la fenêtre sur le canapé jaune avec un petit groupe de personnes et j'espère qu'elle ne me voit pas. Elle rit et elle a l'air contente. Après cette soirée, je ne la verrai plus jamais comme ça, insouciante.

Je traverse vite les autres salles : invités resplendissants, bruits forts, lumière éblouissante. La femme carrée aux paillettes m'aperçoit et remarque aussi autre chose : mon angoisse.

« *Ça va, chérie* ?* » demande-t-elle inquiète, en venant se planter juste devant moi.

« Oui, non, où est papa ? » J'entends ma voix trembler et je me rappelle que la femme s'appelle Nicole. Je lui demande : « Où est mon papa, Nicole ?

— Je ne sais pas où il est, ma petite, dit-elle. Près de la piste de danse, peut-être ? »

J'essaie de regarder derrière elle, près du piano je vois ma sœur. *Margot!* Elle parle avec deux garçons qui rient à ses plaisanteries. Je dis que je vais voir ma sœur et Nicole acquiesce, hésitante. J'appelle Margot et, comme elle ne m'entend pas, je fais le tour, viens me tenir derrière elle et la saisis par les épaules. Elle sursaute, se retourne.

« Aimée, dit-elle. Qu'est-ce qu'il y a ?

— Viens avec moi !

— Non, je suis occupée.

— Il faut que tu viennes, Margot ! Il le faut ! »

Soudain elle voit mes yeux effrayés, les traces sur ma jupe. Elle pose son verre sur le piano et s'excuse. Je cours dehors, sur le gazon. Margot me suit et jure parce que ses chaussures sont mouillées et qu'elle ne comprend pas ce que j'attends d'elle. La musique de la fête est de plus en plus lointaine, confuse. Nous courons dans l'obscurité sous une lune bien visible. Devant la Vierge Marie brûlent encore les bougies. J'entraîne Margot vers la chapelle, fais le tour et m'arrête.

« Quoi ? » demande Margot.

La porte derrière la Vierge Marie est dégagée. Des graffitis sur l'acier. Un sac-poubelle que je n'avais pas vu avant.

« Qu'est-ce qu'il y a ? »

Margot lève les yeux au ciel.

« J'ai vu...

— Qu'est-ce que tu as vu, Aimée ? J'étais en plein milieu d'une conversation.

— Mais je l'ai vue. Elle était *ici*.

— Qui était ici ? » Margot s'approche en fronçant les sourcils et plie un peu les genoux pour se mettre à ma hauteur. « Aimée, tu es sûre que tout va bien ? »

Je secoue la tête.

« Ça ne va pas bien ?

— Je l'ai vue, Margot, elle était là, *vraiment*.

— Mais qui ?

— Elle était assise derrière la chapelle. Elle n'avait pas de vêtements et il y avait du sang, beaucoup de sang. Elle avait mal, elle avait l'air perdue. Je l'ai vraiment vue.

— Mais qui, Aimée ?

— Daphné ! » Je crie son nom. « Daphné ! Daphné était là ! Daphné ! »

Margot pâlit et fait quelque chose de bizarre : elle pose une main sur ma bouche.

« Aimée, dit-elle. Arrête de hurler et dis-moi exactement ce que tu as vu. »

J'essaie de parler. Je dis qu'elle était assise là, derrière la chapelle, qu'elle n'avait pas de vêtements, seulement des chaussures et dans sa main la robe violette roulée en boule comme un chiffon. Il y avait des éraflures sur ses jambes, du sang sur son ventre. Je raconte à Margot que je ne savais pas quoi faire. Quand j'ai terminé, elle me fixe d'un regard pénétrant.

« Il faut qu'on trouve papa, dit-elle. Reste ici, je vais le chercher.

— Je viens avec toi !

— Non, répond-elle d'un ton cassant. Je reviens tout de suite. »

Je vois Margot partir en courant entre les arbres et me retrouve seule. Il commence à être tard et il fait froid, je croise les bras, pose les mains sur mes épaules nues. Je m'assois contre la porte en acier devant laquelle Daphné était assise il y a encore un instant, je me recroqueville et ferme les yeux.

Je ne suis pas en sécurité pour autant. Derrière mes paupières, il y a tout ce que je préférerais oublier, ce que j'ai souvent souhaité voir disparaître mais qui est toujours resté : des hommes qui crient à la ferme, une femme qui gémit sur le fauteuil préféré de papa, maman qui pleure et ne me dit pas pourquoi. Tout ça s'est infiltré derrière mes paupières.

« Tu es de retour. »

Sa voix basse, le bruissement de sa robe. Soudain elle resurgit devant moi, encore plus pâle que tout à l'heure, les cernes sous ses yeux plus gris. Elle s'agenouille à côté de moi, la robe suspendue à ses épaules est lâche autour de son corps, la fermeture à glissière est à moitié remontée. « Je croyais que tu m'avais abandonnée. » Je la regarde et ne la reconnais pas. Elle ne ressemble même pas à la jeune fille avec qui on jouait aux cartes à la ferme et nageait dans le canal de Damme. Elle me touche. Ses mains tremblent.

« Qu'est-ce qu'il y a, Daphné ? Qu'est-ce qui s'est passé ?

— Il faut qu'on parte d'ici.

— Ça ne va pas être possible. Je ne peux aller nulle part.

— Emmène-moi, Aimée, dans un endroit où je peux me cacher. Je n'y arriverai pas toute seule. » Et elle appuie sur son ventre où sa robe est plus rouge que violette.

« Il faut que je reste ici. Je l'ai promis à Margot.

— Elle va revenir ?

— Elle est allée chercher papa.

— Non, dit Daphné et elle bondit. Pas Saul ! »

Elle regarde autour d'elle, comme si elle voulait partir en courant. Je la prends par la main. Une seconde. Et pendant cette seconde je comprends tout.

Damme

AIMÉE

600 K followers

Sa main glisse vers le bas sur ma taille, doucement, presque hésitante. Il caresse les courbes de mes hanches, la courbure de mon ventre, approche son visage entre mes jambes, où il me sent et m'embrasse avant d'introduire ses doigts. Je passe la main dans ses cheveux, le long de ses tempes de plus en plus grises.

J'aurais aimé retarder encore ce moment. Il était sur le seuil de ma chambre au Postillon et se taisait, abattu. Mon vlog est partout, tout le monde parle du vélo rouge déterré, à la ferme il y a la police et Max a parlé de trahison. Mais j'avais une explication. Je me suis entendue lui dire que c'était ma façon de me libérer, que pour la première fois je n'avais pas l'impression d'être submergée par mes followers, mais d'avoir le dessus, de pouvoir enfin être un peu plus moi-même. « C'est un cliché », a-t-il dit. « Justement pas, ai-je rétorqué. C'est tout le reste, le cliché. »

Il était debout à côté du lit, il m'a regardée et soudain j'ai vu qu'il comprenait. Il m'a touché la joue, j'ai fermé les yeux et la suite était inévitable.

Souvent, il s'écoule des mois entre les moments où nous

faisons l'amour. Cela s'est toujours passé ainsi. Après chaque nuit nous attendons patiemment que le souvenir se dissipe, que l'événement s'efface et que la honte s'estompe. Chaque fois nous nous aimons comme la toute première fois, nous sentons à nouveau la furieuse menace d'une chose en fait interdite, d'une chose tellement condamnable, d'une certaine manière, qu'elle ne pourra jamais être rattrapée.

Il me lèche et je gémis. D'une main il me pétrit les fesses, de l'autre il serre fermement mon semblant de jambe. La facilité avec laquelle il utilise mon infirmité me ravit. Il lèche plus fort et plus vite, me goûte, savoure. Je me tiens au buffet, ce qui fait remuer le poste de télévision. Je ne veux pas gémir plus fort, mais peux à peine me contenir et il regarde. Max regarde toujours. À chaque baiser, à chaque effleurement il garde les yeux ouverts comme s'il voulait savoir à chaque moment de quoi cela a l'air : ma bouche entrouverte, mes lèvres humides, les plis sur mon front quand le plaisir devient si intense qu'il ressemble à de la douleur. Je retiens ma respiration. Je viens. Je me laisse tomber, sans résistance, sur le sol comme un animal sur lequel on aurait tiré. J'étends les bras sur le tapis tandis qu'il me pénètre. Ses mains autour de mes mâchoires, la peau de son visage se tend, mes yeux se plissent et il regarde et regarde et chevauche et pousse un cri contenu. Pas de bruit plus beau que le désarroi d'un homme qui jouit.

« Aimée... », chuchote-t-il. Il se retourne sur le tapis rugueux de la chambre d'hôtel, cherche ma main et la prend dans la sienne. Je me tais. Dans la salle de bains un robinet fuit. Je suis allongée, regarde les fissures du plafond blanc et attends que l'amertume commence. Max est le meilleur ami de Saul. C'est interdit. Max est vieux. Du moins, il l'était autrefois. Il n'en devient pas plus jeune, mais je deviens plus âgée alors tout change. La puissance d'un nombre. Je serre une main autour de mon moignon. Après l'amour, il me fait toujours mal.

« Aimée, pourquoi ne restes-tu pas ? demande Max.

— Je suis ici, non ?

— Pourquoi ne restes-tu pas à Damme ? »

Je secoue la tête. *Il me l'a déjà demandé à plusieurs reprises. Viens donc à Damme, Aimée, la vie est belle là-bas, j'ai une grande maison dans la forêt où nous pourrions nous cacher ensemble.* De quoi devrions-nous nous cacher exactement, il ne le dit pas, et il ne précise pas non plus que celui dont je me cache depuis des années est à un jet de pierre de sa forêt de conte de fées.

« Tu sais très bien que ça ne marcherait pas, Max. Que ça ne marche pas de cette manière.

— Qu'est-ce que je sais au fond ? » dit-il avec coquetterie. Je me lève. « Où vas-tu ?

— J'ai envie d'une cigarette.

— Tu as recommencé à fumer ?

— Oui, papa, désolée », dis-je avec une lèvre boudeuse en levant les yeux au ciel.

Je me sens mal à l'aise quand il se fait du souci et il le sait. Il ne peut pas s'en empêcher. J'approche de la fenêtre de la chambre non-fumeurs, je l'ouvre grande et m'appuie contre le rebord, en tendant la main qui tient la cigarette allumée le plus loin possible dehors.

« Quel spectacle magnifique, dit-il. Mon héroïne bionique. On dirait Romy Schneider, à te voir fumer là au clair de lune. »

Ses yeux rayonnent, je prends une bouffée et détourne mon regard vers la tour plate et le cimetière. Une moitié de lune brille dans le ciel. Un moment à moitié parfait.

« Il n'y a pas de journalistes en bas ? » demande Max.

Je replie un bras au-dessus de mes seins nus et me penche au-dehors, mais je sais parfaitement que dans un village comme Damme tout dort après minuit. Quelle différence avec Amsterdam, où la vie ne fait que commencer à ces heures-là : la danse, le furetage, la quête du plaisir, la libération, le sexe.

« Pourquoi ne retires-tu jamais ta jambe, au juste ? » demande Max.

Je souffle lentement la fumée dans l'air froid qui picote ma peau. Chair de poule.

« Parce que sans elle je suis nue.

— Tu ne veux pas être nue avec moi ? »

Il prend une mine penaude, tire un drap blanc du lit et l'enveloppe presque rageusement autour de lui. Il rit avec tristesse, parce que Max a beau prétendre être joyeux, une pointe de douleur est toujours présente, bien que je ne sache pas si elle est en lui ou entre nous. Peut-être que Saul est la douleur. Saul qui est trahi. Saul qui ne sait pas que son meilleur ami est devenu mon bon ami.

Je me souviens encore de cette soirée d'été, il y a neuf ans. Nous étions sur un pont à Amsterdam et regardions au-dessus du Prinsengracht l'eau sombre avec les lampadaires de part et d'autre, et les maisons-bateaux qui flottaient, accueillantes, sur le côté. Il était venu pour voir comment j'allais dans cette ville étrangère où j'avais déménagé et où je vivais depuis des années. Nous avions pris un verre et tout avait été aussitôt familier.

Je crois que c'est moi qui ai commencé. Il était debout à côté du parapet du pont quand j'ai posé ma tête sur son épaule. Peut-être la ville faisait que je le regardais autrement. Je ne le voyais pas à Damme, mais dans un monde autre, nouveau. Il a froncé les sourcils entre les vélos garés sur le pont, j'ai froncé les sourcils moi aussi, et nous savions tous les deux ce qui se passait. J'ai pris sa main. Il a hésité, ses doigts étaient raides et froids. Il a chuchoté quelque chose à propos de l'âge et qu'il n'avait jamais voulu me voir de cette manière. Mais je voulais justement qu'il me voie de cette manière, là, sur le Prinsengracht et peut-être avant déjà.

Max a quinze ans de moins que Saul, vingt ans de plus que moi. C'est possible, ai-je dit, *c'est possible*. Il m'a caressé la joue. Nous nous sommes embrassés. Je l'ai accompagné jusqu'à son hôtel et quand, le lendemain matin, j'ai ouvert les rideaux de la chambre, tout m'était soudain étranger, non seulement la chambre et la ville, mais aussi l'ensemble de notre relation.

Je lui demande : « Comment va Saul ?

— Tu veux en parler maintenant ? »

Je hausse les épaules.

« Il ne va pas bien, Aimée. On le démolit. Tout ce battage médiatique à propos de ce prétendu meurtre commis par l'écrivain ne repose que sur des hypothèses : des mensonges sur Facebook, des rumeurs sur Twitter. Visiblement, l'absence de preuves objectives ne fait strictement aucune différence. Il n'est pas question de faits, mais de ragots et de sensationnel. Du putaclic. » Il lance un coup d'œil exaspéré sur mon téléphone qui ne cesse de s'éclairer. « Saul est furieux et combatif.

— Et toi ? je lui demande.

— Il y a certaines choses que je ne comprends pas. Je ne comprends pas, Aimée, pourquoi tu te sers des réseaux sociaux pour le blesser.

— Il n'est pas question de le blesser.

— Je ne sais pas, parfois je me dis que, même ça ici, ce que nous faisons... »

Il ne finit pas sa phrase, tire le drap blanc plus haut, le serre plus fort autour de lui et se tait. J'ai envie de partir, de me doucher, d'étendre ma jambe, de défaire l'étui dans lequel mon moignon a transpiré. Mon semblant de jambe m'élance, j'essaie de ne pas en tenir compte.

« Le bourgmestre est venu à la ferme hier, dit Max.

— J'ai lu ça.

— Saul était enchanté. Autrefois, la visite d'un notable pouvait sauver une réputation. Saul pense que les choses marchent encore comme ça. » Max se lève. « Je peux prendre une taffe ?

— Non, tu ne fumes pas.

— Tu ne me connais pas.

— Je te connais super bien. »

Il tend la main et, par jeu, me fait deux chiquenaudes sur ma vraie jambe. Je lui donne la cigarette, il en prend une bouffée sans conviction et me la rend.

« C'est quoi ton but, Aimée ? » demande-t-il.

J'aspire une profonde bouffée.

« Personne ne sait qui était Daphné. Ça n'intéresse personne. Personne ne s'en soucie. La seule chose qui importe c'est si Saul est coupable.

— Tu crois ça ?

— Il est toujours question de Saul, même dans ta vie. Partout où cet homme va : tout tourne autour de lui. »

Max ramasse ses vêtements par terre et commence à s'habiller.

« Ou peut-être pas, dit-il. En tout cas, demain, je t'emmène.

— Où ça ?

— Tu verras bien, demain matin je viens te chercher, à huit heures tapantes.

— Impossible. Demain je pars.

— Où ça ?

— À Malines.

— Qu'est-ce que tu vas chercher là-bas ?

— L'appartement où Daphné vivait avec sa mère à l'époque. »

Il en reste bouche bée.

« Aimée, qu'est-ce que tu as l'intention de faire là-bas, bon sang ?

— La connaissance de Daphné.

— Daphné n'est plus là-bas.

— C'est justement pour ça, Max. Depuis quand des jeunes filles de dix-huit ans disparaissent-elles de la surface de la terre sans laisser de trace ? Pourquoi personne n'en a jamais rien dit ? Et pourquoi son vélo est-il enfoui à plusieurs mètres sous terre dans le jardin de Saul ?

— Aimée, arrête !

— Arrête quoi ?

— Ce que tu fais.

— Pourquoi ?

— Parce que c'est moche.

— Ce que je fais ou ce que je vais trouver ? »

Max écarte les bras. Exaspéré, il serre les poings.

« Qu'en pense Margot ? demande-t-il.

— Margot n'a rien à en penser. »

J'aspire profondément dans mes poumons le tout dernier reste de fumée.

« Tu n'iras pas à Malines. Tu vas rester ici. Je viens te chercher demain matin.

— Tu ne viens rien chercher du tout, Max. Tu n'es pas mon père. »

Drongen

MARGOT

Lundi 20 septembre

« Rassœurer » devrait devenir un verbe. C'est scandaleux, le nombre de fois où j'ai aidé Aimée dans ma vie. Elle venait toujours me voir pour se cacher des monstres la nuit. Je l'autorisais à rester au pied de mon lit tant qu'elle ne ronflait pas. Je faisais comme si cela me dérangeait, mais en fait j'en éprouvais une certaine satisfaction : Margot, l'aînée, la plus forte des deux, dans sa chambre les monstres ne peuvent pas te faire de mal. Je suis capable d'affronter les monstres. J'en ai l'habitude. Peut-être est-ce un talent. Parfois papa hurlait contre moi, pendant plusieurs minutes. *Comment peux-tu être aussi bête, Margot ? Tu es si intelligente et pourtant si bête !* Je ne pleurais pas. Je ne courais pas. Je restais plantée là. Et maman disait : *Ce ne sont que des mots.*

La nature ici ressemble terriblement à Damme. J'ai vu des carex et des fougères des marais qui s'étendent entre les roseaux secs comme une oasis de verdure. Autrefois, j'avais un livre sur la flore de la Flandre occidentale et, chaque fois que je reconnaissais une plante, je mettais une grande croix sur la page et j'apprenais le nom par cœur : merisiers d'Amérique, fleurs de coucou, soucis d'eau. Aujourd'hui j'ai vu des utriculaires, un des rares phénomènes naturels dont papa savait tout : une plante carnivore qui ne fait rien d'autre que de happer des amphibiens et des insectes. Hap ! Hap ! Comme papa, qui passe sa vie à happer. Et mon traitant, qui happe aussi, mais différemment.

Aujourd'hui, il a tenté une percée. Sa manœuvre était tellement évidente que c'en était comique. Je m'en suis aperçue dès qu'il est entré : il ne riait pas, il n'avait pas son bloc-notes habituel, il s'est assis et a soupiré avec insistance.

« Vous vous en donnez du mal, mon pauvre, ai-je dit.

— Ce n'est pas ça, mais je trouve que nous n'avançons pas beaucoup, Margot. Dans une semaine vous partez et je ne peux pas dire que nous soyons parvenus à quoi que ce soit.

— Je ne prends plus de comprimés.

— Parce que vous êtes ici. Bientôt vous allez retourner dans la vie de tous les jours et vous aurez de nouveau facilement des drogues à portée de main.

— Facilement, dites-vous ? J'ai dû tout de même faire des pieds et des mains pour réussir à faire sortir ces médicaments de l'hôpital. »

Cela ne semble pas l'amuser.

« Vous savez que je dois rédiger un rapport à la fin du parcours ? Je n'ai pas le droit de partager la moindre information sur le contenu, mais je suis obligé de formuler un avis sur la suite.

— La suite de quoi ?

— De votre carrière. »

J'étais en pleine confusion. Je ne l'avais pas vu venir. Les cours de yoga, les confessions sur la consommation de comprimés et les promenades se passent très bien. Sur le plan de la thérapie, je pensais qu'il me suffirait, dans le cadre de la thérapie de m'asseoir, de me taire puis à la fin de retourner à la réalité après avoir redoré mon blason. Je me suis soudain sentie flouée.

« Qu'attendez-vous alors ? lui ai-je demandé. Sérieusement qu'attendez-vous de moi ? Vous n'avez qu'à me le dire et je vous le donnerai. Je n'ai rien à cacher. Tout le monde ici sait combien de comprimés j'ai avalés, ce que je me suis injecté et ce que j'ai sniffé, je n'ai plus aucune honte, monsieur. »

Et aucun corps, avais-je envie de dire, mais je me suis retenue. Il s'est penché en avant et a passé ses mains lentement sur son visage comme s'il effaçait un masque.

« Je veux parler de votre père.

— OK. Que voulez-vous savoir ?

— À quoi pensez-vous quand je mentionne votre père ?

— À la ferme, à l'agitation dans la maison, à son bureau, au bruit de la machine à écrire électrique, à son silence, à son avidité. Vous avez de quoi faire ?

— Son avidité ?

— Pour tout.

— Comme quoi ?

— Vivre, écrire, faire la fête.

— Des drogues ?

— L'alcool.

— Des femmes ?

— Absolument.

— Quelle impression ça vous faisait, en tant que jeune fille ?

— C'était parfait. Nous avions un *pacte*.

— Un *pacte* ? »

Je l'ai regardé et, pendant une seconde de faiblesse, peut-être par pitié, j'ai décidé de lui expliquer.

« Ce n'était pas *lui* qui faisait toutes ces choses, ai-je dit.

— Qui était-ce alors ?

— Un homme habite mon père, parfois il prend le dessus. Aux moments les plus imprévisibles, cet autre homme surgit. Papa ne peut rien y faire. "Tu peux le remarquer à ma façon de parler, disait-il. La voix de cet homme est différente, ses mouvements, même sa *volonté*. Et il est fort. Je ne suis tout simplement pas de taille à m'opposer à ce mec, putain." Quand il me l'a dit, il s'est mis à pleurer. Ça m'a fait peur. »

Le traitant s'est tu un moment. J'ai entendu des pas lourds dans le couloir. Parfois, j'oublie qu'il y a d'autres patients. Même pendant les séances collectives, je me sens seule.

« Je ne devais parler à personne de ce deuxième homme, ai-je continué. Si je gardais notre petit secret, jamais au grand jamais il ne me dénoncerait à maman, quoi que je fasse. "Nous formons une équipe, il m'a dit. Toi et moi, on est pareils." Et je le sentais, très fort. Je me sentais proche et j'étais fière, parce qu'il n'avait conclu ce pacte ni avec maman, ni avec Aimée, mais avec moi.

— Et quel est votre avis là-dessus maintenant ?

— Sur quoi ?

— Ce pacte ? Quel est votre point de vue à présent ?

— Que voulez-vous dire ?

— Désormais vous êtes adulte, quel regard portez-vous sur ce passé ? » Je ne savais pas très bien quoi dire. « Pensez-vous encore qu'un deuxième homme vive en votre père ?

— C'est possible », ai-je dit et j'ai vu le regard du traitant changer.

Il était vigilant, presque excité, même s'il essayait de le cacher.

« De quoi serait capable cet autre homme à votre avis ? »

Je hausse les épaules.

« Il y avait des femmes, des fêtes, des gens nus chez mon père, dans le bureau, mais ce n'était pas grave parce que je savais que ce n'était pas mon père. J'emmenais Aimée et nous allions nous cacher au grenier.

— Vous cacher de quoi ?

— Que voulez-vous dire ?

— De quoi vous cachiez-vous ?

— De cet autre homme.

— Est-ce qu'Aimée était au courant de l'homme qui vivait dans votre père ? »

J'ai trouvé la question difficile. D'une certaine manière, je n'ai rompu notre pacte que parce que je pensais qu'Aimée ne comptait pas. J'avais promis à papa de ne le dévoiler à personne d'autre, mais Aimée n'était pas une autre personne. Pas vraiment.

« C'était la seule.

— Pourquoi ?

— Je l'ai fait pour l'aider. Nous inventions ensemble des rituels pour le chasser.

— Des rituels ?

— D'après Aimée, ils n'aidaient pas, mais je me demande si elle comprenait. Elle était encore jeune.

— Peut-être qu'Aimée n'y croyait pas.

— Que voulez-vous dire ? Qu'y avait-il à croire ? » Le traitant fronce les sourcils. « Je voyais pourtant bien de mes propres yeux ce qui se passait ! Ce ne pouvait être qu'un autre homme, parce qu'il faisait des choses horribles que mon père n'aurait jamais faites. »

Malines

AIMÉE

601 K followers

La rue du Paradis est froide et grise. Dalles de trottoir fêlées, porches puants, éclairage public toujours sombre. À côté de l'entrée de l'immeuble, un jardin d'enfants sans arbres avec une balançoire rouillée et un toboggan couvert de canettes de bière vides. Contre la façade, des draps et des taies d'oreillers étendus sèchent entre les antennes paraboliques. Des plantes mortes et des réfrigérateurs cassés encombrent les balcons. Un seul balcon est rangé et fait de son mieux, parmi les autres, avec son enfilade de fiers géraniums.

J'attends à l'arrêt de bus en face que quelqu'un sorte de l'immeuble. Il fait frais pour un mois de septembre. Je vérifie mes messages, reçois une nouvelle suggestion de compte Instagram. Je vois une photo magnifique de la femme qui, peu de temps auparavant, a fait fureur à l'émission de Verstraete : la mère de Daphné, Janina Koval. Elle a déjà cinquante mille followers. Je fais défiler son feed. Dans ses posts elle paraît vulnérable et outragée, mais aussi attirante et sensuelle. Presque professionnelle. Je tape sur : suivre.

Une jeune femme aux cheveux violets sort avec un vélo de course. Je traverse et la salue aimablement. Je me faufile dans le hall qui empeste la peinture et la colle, le sol est jonché de mégots et d'emballages vides. Les murs sont encrassés de plusieurs couches de vagues graffitis. Sur la porte de l'ascenseur une pancarte indique, en lettres griffonnées : HORS SERVICE. Je me dirige vers un escalier de pierre et regarde vers le haut avec découragement. Il ne me reste plus qu'à me hisser avec mon semblant de jambe jusqu'au cinquième.

Les escaliers restent un obstacle. Dans notre immeuble à Amsterdam, je me suis souvent entraînée, mais réussir à poser cette jambe chaque fois à la hauteur exacte de la marche demeure un tour de force. Je me suis souvent aidée en serrant des deux mains ma cuisse au-dessus de mon genou pour soulever le tout. Ou j'ai escaladé les escaliers à quatre pattes. Comme un singe.

La rambarde est collante. Je m'immobilise pour reprendre mon souffle. Un garçon d'une douzaine d'années descend en trombe, un ballon sous le bras. Je m'écarte pour le laisser passer. Il se retourne d'un air méfiant. Comment se fait-il que je continue de parler de *notre* immeuble ? Ce n'est plus le nôtre : c'est le *mien*. Que peut bien faire Mo en ce moment ? Il a sûrement entendu parler de ce qui arrive à Saul, pourtant il ne m'appelle pas. Il n'a plus liké mes vlogs depuis notre dernière dispute. Je monte péniblement jusqu'au cinquième.

Toutes les portes à l'étage ont une couleur différente et celle du 5B, l'appartement où habitait Daphné, est rouge. Il y vit à présent une famille qui ne l'a pas connue, qui a emménagé ici après le départ de Janina. Je sonne au 5C. Jaune. Les voisins d'en face. De la musique raï entraînante provient de l'intérieur, personne ne m'entend. Je sonne, je tambourine, jusqu'à ce qu'un homme bourru en caftan beige vienne ouvrir.

« *Oui** ?

— Bonjour. Je cherche vos anciens voisins. La famille Koval. Ça vous dit quelque chose ?

— *Pardon** ?

— Les voisins d'avant.

— *Pardon** ?

— *Avant**. » Je tente ma chance en français. « *Les gens de là-bas. Avant**. »

Je désigne la porte rouge.

« *What do you mean* ?

— *Your neighbours who lived here before.*

— *We live here two weeks. No before.*

— Ah.

— *Finish* ? » demande-t-il.

Sans attendre ma réponse, il tourne les talons. La porte se referme. La jambe lourde, je reviens avec lenteur et difficulté sur mes pas, vers les voisins d'en face. Bleu. J'ai encore le doigt sur la sonnerie quand la porte s'ouvre en grand, un homme d'environ soixante-dix ans au front haut et aux dents jaunes me lance un regard pénétrant.

« Bonjour, dis-je.

— Bonjour.

— Je suis..., enfin j'aurais aimé vous poser des questions à propos de vos anciens voisins. Si possible. Les Koval. Peut-être les avez-vous connus ? »

Sans rien dire, il me désigne l'intérieur. Je le suis dans un couloir étroit dont les murs couverts de frisettes rappellent un chalet de montagne. Dans le séjour, au fond, une femme avec une perruque grise et des chevilles épaisses est assise sur un canapé en cuir. Elle sourit. La pièce sent le désodorisant. Une fragrance tropicale qui ne parvient pas tout à fait à couvrir l'odeur de renfermé. Sur la table ovale du séjour, un thermos et une assiette de biscuits.

« Nous vous attendions », dit la femme.

Étonnée, je prends place à côté d'un buffet sur lequel est posé un terrarium. Je regarde à travers le verre, mais je n'aperçois rien de vivant.

« Frank, dit l'homme. Frank est un serpent. Nous avons une autorisation.

— Ah. »

J'acquiesce, sans comprendre la situation. La femme me tend poliment une tasse avec un liseré doré et une petite cuillère tremblotante.

« Enfin, dit l'homme.

— Ce qu'Ed veut dire, explique la femme, c'est que nous pensions que vous viendriez bien plus tôt. »

La basse de la musique raï vibre à travers le mur, deux paires d'yeux sur le canapé me regardent fixement, en silence. J'ai l'impression d'être Frank.

« J'ai dit exactement ce que je voulais dire, grommelle Ed. La police est toujours lente.

— La police, je répète.

— Vous êtes pourtant bien venue pour nous interroger à propos de Daphné ? demande l'homme.

— Mais laisse-la donc parler, Ed.

— Carla, arrête !

— Qu'est-ce que... » Carla se fige en regardant ma cheville et en voyant une tige de métal sortir de ma tennis. « Vous pouvez travailler dans la police, dans cet état ? » demande Carla.

Ed se penche au-dessus de la table du séjour pour voir

ce qui ne va pas. Je remonte docilement la jambe de mon pantalon pour les laisser observer.

« Ça ne me dit rien qui vaille, dit Ed à juste titre.

— Bien sûr que vous pouvez travailler dans la police, dit Carla comme si elle se parlait à elle-même. Tout ça c'est possible, de nos jours, les handicapés sont aussi des êtres humains. Tenez, prenez un spéculoos. »

Elle approche l'assiette d'un geste brusque et affiche un sourire qui se veut réconfortant. Je croque un biscuit et décide de ne pas lever le malentendu à propos de la police.

« Combien de temps avez-vous connu la famille Koval ?

— Les cinq années où ils ont vécu ici, dit Carla.

— Vous étiez amis ?

— Je ne dirais pas ça, marmonne Ed.

— Enfin, quand même, dit Carla en faisant la moue. Je bavardais régulièrement avec la mère. C'étaient des braves gens. Jusqu'à ce que cet homme débarque.

— Quel homme ?

— L'homme d'un certain âge.

— L'écrivain ?

— Non, celui avec qui elle s'est mariée plus tard. Un type toujours élégant qui parfois lui hurlait dessus. Dire qu'elle supportait ça ! Je ne comprenais pas.

— Non, dit Ed.

— Où était Daphné à l'époque ?

— Elle n'était jamais là. Pas vrai, Ed ? Toujours en vadrouille. Elle fumait aussi, on le sentait à travers les murs, jusque dans notre chambre parce que la sienne était juste à côté de la nôtre. L'air s'infiltre par les fentes dans le mur. Et dire que ça fait déjà dix ans que le médecin a interdit à Ed de fumer, à cause de ses poumons.

— Ce n'est pas de ça qu'on parle, Carla.

— Oui, enfin non. Elle a donc épousé cet homme, la mère.

— Et Daphné, qu'est-ce qu'elle en pensait ?

— Daphné n'était jamais à la maison, donc ça ne la dérangeait pas.

— Elle était où ?

— Bonne question. À la fin elle n'allait même plus au lycée. Il y a même un professeur qui est venu sonner ici. Plusieurs fois. Un beau gars.

— Pourquoi est-ce que vous parlez avec un accent des Pays-Bas ? demande Ed tout d'un coup.

— C'était une sorte d'éducateur, de l'établissement scolaire à quelques rues d'ici. C'est bien comme ça qu'on les appelle, non ? Des éducateurs ? Ceux qui surveillent si les enfants vont bien en cours ? Il avait l'air gentil. Il s'appelait Anton, comme notre fils. »

Elle montre une photo posée contre le terrarium.

« La mère de Daphné l'a décrite comme une élève studieuse », dis-je.

Carla rit : « C'était sûrement dans cette interview, non ? À la télévision ? Des bobards ! De gros bobards ! Cette fille ne fichait rien à l'école. Et quand sa mère a raconté qu'elle aimait lire ! » Elle secoue la tête. « Elle était gentille, cette fille, mais incontrôlable. Si vous voulez mon avis, elle s'est enfuie.

— Vous pensez qu'elle est encore en vie ?

— Je vais vous dire. » Carla plisse les yeux et se penche au-dessus des biscuits. « Quand Daphné est partie, je n'ai jamais vu sa mère la chercher. Pas une seconde ! Elle n'est pas venue nous demander si nous l'avions vue ! Toutes ces idioties à propos des petites affiches qu'elle mettait partout à Malines : ridicule ! Au bout d'une semaine elle avait filé avec ce nouveau type. Pendant le déménagement, elle rayonnait, et elle m'a demandé si nous avions envie de prendre quelque chose parce qu'elle allait habiter dans une villa d'un quartier *chic* où elle aurait des meubles *chics*. Le petit buffet que vous voyez là, il lui appartenait. » Elle montre le socle du terrarium. « J'ai trouvé ça bizarre. On aurait dit que c'était quelqu'un d'autre. Je l'avais toujours trouvée agréable et élégante. Une belle femme. Elle était même inscrite dans une agence de casting. Une fois, elle a tourné une publicité qui est passée à la télévision. Ce n'était pas pour... un produit d'entretien ? Ed, tu t'en souviens ?

— Vous êtes de la police néerlandaise ? » demande Ed. Je me tais. « Je voudrais voir votre badge !

— Son quoi ? demande Carla.

— Votre insigne !

— Il n'y a que les enquêteurs américains qui en ont », dis-je calmement, mais le visage d'Ed vire au rouge et il se lève.

« Vous n'êtes pas de la police, se met-il à crier. Vous êtes une... *journaliste*. »

Il se dirige droit sur moi, son haleine sent la cigarette.

« Ed, tente de le calmer Carla.

— Je ne suis pas journaliste, dis-je aussitôt. Mais merci, je m'en vais. »

Je me retourne et sors en empruntant le couloir aux frisettes, j'aimerais descendre l'escalier quatre à quatre, mais ma jambe m'en empêche.

« Appelle la police, Carla ! » hurle Ed.

Maintenant il faut que j'agisse vite, je m'agrippe à la rambarde et dévale en chancelant trois étages. À bout de souffle, j'atterris au deuxième étage tandis que j'entends encore Ed vociférer. Dans mon semblant de jambe, je sens des élancements, profonds et violents. Je ferme les yeux et commence à bouger avec précaution mon pied fantôme. D'avant en arrière. Malgré le remue-ménage en haut, les cris d'Ed et la puanteur dans l'escalier, j'essaie de me concentrer. D'avant en arrière. Quand la douleur devient trop forte, quand la douleur n'est pas réelle, quand on ne peut pas dominer sa douleur, il n'y a qu'une seule chose qui aide. Jouer des tours à son cerveau. Le pied que je n'ai plus et que j'apaise bouge d'avant en arrière.

Quand je me retrouve dehors, je jette un coup d'œil à mon téléphone. Max a appelé et les commentaires affluent à propos d'un vlog que j'aurais posté il y a une demi-heure. Je n'ai pas posté de vlog. Je vérifie mon feed et vois une petite vidéo où je parle d'Hemingway à qui sa mère mettait des robes. Je comprends aussitôt ce qui s'est passé. *Putain, Chantal !*

#plusquesixjoursMargot

Damme

AIMÉE

605 K followers

Iris me fixe d'un regard méfiant derrière son épaisse couche d'eye-liner. Elle me verse du café et s'attarde un certain temps près de ma table avec son thermos. Ce doit vraiment être un mauvais signe quand une serveuse adolescente gothique se fait visiblement du souci pour vous. Peut-être à juste titre. Je reste éveillée la nuit pendant des heures, les somnifères ne font plus effet. Je garde les yeux rivés sur l'avalanche de commentaires. Ils sont affligeants, je ne veux même pas les lire, pourtant cet écran idiot me torture en me prenant en otage. Le matin, je prends une douche rapide, ne me lave pas les cheveux et ne me donne pas vraiment la peine de me maquiller. Je ressemble un peu moins chaque jour à ma photo de profil.

« Qu'est-ce qu'il y a ?

— Rien », répond Iris. Elle se met à tripoter son tablier à volants. « Sauf que je ne comprends pas cet Hemingway.

— Tu ne comprends pas Hemingway, l'écrivain ?

— Non, ce post.

— *Le mien ?*

— Oui. L'idée, c'était que tu avais emprunté une nouvelle voie : celle de la vérité ! » Elle écarquille les yeux en prononçant ce mot. « Et soudain ce post sur Hemingway et je me suis dit, je ne sais pas, ça sonnait faux. »

Je secoue la tête : « Je l'ai déjà effacé. Ce n'est pas *moi* qui ai publié ce post.

— C'était *ton* compte, pourtant.

— Oui. Mais ce n'est pas ce que je *suis*, bien sûr. Ce n'est qu'une image, ce n'est pas la réalité. »

Iris hésite, son eye-liner s'alourdit. Je dois appeler Chantal, lui dire qu'elle est allée trop loin, qu'elle ne doit pas toucher à mon identité en ligne.

« Mais l'idée, c'est de dire la vérité, non ? balbutie Iris. C'est ce qui importe, c'est toi-même qui l'as dit ! »

Oui, la vérité. Comment lui expliquer que la vérité ne compte pas, que chaque opinion peut se draper dans le costume trois pièces de la vérité, que maintenant la vérité porte peut-être une tenue de carnaval ? La vérité s'est égarée, Iris, et les réseaux sociaux sont le dernier endroit où il faut la chercher. Mais j'ai l'impression que dire une chose pareille serait cynique et je n'ai pas envie d'être cynique.

« Aujourd'hui je vais publier un nouveau post, dis-je. Un vrai. »

Iris a l'air satisfaite. Elle pointe son vernis noir sur le badge épinglé à son tablier à volants.

« Iris Bakker, c'est moi. J'ai déjà commenté une ou deux de tes publications. »

Elle me fait un clin d'œil comme si nous nous comprenions et s'éloigne. Le journal est de nouveau posé à côté de mon petit déjeuner. Aujourd'hui, il y a deux grandes photos à la une : Daphné faisant un signe sur son vélo rouge et, en dessous, l'épave rouillée trouvée dans le jardin de Saul. En gros titre : CHERCHEZ LES DIFFÉRENCES.

Un spécialiste des affaires criminelles, qui a procédé à une comparaison approfondie des photos à la demande de la rédaction, affirme « avec un taux de certitude supérieur à 99 % » qu'il s'agit de la même bicyclette. Sur la base de ces *nouveaux faits bouleversants*, les éditorialistes du journal plaident en faveur d'une mise en accusation pour qu'une procédure judiciaire soit enfin officiellement engagée.

Je continue de feuilleter, à la recherche d'une réaction de Saul, mais Saul fait profil bas. Pas d'interviews, pas de phrases provocatrices, pas de tirades. Max parvient pour le moment à le maîtriser. Connaissant Saul, cela ne peut être que provisoire.

Janina Koval, en revanche, est omniprésente dans les médias. Elle s'exprime parfaitement, son apparence s'améliore au fil des heures et je ne serais pas étonnée qu'elle ait fait appel à un visagiste, un styliste et un coach spécialisé dans la prise de parole en public. Elle a déjà plus de soixante-dix mille abonnés à son compte.

« Est-ce que tu voudrais bien me suivre ? » me demande Iris qui a surgi de nouveau à côté de ma table.

« Quoi ? »

Elle me regarde, attendant ma réponse.

« Oui, bientôt. »

Elle se montre vraiment très insistante. Même sur les réseaux sociaux, il existe des règles de comportement. Tacites, mais elles existent. Demander à quelqu'un de vous suivre, ça ne se fait vraiment pas.

« Mais quand, alors ? demande-t-elle.

— Pardon ?

— Quand vas-tu me suivre ?
— Écoute, Iris...
— Qu'est-ce que je vais lui dire alors ?
— À qui ?
— Il y a un homme qui vous demande. Je lui ai dit d'attendre que vous ayez fini de petit-déjeuner. »

Je commence à comprendre qu'elle voulait dire : la suivre *en vrai.*

« Il y a quelqu'un ici ? Pour moi ? Où ? »

Je me lève et Iris me précède jusqu'à la réception, où il est nonchalamment appuyé contre le guichet et montre du doigt le tuteur en plastique présentant le credo anti-fouineurs.

« *Charming* », dit Max.

Iris rougit comme si la description la concernait.

« Je dérange ? » demande-t-il en faisant un signe de tête vers le mug de café que j'ai emporté dans ma précipitation.

« Je vous laisse », chuchote Iris.

Max regarde Iris et lui demande : « Tu es qui, au juste ? »

L'eye-liner d'Iris se soulève. Il n'y a que Max qui soit capable, en posant une question aussi banale, de donner l'impression qu'il dépasse les bornes.

« Viens, on y va », dis-je pour le faire déguerpir, oubliant que je n'avais aucune intention de partir. Je voulais rester assise dans ma chambre, réfléchir à ma prochaine manœuvre. Retourner à Malines ou confronter Janina avec ce qu'ont dit les voisins : elle n'a jamais cherché sa fille, elle a peut-être trouvé que le départ de Daphné était une aubaine.

Max agite ses clés de voiture, passe un bras autour de moi et m'entraîne dehors. Un photographe de presse de l'autre côté passe aussitôt à l'action, se précipite vers l'entrée et commence à prendre des photos comme si on était les fucking Clooney ! J'essaie de me cacher derrière mon mug, en vain bien sûr. Max est venu en décapotable et le soleil brille, donc le toit est ouvert. Il démarre le moteur qui pousse un grognement orgasmique, je m'enfouis dans mon pull. Max part en trombe, du café se renverse sur mes genoux.

« Putain, Max !

— Tu voulais partir vite, non ?

— Non, je ne voulais pas partir du tout, je n'ai rien sur moi. Où allons-nous ? » Je vide ma tasse sur la route et l'enfonce dans la boîte à gants entre une trousse de soins d'urgence, une flasque à l'odeur de whisky et des lunettes de soleil. « Où allons-nous, Max ?

— Tu peux me passer ça ?

— La bouteille ?

— Les lunettes de soleil. »

Il met ses lunettes noires et ne répond pas. Max a tout pour lui. Cela se voit à son comportement, à sa vie. Que ce soit sa lignée, l'argent de sa famille, son physique, son incroyable succès. Tout lui est si facile. Je l'envie, mais en même temps cela me dégoûte. Dans mon cas, rien n'est arrivé facilement. Je regarde le paysage, les champs qui défilent, et je sais où nous allons. Je le savais déjà le soir après le sexe quand il m'a demandé d'être prête à huit heures du matin. Ce que Max a l'intention de faire est interdit. Cela va trop loin. Mais quand tout dans la vie vous tombe tout rôti dans le bec, vous devenez invincible. Quand rien ne casse, tout semble incassable. Ce qui glisse des mains de Max atterrit dans un coussin ou rebondit, intact. Ce n'est pas mon cas. Dès qu'une chose me glisse des mains, elle se brise. Irrémédiablement. Vivre avec cette angoisse, cette anticipation. Max ne peut pas le comprendre.

Des nuages viennent assombrir le soleil. Nous conduisons vite. Je laisse flotter mes cheveux au vent, regarde les champs dorés, les buissons épineux, les saules têtards et les ruisseaux, jusqu'à ce que Max, à un croisement, oriente la voiture sur le côté et s'arrête.

Deux routes : un chemin de campagne creusé de traces boueuses de tracteurs et une petite rue en dur qui traverse le chemin. De chaque côté des champs de maïs : de hauts épis, des feuilles raides, prêts pour la moisson. Sous un chêne aux racines épaisses qui luttent pour s'extraire du sol, il y a une pierre pas plus grande qu'une boîte à chaussures.

Je sens mon semblant de jambe, mon genou raide. Je respire, lentement. C'est ici que tout a mal tourné, il y a quinze ans. Je ne m'en souviens plus, je le sais parce qu'ils me l'ont dit. Je sais seulement ce qu'ils m'en ont raconté.

C'était la nuit, l'obscurité était totale et apparemment il pleuvait. Quand je suis montée dans la voiture avec Saul, il ne pleuvait pas encore. J'ai repensé à ce moment un nombre incalculable de fois. J'entends le groupe de musiciens au loin, une basse profonde, des gens faisant la fête. Les graviers sous mes pieds, les chaussons qui font mal, me serrent. Nous montons. J'entends le moteur démarrer. J'entends Daphné pleurer. J'entends Margot se taire. La voiture accélère.

« Et maintenant ? Tu veux quoi, Max ? »

Je lui ai parlé sèchement. Il sort et vient se tenir debout près de moi. Il a l'air excité, ce qui me surprend, me touche, me met en colère.

Il ouvre ma portière. Je reste assise.

« Je savais que tu allais m'amener ici. Qu'est-ce qu'on fait maintenant ? »

Il me regarde comme on regarde un petit enfant récalcitrant. Je frissonne. De la main, il me montre la route, le large chêne, les champs. Il émane de son geste une certaine fierté, comme si nous étions dans un décor qu'il avait lui-même fabriqué.

« Quel effet ça te fait ?

— Aucun, Max.

— Sérieusement, Aimée, dit-il. Descends.

— Tu veux dire : allez, sois sympa, joue un peu le jeu ! Essaie de te rappeler, comme ça on pourra tous passer à autre chose.

— Tu parles avec un accent des Pays-Bas tout d'un coup, dit-il.

— Je parle comme je parle.

— Cet accent est une fuite, Aimée.

— Arrête, tu n'es pas mon psy ! » Je sors et file vers le croisement, me plante en plein milieu. « Regarde ! Je ne fuis pas ! Je suis ici ! En plein milieu de l'endroit où tout est arrivé ! Je ne m'en vais pas, mais ça... », j'agite les bras, « ça ne me fait rien. Je ne me souviens de rien. C'est passé, révolu ! Et toi Max, tu étais justement celui qui disait que je devais tout laisser derrière moi, que ça me ferait du bien de partir de ce bourbier, loin de tout ce que je connaissais. *Se débarrasser du passé*, tu me disais, *l'ôter comme un manteau qui ne te va plus*. Tu sais combien de fois j'ai retiré mentalement ce manteau ?

— Je le sais.

— Je veux m'en aller d'ici. J'en ai vu assez.

— Tu n'es pas sa fille, Aimée ? » Je me tais. « Saul dit que tu peux prouver son innocence.

— Saul n'est pas innocent.

— Je veux dire : innocent dans cette affaire.

— Il n'y a *pas* d'affaire.

— Aimée, tu sais pertinemment que si les réseaux sociaux explosent à propos du prétendu meurtre commis par l'écrivain, personne ne se souciera qu'il y ait eu un meurtre ou non, sans même parler d'une *affaire*. Rectifie les choses. Saul va être cloué au pilori comme dans n'importe quel cas #MeToo.

— Saul est un cas #MeToo.

— Mais il n'est pas question de ça, en l'occurrence, Aimée ! »

Max approche, pose la main sur mon bras, je le repousse par réflexe. Trop brutalement.

« Bon sang, dit-il. C'était un accident ! Il faisait noir, il était tard. Ton père a dû se rabattre. Tout le monde aurait fait la même chose à sa place. »

Juste avant le croisement, la route décrit un virage serré. Saul a vu l'animal trop tard et fait une embardée. Du moins, c'est ce qu'ils disent. Ils parlent d'un loup, parce que cette semaine-là un loup avait été signalé dans les environs de Damme. Ils disent que Saul a freiné très brutalement, que la voiture a basculé, fait un tonneau, heurté le chêne. Le loup n'a jamais été retrouvé.

Max essaie désespérément de croiser mon regard. « Le problème, Aimée, c'est que tu es tellement en colère que tu n'arrives plus à voir l'innocence de ton père.

— N'essaie pas de t'introduire dans ma tête, Max, je ne suis pas ton auteure ! »

Il a l'air tendu, comme s'il était sur le point de prendre une décision douloureuse. Il hoche la tête avec détermination, tourne les talons, se dirige vers la voiture et je le suis.

Le moteur vrombit. Je n'ai pas eu le temps de monter que la voiture s'éloigne.

Je crie : « Max, qu'est-ce que tu fais ? », mais sa décapotable s'engage déjà sur la route. « Max ! Reviens ! » Le véhicule projette des cailloux quand il part en trombe en me laissant au croisement.

Je mets un petit moment à comprendre ce qui s'est passé. Max a filé. Je suis à un croisement sans moyen de transport, sans sac, avec rien d'autre qu'un téléphone et probablement sans connexion. Il commence à pleuvoir. Pour couronner le tout. Je regarde autour de moi les champs, les arbustes, le vieux chêne qui tend ses larges branches comme une main ouverte. Je me réfugie sous la cime. Le tronc paraît intact. Je fais le tour de l'arbre, je n'aperçois pas de traces. Il y a quinze ans, une voiture l'a heurté à toute force et il est resté debout comme s'il n'y avait jamais eu de collision. Peut-être que tout était un mensonge. Peut-être qu'il n'y a pas eu d'accident. Si le passé ne laisse pas de traces, comment peut-on jamais être sûr de ce qui s'est produit ?

Je pose les deux mains sur l'écorce. Quelque part derrière il y a un anneau, un cerne de croissance qui sait tout. Je ferme les yeux. Un anneau semblable existe aussi dans ma tête. Forcément.

Je m'appuie contre l'arbre, les gouttes de pluie enflent. Je vois le tournant sur la route où l'accident s'est produit. Ce tournant. Soudain, un souvenir me revient, un détail. Margot et moi sommes passées ici à vélo un après-midi d'été. Il y a une ferme tout près où on peut acheter de la glace : de grosses boules de glace à la vanille. Nous nous régalions et léchions nos glaces avec application du haut de nos vélos. Elles fondaient bien trop vite et je m'étonnais de constater à quel point tout est proche de rien.

Tout. Rien.

Je sors mon portable, cherche la caméra, me regarde et parle.

> Cela s'est passé ici, l'accident de voiture il y a quinze ans. On en a parlé dans tous les journaux. Daphné n'était pas dans la voiture, mais elle l'était juste avant. Daphné a quitté la fête avec nous. Avec Saul, Margot et moi. Elle était assise tout près de moi, je l'ai vue, entendue. J'ai senti l'étoffe de sa robe contre ma jambe. Nous sommes partis puis tout devient noir. Tout. Je le jure. Je ne me souviens de rien. J'ai des questions, comme vous. Bien sûr que j'ai des questions. Pourquoi Daphné n'était-elle pas dans la voiture si elle y était montée vingt minutes plus tôt ? Entre le moment où elle est montée et l'accident, elle a disparu sans laisser de trace. Vingt minutes. Qu'est-il arrivé à Daphné pendant ces vingt minutes ?

Petite tape du bout du doigt. Partager.

Drongen

MARGOT

Mardi 21 septembre

Je dois mon nom à une bouteille de vin. Château-margaux, 1981. Le vin qu'il buvait avec ma mère le soir où il m'a engendrée. Je le sais parce qu'il ne se lassait jamais de partager cette anecdote soi-disant amusante avec d'autres, même avec des personnes totalement inconnues. Je ne sais pas comment le prénom est devenu Margot, sans ce « aux ». Margaux aurait été tellement plus exotique. Comme Daphné, sans « e ». Je suis contente de ne pas m'appeler Aimée. Pourquoi a-t-il donné à sa deuxième fille un nom sans ambition ni allure ?

Quant à Saul, naturellement il avait fière allure. *Après ma mort, je veux ma propre pyramide*, avait-il coutume de dire. *Écoutez bien, les enfants : je veux une pyramide et devant cette pyramide il faut un sphinx*. Quand Aimée demandait ce qu'était un sphinx, il gémissait et je me lançais dans des explications. Une tête de femme, un corps de lion et des ailes, une créature magique et malveillante qui te tue quand tu ne connais pas la réponse à son énigme. *C'est quoi une énigme ?* demandait Aimée. Je souriais, la regardais et répondais, assez fort pour que Saul puisse l'entendre : *Daphné*.

Aujourd'hui le thérapeute a proposé que l'on fasse une promenade. Je ne voulais pas. Une promenade ? C'est déjà assez pénible de me retrouver coincée avec lui tous les jours pendant trois quarts d'heure dans la même pièce : je ne vais pas faire comme si je trouvais ça sympa d'aller faire un petit tour avec lui dans les environs. D'ailleurs, dehors, ça va sûrement se voir. Il regardera droit à travers moi et s'apercevra qu'il n'y a rien. À la lumière du jour, tout se remarque. Même le rien.

Alors nous sommes restés dans son bureau et après un long silence il m'a demandé si j'avais confiance en Daphné. Elle était franche. Daphné était sincère. C'est ce que j'ai dit et je lui ai parlé de l'incident près du ruisseau.

« Nous étions en train de pique-niquer au bord du chenal de Lapscheure, un cours d'eau qui depuis des siècles marque la frontière entre la Belgique et les Pays-Bas. Papa chassait le lapin et maman se promenait avec Aimée. Daphné était allongée de tout son long dans l'herbe, son visage chauffait au soleil. Elle était magnifique avec ses yeux fermés et ses boucles rousses dans la verdure et, peut-être justement parce qu'elle avait les yeux fermés, j'ai osé lui poser une question. J'avais envie de lui demander depuis longtemps, mais ce n'était jamais le bon moment. Je me suis étendue à côté d'elle et je l'ai tout simplement interrogée. Pourquoi une fille belle comme elle voulait être avec un vieil écrivain ? Elle m'a regardée et elle a compris que j'étais assez intelligente pour comprendre de quoi il retournait.

“On pourrait avoir l'impression que c'est lui qui se sert de moi. Mais c'est le contraire”, elle m'a répondu.

“Que veux-tu dire ?” je lui ai demandé.

“Le sexe est une force, Margot, pas une faiblesse. Mon

corps est un outil qui me permet de le séduire, de lui faire facilement tourner la tête, pour qu'il en veuille toujours plus. Parce que les hommes sont comme ça : faciles. Tu dois les enjôler, leur faire sentir quand tu leur parles qu'ils sont plus extraordinaires qu'ils auraient jamais espéré l'être. Si tu savais comment il me regarde quand je m'occupe de lui, ou quand je m'assois sur lui, ou simplement quand je lui souris." Je me taisais, parce que ça me faisait mal. Seulement, je ne savais pas où. "Nous sommes tous un outil, Margot, tout est un jeu. Mais quand on saisit bien les règles, on peut facilement les battre."

— Les battre ? a demandé le traitant.

— Oui, c'est aussi ce que j'ai demandé. "Ce n'est pas une compétition", j'ai dit. "Mais si, elle a répliqué. C'en est une, mais les hommes ont l'habitude de gagner. C'est pour ça qu'ils diront toujours que ce n'est pas une compétition. Un boxeur est bien plus fort à l'extérieur du ring qu'à l'intérieur. Tu comprends ? Un adversaire averti est infiniment plus difficile à vaincre." Et j'ai reconnu quelque chose dans ses propos. Quand mon père tient à marquer un point concernant un sujet important, il fait toujours une analogie avec la boxe. Dans mon imagination, les boxeurs sont toujours des hommes. J'étais donc étonnée que Daphné en fasse autant. Elle s'est levée d'un bond et a pris une position de boxe. "Allez, Margot", elle a dit et elle semblait l'avoir fait souvent. "Frappe-moi, allez ! C'est bien ce que tu voulais, non ?" Comme je ne suis pas lâche et que, de toute façon, j'étais déjà fâchée contre Daphné depuis très longtemps, je me suis hissée sur mes pieds et j'ai levé mes poings au niveau de ma poitrine. "Ne rentre jamais tes pouces, elle a dit. Sinon, ils se cassent quand tu frappes. Les poignets droits. Allez, depuis l'épaule!" J'ai frappé, sans conviction. Daphné a éclaté de rire. "Nous sommes tous des moyens, Margot, elle s'exclamait. Eux pour nous et nous pour eux." Elle avait quelque chose d'inattaquable, à sa façon de se tenir debout, fière et sûre d'elle. Je voyais sa force et tout ce que j'étais capable de ressentir, c'était de la jalousie. "Tu sers à quoi, Margot ?" elle criait, et je pensais à la bouteille de vin. Château-Margaux. J'ai frappé, fort cette fois-ci, je l'ai touchée au bras. Daphné a répliqué, droit sur ma joue, j'ai senti une dent transpercer ma lèvre et j'ai hurlé : "Arrête !" J'avais un goût de sang dans la bouche. Daphné m'a regardée, elle a laissé retomber ses bras le long de son corps.

"C'est tout ce que tu sais faire, Margot ? C'est vraiment *tout* ce que tu as en magasin ?"

Je ne sais pas ce qui s'est passé sur le coup, mais mes poings sont devenus des pierres, je me suis élancée et projetée de tout mon poids contre Daphné, elle est tombée et je l'ai frappée encore et encore au visage, droit dans les yeux, et elle criait et riait et me repoussait. Nous nous sommes retrouvées assises l'une en face de l'autre dans l'herbe, à bout de souffle, haletantes. À ce moment-là, papa est revenu de sa chasse au lapin. Il nous a vues et le sang lui est monté à la tête. Il devait y avoir quelque chose dans la façon dont Daphné et moi étions assises là, épuisées et fatiguées par le combat, qui le rendait furieux. Nous n'avons rien dit. Nous l'avons ignoré. C'était la première fois de ma vie que j'ignorais mon père. J'ai essuyé le sang de ma bouche et Daphné m'a fait un clin d'œil avec son œil rougi. »

Damme

AIMÉE

650 K followers

La voiture s'éloigne sur le sentier forestier. Je ne fais pas de signe de la main. Max a l'air étonné.

« Je ne savais pas qu'il y avait des Uber à Damme, dit-il.

— Ce n'était pas un Uber, c'était un follower.

— Ah.

— Tu me laisses entrer ? je lui demande.

— Tu es encore fâchée ?

— Toujours. »

Il ouvre la porte d'entrée de son paradis, son *refuge** dans le Patrijzen Bos, le bois des Perdrix, une maison minimaliste qu'il a fait lui-même construire. Il y a eu une certaine opposition dans le village quand Max a fait abattre un quart d'hectare dans le bois pour sa villa avec piscine, mais les quelques pitoyables protestations auprès de la maison communale n'ont pas fait le poids face à un écrivain flamand qui avait le bras long dans les milieux politiques locaux.

« Un petit verre de vin ? » demande Max. J'acquiesce. La villa de Max est du porno chic pur : la cuisine-séjour aurait pu facilement s'étaler en double page de *Vogue Living*.

La pièce entière a un éclat photogénique glacial. Aucun meuble n'est de trop et, de n'importe où, on peut réaliser des photos qui attisent l'envie. Tout dans la villa est parfait et donc remplaçable. Une maison qui frime et qui brille, mais aussi un lieu de profonde solitude, même si je n'ai aucune idée d'où elle se cache. Peut-être parmi les verres dans la vitrine vide, ou sur le canapé d'un blanc impeccable, ou près des impressionnantes fenêtres coulissantes sans rideaux. Il n'y a que sur le piano à queue, toujours silencieux, que sont posés trois petits cadres contenant des photos : un couple et deux enfants, rayonnants, souriant à l'objectif – je ne les connais pas. À côté une photo jaunie de deux personnes entre vingt et trente ans avec un bébé qui sont peut-être les parents de Max. Et un portrait de notre famille : maman et Saul sous un pommier dans le jardin. Margot, éclatante, a un air malicieux et se colle contre les jambes de Saul, elle porte le survêtement bleu azur dont elle était si fière. Je suis à côté de maman, avec ma corde à sauter, et lance un regard hésitant à l'objectif. Comme si, déjà à l'époque, je doutais de ma place dans la famille. Saul a encore les cheveux foncés et semble ravi. *Le Coup de poing de l'amour* venait de paraître.

« Comment te débrouilles-tu pour faire taire Saul aussi longtemps ? Tu l'as ligoté à une poutre quelque part dans la ferme, ou quoi ? »

Max rit, ce ne serait pas totalement exclu.

« Saul donne une conférence jeudi à Anvers sur Hemingway, en tant qu'archétype transnational, dit Max. Il trouve le sujet *innovant*. Il veut maintenir cette intervention et je n'arrive pas à le faire changer d'avis. J'ose à peine penser ce qui va se passer s'il y a des journalistes dans la salle. »

J'acquiesce et j'imagine la scène : la fureur et le délire quand Saul finira par briser le silence.

« Espérons que tout ira bien ! » dis-je en trinquant avec Max.

Il me caresse doucement le bras, je continue de fixer mon verre.

« Ça te plaît ? demande Max.

— Quoi ?

— Le vin.

— De ta cave privée ?

— La seule digne de ce nom.

— Tu te rappelles quand Simon et Margot ont cassé un soir ta bouteille de rouge la plus chère ?

— Mon château-margaux, premier grand cru classé, dit Max. Des ados. Ils étaient toujours à se faire des câlins en bas.

— Je me souviens du regard coupable de Simon quand il est venu le dire, avec la bouteille qui gouttait, ce qui était encore pire. Il n'arrêtait pas de répéter que c'était un accident. Margot lui tenait la main. J'ai trouvé ça adorable. Ils étaient fous l'un de l'autre, ces deux-là.

— C'est sûr, dit Max.

— J'espère qu'ils vont se réconcilier. Peut-être que Simon fréquente quelqu'un d'autre, c'est ce que pense Margot. Je crois. Mais il y a des relations qui sont *meant to be*, non ? Tu y crois ? »

Max se frotte le visage d'une main et me lance un regard critique : « Il y a des gens qui ne comprennent pas quelles relations sont *meant to be*, Aimée. J'aurais adoré, moi aussi, entendre des petits pas d'enfant trottiner dans la maison et peut-être le plaisant grésillement d'œufs que quelqu'un fait cuire pour moi le matin, une personne que je tiendrais doucement par les adorables rondeurs de son buste, que je retournerais pour embrasser ses seins pendant que les œufs brûlent.

— Eh ben, d'où tu sors ça ?

— Arthur Miller.

— À propos de ses matins avec Marilyn Monroe ?

— Exactement.

— C'est ton rêve secret, Max ? Cet idéal domestique ? »

Il regarde fixement son verre, y crée des tourbillons rouges et prend un air sombre.

« Tout ce qu'on peut souhaiter, il l'avait, ce satané Saul », dit-il.

Sa phrase se casse quand il prononce *avait*. Crac.

« Tu me fais visiter ?

— Pourquoi ? Tu sais où tout se trouve.

— Ça m'amuse », lui dis-je d'un ton insistant.

Nous nous levons, déambulons le verre à la main dans sa villa où tout paraît de glace, même le lit aux draps bleu ciel, les placards à vêtements chatoyants, le grand miroir au mur.

« Tu es là souvent ? je lui demande.

— Comment ça ?

— On dirait que personne ne vit ici, c'est comme dans une vitrine. »

Il prend une expression peinée.

« Je travaille. Je suis souvent en déplacement ou chez Saul à la ferme. Ce n'est pas la place qui manque, donc si tu veux loger ici : *be my guest*.

— Passer mes nuits dans la toile qu'a tissée Max ? » Je lui demande tout en ouvrant les fenêtres coulissantes qui donnent sur le balcon. « Max qui cite des dramaturges lubriques, joue à des jeux curieux et s'insinue dans ma mémoire ?

— Ce n'est pas ce que je fais, Aimée, et tu le sais.

— Tu veux que je te suive.

— Comment ça, que tu me suives ?

— Que j'aille là où tu en as envie.

— Qu'est-ce qui te faire dire ça tout d'un coup ? Bien sûr que non.

— Tu mens, Max. »

Mon ton est glacial.

« Tu parles d'Amsterdam ?

— Entre autres.

— J'étais sûr que ça irait mieux pour toi dans une autre ville. C'est pour ça que je te l'ai suggéré. »

Je m'appuie contre la balustrade de son balcon. De grands arbres s'agitent au loin, le soleil descend servilement entre les troncs.

« Pourquoi pas New York ? Ou Paris ? Tu sais que j'adore Paris. Peut-être que ma vie y aurait été plus belle.

— Paris, c'est cher.

— Saul payait tout. »

C'était tout ce qu'il se sentait capable de faire : me verser chaque mois l'argent tout juste suffisant pour me permettre de financer mon loyer et mes études.

« Tu crois ça ? » demande Max derrière son verre.

Je le regarde. Je me contente de le regarder, jusqu'à ce que j'en sois sûre. Jusqu'à ce que quelque chose dont je croyais être certaine change à tout jamais. *Même pas l'argent.* La seule chose que Saul m'ait donnée : même ça, c'était une illusion. Un malentendu.

« Max..., dis-je.

— Allez viens, il commence à faire frais. »

Il descend les marches en pierre de l'escalier extérieur. La nuit tombe et la piscine est éclairée.

« Tu nages tous les jours ?

— Jamais, dit-il. Mais la *piscine**, comme ils disent ici en utilisant le mot français, embellit la vue.

— C'est décadent ce que tu dis.

— Désolé. »

Max pose la bouteille qu'il a gardée à la main pendant toute la visite, au cas où l'un de nos verres serait vide. Je ressens de la chaleur et du chagrin. Je fixe l'eau qui baigne sous des lampes orange.

« On dirait de la limonade, cette eau », dis-je.

Max sourit.

« Tu connais l'histoire d'Alfred Jodocus Couac ?

— Le canard ? »

J'approche du bord de la piscine.

« Et du roi gâté qui adorait jouer au jeu de l'oie, faire des roulés-boulés sur les collines et s'allonger des journées entières dans la limonade.

— Comme Saul », dis-je.

Max pose son verre à côté de la bouteille de vin et vient à côté de moi.

« Tu sais comment l'auteur a eu l'idée de l'histoire d'Alfred ?

— À peu près.

— Herman van Veen vivait dans un polder en Hollande et, un soir, il a écrasé sans faire exprès un canard. Le lendemain, il a vu une cane avec une file de canetons jaunes derrière elle et il a compris qu'il avait tué le père des canetons. Il s'est senti appelé à écrire l'histoire d'un de ces petits orphelins de père.

— Parce qu'il avait honte ? je demande à Max qui vide son verre.

— La honte donne naissance aux plus belles œuvres d'art.

— C'est toi qui le dis.

— Est-ce que tu as parfois l'impression d'être un caneton orphelin, Aimée ?

— C'est quoi cette question ? Bien sûr que non.

— Parfois on dirait que tu fais exprès de te priver de père.

— Je n'ai pas envie de parler de cela, Max.

— Si je te le demande, ce n'est pas pour aider Saul, Aimée, mais parce que ça m'intéresse vraiment. »

Je sens des élancements dans mon semblant de jambe et pare sa question sans gêne en lui en posant une autre.

« Est-ce que tu l'aimes ?

— Saul ? » Il sourit. « Bien sûr. Mais il y a des amours de toutes sortes, comme tu le sais. »

Il approche, ses hanches touchent les miennes. Chaudes. Avec plus de précaution que d'habitude, il m'entoure de ses bras.

« Tu sais que ce n'est pas possible, Max, il faut qu'on attende.

— Qui l'exige ? »

Je hausse les épaules.

« C'est ce que nous faisons : une fois de temps en temps puis plus rien pendant toute une période. Je ne sais pas non plus pourquoi. C'est ce qui se passe, apparemment, dans *notre sorte d'amour*. On ne va pas gâcher ça.

— Et si je voulais une autre sorte d'amour que le nôtre ?

— C'est-à-dire ?

— Toi. Ici. Avec moi. Toujours.

— *Happily ever after ?* j'ironise.

— Et si je te faisais subir les derniers outrages ? dit-il en me faisant un clin d'œil.

— Max...

— Personne ne t'entendrait crier. Ma maison est à l'écart. Et si je te projetais sur le transat et te pénétrais brutalement ?

— Je m'enfuirais.

— Où ça ? Et comment ? Avec cette jambe, tu ne pourrais pas aller bien vite. Tu n'es même pas une proie, Aimée, tu es un *sitting duck.* »

Il m'agrippe par le bas de ma chemise et m'attire à lui.

« *Sitting duck* », je répète. Et d'un mouvement rapide, j'attrape son nez entre mon pouce et mon index, je le pousse vers le bord et, avec le bon genou, je le fais tomber à la renverse dans l'eau. Il éclabousse, jure, se lève. Il passe les mains dans ses cheveux et sur son visage. Il rit comme un jeune homme, l'eau coule sur ses larges mâchoires, sa chemise est trempée, entrouverte. Il annonce d'un signe joueur de la main qu'il capitule.

Max a raison. Nous sommes seuls. Isolés du monde. Il n'y a rien ni personne ici, les choses qui se passent ne semblent même pas vraies. Je pense aux canards et aux rois dans des bains de limonade très sucrée, à tout ce qui n'est pas, à ce qui est interdit.

Je m'y glisse.

#Plusque**cinq**joursMargot

Damme

AIMÉE

700 K followers

On en est là. J'ouvre les yeux et je le sais aussitôt. Je suis couchée dans ma chambre au Postillon où la journée commence généralement par le bruit des tracteurs qui passent lentement et des chaises de la terrasse qu'on déplie. Mais aujourd'hui tout est différent.

J'entends des voix, des bruits de moteurs, un grand tapage dehors. Je m'approche de la fenêtre et vois la foule en bas. Il y a au moins sept camionnettes. Le flash d'un appareil photo. Je sursaute, perds l'équilibre et m'agrippe au bord de la table. Ma jambe est encore posée sur le lit.

Je vérifie mon téléphone : des milliers de likes et un nombre hallucinant de nouveaux followers. Non seulement mon vlog fait au croisement est en ligne et sur les réseaux sociaux, mais il est aussi repris sur les chaînes classiques et les sites d'actualité. On diffuse la vidéo partout. Max a appelé quatre fois. Chantal écrit : *Contacte-moi ! Maintenant !*

Le brouhaha constant en bas provoque en moi une montée d'adrénaline : c'est *moi* qui ai déclenché ça, c'est de *moi* qu'il s'agit. J'ai tous les sens en alerte. Comme je n'ai aucune idée de ce qui va suivre, je fais comme tous les matins : je prends ma douche, j'enfile ma jambe et mes vêtements, je me dirige vers la salle du petit déjeuner. L'horloge sur le palier. Huit heures.

En bas de l'escalier, en travers de la première marche, est tendu un cordon rouge qui n'était pas là hier. La réception est pleine de journalistes, qui ont des petites cartes plastifiées suspendues à leur cou ou pincées sur leur chemise, des perches à son et des caméras. Certains, assis jambes écartées sur le tapis rouge, mangent un sandwich ou regardent YouTube sur leur téléphone en attendant l'action.

Un grand gaillard portant un T-shirt Metallica m'a repérée, il hisse sa caméra sur son épaule et se précipite vers l'escalier tandis que les autres le suivent en se grimpant dessus comme des crabes. Lampes aveuglantes, questions posées d'une voix forte, espace réduit. Après un premier mouvement de recul, je fais ce que les personnes soupçonnées d'actes criminels et les célébrités font sur les photos : je détourne le regard pour fixer le sol, je me tais et continue de marcher, imperturbable.

Contrairement aux autres jours, la porte de la salle du petit déjeuner est fermée. PRIVÉ est inscrit sur un papier. J'essaie la poignée, elle cède, je pousse la porte et me glisse à l'intérieur.

Je ne vois Iris nulle part. Le buffet est vide et on ne sent même pas une odeur de café. À côté de la fenêtre est assise une femme avec un ordinateur portable. Elle porte un jean et une veste bleu foncé à larges épaulettes qui flotte autour de sa stature fluette. Elle a la cinquantaine, des cheveux gris courts, des yeux fatigués. La lumière matinale agressive lui blanchit terriblement le visage, elle me regarde tel un fantôme, presque diaphane, derrière sa petite table. Elle ôte ses lunettes et me parle comme si elle laissait un message sur un répondeur.

« Je m'appelle Mathilde et je suis la propriétaire de cet hôtel. Vous avez pu constater par vous-même ce qui se passe ici. Depuis ce matin six heures, je me débrouille pour empêcher les gens d'entrer. Du moins, j'essaie. Nous n'avons pas pu servir le petit déjeuner. Par conséquent, vous comprendrez que je vous demande de quitter cet hôtel le plus vite possible.

— Et vous avez le droit ? je lui rétorque, impulsivement.

— De quoi ?

— De refuser d'accueillir des gens ? »

Je ne sais pas pourquoi c'est la première chose que je lui dis. J'aurais pu faire preuve de compréhension ou relativiser la situation, mais c'est l'adrénaline qui se fait entendre, me met en état d'alerte et me rend grossière. Mathilde referme son ordinateur portable d'un geste brusque.

« Ah, on va jouer à ça ? Vous savez, je ne vous demande même pas de payer la chambre, disparaissez, tout simplement, je ne m'en sors pas.

— Mais je suis tout à fait prête à payer.

— La police est venue poser des questions à votre sujet, ils sauront vous trouver. Dans une heure, je ne veux plus voir tout ce cirque sinon la gendarmerie viendra me donner un coup de main. Voulez-vous que j'appelle un taxi ? »

Je secoue la tête et tourne les talons. Me faufilant à travers le chaos dans le hall, je me dépêche de retourner dans ma chambre. Je n'appelle pas un taxi – j'appelle Max.

« Ce vlog, dit-il. Tu n'en as pas soufflé un mot hier soir, merde !

— Nous n'avons pas eu l'occasion d'aborder le sujet. »

Max gémit.

« C'est pour ça que tu voulais retourner à l'hôtel, tard hier soir ?

— Max, je suis coincée. La presse est partout.

— Tu aurais peut-être pu t'y attendre un tout petit peu, ma chérie.

— Viens me chercher.

— Tu as ta voiture, dit-il.

— Ma voiture est trop loin, c'est horrible ici, Max. Ils sont partout, je suis prise au piège. Je veux m'en aller ! »

Il soupire

« J'arrive », dit-il et il raccroche.

Soulagée, je prépare mon sac et j'attends. Comme je veux me laisser envahir le moins possible par mes sentiments ou mes pensées, je prends mon téléphone portable et je scrolle. Un dérivatif toujours efficace.

Sur son compte Instagram, la mère de Daphné a publié une photo sur laquelle elle pose devant la villa Krekelhof. Elle est maquillée et magnifiquement éclairée, regarde fixement l'objectif avec une dévotion digne d'un tableau de la Renaissance. Je sais précisément le temps qu'il faut pour faire une photo pareille.

Le cabriolet de Max vrombit dans la rue. Je prends une profonde inspiration et me dirige avec mon bagage vers l'escalier. Les journalistes voient mon sac de voyage, me poussent leurs micros sous le nez et approchent si près de moi que je ne peux pas faire un pas. Je ne parviens plus à respirer. Je suis entourée de chair et de sueur chaudes inconnues, d'after-shave bon marché, de tissus qui se frottent contre moi, d'équipements durs, de voix fortes. Prise au piège. Je voudrais me faire toute petite, de la taille d'un pouce, et disparaître entre les talons en direction de la porte. J'ai envie de hurler mais ma voix ne couvrirait pas le brouhaha et quel effet cela produirait-il sur les photos, un cri silencieux ? J'imagine les gros titres : DANS L'AFFAIRE DE L'ÉCRIVAIN ASSASSIN, LA FILLE AU DÉSESPOIR. LE PARRAIN NOUVELLE VERSION : LA FILLE HURLE DE RAGE. LA FILLE DE MERTENS EST-ELLE DEVENUE FOLLE ?

Dans un coin je vois surgir quelque chose de noir : un grand parapluie ouvert sur lequel est écrit en lettres élégantes *Le Postillon*. La personne au parapluie, qui porte un tablier à volants et des bottes noires de l'armée, se dirige résolument vers moi. Iris occupe l'espace sans aucune gêne, brandit le parapluie devant elle comme une arme, donne des coups de coude aux journalistes et s'en réjouit manifestement.

« Viens », dit-elle une fois qu'elle est à côté de moi. Je la prends par le bras. Derrière le parapluie, nous nous frayons un chemin vers l'extérieur où la voiture de Max ronronne juste devant l'entrée. J'ouvre la portière, Max regarde droit devant lui, *not amused*. Mon dernier vlog relève de la haute trahison. Du moins, ce doit être son point de vue. Je m'apprête à monter quand Iris me saisit fermement par l'épaule et me chuchote à l'oreille :

« Tu n'as pas lu mes commentaires, dit-elle.

— Désolée, Iris, dis-je. Mais en ce moment je ne peux pas...

— Le club.

— Quoi ?

— Les chambres en haut, demande à Mathilde. Fais-le ! »

Elle me salue d'un signe de tête et se retourne.

« Voilà ce que tu as récolté, rugit Max.

— Tais-toi. Et roule. »

Drongen

MARGOT

Mercredi 22 septembre

Elle ne veut rien entendre. Il faut que j'agisse. Aimée ne comprend pas ce qu'elle est en train de faire. Elle va tout détruire. Elle est dans la confrontation et je suis coincée ici comme une idiote. Tous les jours je dois encore parler de choses qui ne le concernent absolument pas. Je dors mal et ne peux pas prendre de comprimés ici. Évidemment que nos rencontres ont un impact, évidemment que tout remonte : les images, les souvenirs qui arrivent par flashs. *La fête. Le regard de Saul. La robe violette. Aimée paniquée. Le sang partout.* Alors je frappe le matelas du plat de la main et je dis très fort : *Kchchch ! Kchchch !* pour faire fuir les images, mais elles n'écoutent pas. Elles me pourchassent telles des bêtes sauvages, comme elles le faisaient avec Daphné. Personne ne survit à ces bêtes-là. *Devant la voiture il y a un animal, un loup. Est-ce un loup ? Est-ce qu'il est vraiment là ? Est-ce que je vois sa gueule aux gencives luisantes, son museau couvert de bave ? Est-ce qu'il va me mordre ?*

Il m'a écrit une lettre, j'ai reçu une lettre de Simon. Son travail va l'amener à rester plus longtemps à Paris. Il ne va pas refuser cette proposition parce qu'il pense que cela vaut sans doute mieux pour nous. Une chance, c'est ce qu'il écrit. *Prendre un peu de distance nous fera du bien.* Mais je n'en crois rien. La distance ne fait jamais de bien. Quand Saul et moi étions encore ensemble, à l'époque tout allait bien. Quand Daphné n'était pas encore là.

Et nous tournoyons. Nous sommes assis dans la voiture et nous voltigeons. Un talon me heurte le ventre. Tout fait mal. Je ne sens plus rien. Boum. Boum.

La porte de ma chambre. J'ai rendez-vous avec le coupeur de cheveux en quatre à qui je dévoile de plus en plus de choses. Hier il a parlé d'hypnose. Comme si ça pouvait marcher. Je trouve ça drôle. Il n'y a rien à hypnotiser, rien à insensibiliser à l'intérieur, ni à bercer et à réconforter, parce que je porte tout, absolument tout, à l'extérieur. Je suis une coquille vide. Il n'y a rien de plus que ce que l'on voit. À chaque instant. Je me sens seule. Il m'est de plus en plus difficile de me taire.

« Tu sais, Saul croit que je vais toujours me taire », a dit Daphné un jour sur la terrasse. Je commençais à la trouver chouette, je ressentais même de l'admiration pour elle. Daphné n'éprouvait aucune gêne, je pouvais tout savoir d'elle. Elle parlait même des disputes qu'elle avait avec Saul. « Alors je lui ai demandé, me disait-elle avec des yeux espiègles, ce qui se passerait, à son avis, si je racontais tout sur notre relation. Aux médias. Je lui ai demandé s'il avait réfléchi aux conséquences sur sa carrière. Il ne m'a pas répondu, mais ce n'était pas la peine, parce qu'il a blêmi. Ce n'était plus amusant. Je l'ai rassuré, bien sûr. Cela vaut mieux pour tout le monde. L'important, c'est que ça dure toujours. »

Que ça dure toujours. Exactement. Après mes séances avec le coupeur de cheveux en quatre, je répondrai à Simon que je trouve que c'est une mauvaise idée. Que je vais attendre d'en avoir fini ici et qu'après tout redeviendra comme avant. Et même encore avant ça, pour retrouver la situation antérieure, au tout début, quand Simon et moi avions quinze ans et étions fous amoureux. Quinze ans et amoureux. Est-ce que je ne serais pas prête à tout donner pour revenir à cette époque-là ?

Damme

AIMÉE

760 K followers

Deux policiers à moto nous ont suivis jusqu'au portail de la villa de Max. Pendant tout le trajet, je me suis demandé s'ils étaient là pour nous protéger ou nous intimider. Sans doute les deux. Une fois que nous nous sommes retrouvés chez lui, Max ne m'a pas fait de sermon. Il s'est contenté de dire que Saul serait sans doute emmené au commissariat de police pour être auditionné, que je pouvais choisir de loger dans une chambre de sa villa mais qu'il devait aller à Anvers pour discuter avec un galeriste d'un artiste talentueux qui peint sur de grandes toiles des fentes et des plis.

« Tu veux venir avec moi ?

— Non merci », dis-je.

Max m'observe depuis le plan de travail. Il n'a pas l'air fâché, il a l'air inquiet. C'est pire.

« Je ne peux pas te laisser seule ici, dit-il. Qui est-ce que je peux appeler ?

— Je ne connais personne à Damme, Max. »

Il hausse les épaules, précise qu'il y a devant la porte une Vespa verte que je peux utiliser si je veux et jette les clés du scooter sur la table. Je ne dis rien, je prends mon téléphone. Mon dernier vlog est devenu viral. Face à un tel flot de réactions, il m'est impossible de lire, de réagir, ni même d'exister. J'ai peur. Cela prend de trop grandes proportions, il n'y a pas de frein. Les réseaux sociaux n'ont pas de limites. Mais moi si. J'ai la tête pleine. Mon cerveau n'a plus de mémoire libre.

« Ne laisse pas tous ces messages te pousser à bout, dit Max. Pose ce truc. Prends un bol d'air. »

Il montre les clés de la Vespa sur la table de la salle à manger comme si je pouvais déjà les avoir oubliées. Il secoue la tête et agite la main. La porte d'entrée se referme sur lui. J'ouvre mon ordinateur portable. Dans la barre de recherche de Google je tape les mots « Club, Damme ». Une série de résultats s'affichent sur le Golf & Country Club de Damme qui manifestement connaît un succès exceptionnel. Des photos de petits drapeaux délicats plantés sur des collines verdoyantes tondues, un paysage tellement cliché qu'on pourrait le voir n'importe où. La consolation de ce que l'on reconnaît.

Je retourne sur la barre de recherche et tape « Club, Damme, Mathilde ». La sélection s'adapte. Des nouvelles sur la chanteuse Mathilde Santing et l'actualité à propos de la reine Mathilde qui à présent n'a plus honte de ses lunettes. Apparemment, il existe aussi une Mathilde belge qui vient d'avoir cent un ans. Parmi les *images* apparaissent d'innombrables reines Mathilde portant des lunettes et tout en haut à gauche une photo de la propriétaire du Postillon. Elle tient dans la main la clé d'une chambre et se tient droite comme un I derrière les orchidées à la réception de son hôtel. Une photo promotionnelle catastrophique. Termes manquants : ~~club~~.

Un pop-up d'un site d'actualité se déploie sur mon écran. Alerte info. J'appuie du bout du doigt : images de Saul qui avance en chancelant à côté d'une agente vers une voiture de police tandis qu'une voix explique d'un ton grave qu'on l'a emmené cet après-midi au commissariat pour être auditionné. La policière blonde met une main au-dessus de la tête de Saul quand il monte dans le véhicule, comme si pour une raison ou une autre il avait oublié comment faire. Cela le rend vieux.

« Il n'est pas en état d'arrestation », souligne l'agente durant une brève interview. Elle a de fins sourcils presque totalement épilés et porte une casquette bleue qui bouge à chaque syllabe. « M. Mertens est invité à se rendre au commissariat de police pour être auditionné au regard des nouvelles informations reçues. » *Mes informations*. Les informations que j'ai propagées dans mon vlog terriblement populaire.

Je sens des pincements et des tiraillements dans mon moignon, une petite pression du doigt sur le pop-up pour le faire disparaître et je me dirige vers la fenêtre. La journée est chargée et grise, la piscine a quelque chose de triste. Ils vont venir, les enquêteurs. Ils voudront m'interroger et qu'est-ce que j'aurai à leur dire ? Qui était Daphné ? Je n'en sais rien moi-même. Les jeux auxquels Daphné jouait avec nous à la ferme ? Le plaisir que nous avions à la voir ? Le Cluedo dans le jardin. Je me rappelle que nous parlions des garçons, que cela attisait la curiosité de Margot. Pas moi, je voulais juste jouer au Cluedo.

« Secoue tes cheveux ! » disait Daphné en riant et les yeux de Margot brillaient. Jusqu'à cet après-midi-là, j'avais pensé qu'elle ne supportait pas Daphné, mais quelque chose avait changé. Elle faisait ce que Daphné lui demandait. Elle libérait ses cheveux noirs de sa queue-de-cheval et les secouait.

« Comme ça ?

— Mais non, idiote, disait Daphné. Tu dois sourire en même temps, pas donner l'impression que tu viens d'avaler un hareng saur. »

Margot pouffait de rire et recommençait.

« C'est mieux, disait Daphné. Et maintenant à ton tour, Aimée. »

Je ne voulais pas, j'étais occupée avec le Colonel Moutarde dans la bibliothèque armé du tuyau de plomb, mais elles gardaient leurs regards rivés sur moi.

« Quoi ? je leur demandais.

— Secoue tes cheveux.

— Pourquoi ?

— Pour séduire les hommes, disait Daphné. Il faudrait que tu apprennes à le faire.

— Pourquoi ?

— Parce que la séduction c'est le pouvoir, Aimée. Les hommes obtiennent le pouvoir par leur statut et leur travail, regarde ton père. Il est laid, mais c'est un écrivain célèbre, donc ça compense.

— Pourquoi je ne peux pas compenser ? »

Daphné regarde Margot et elles éclatent de rire. Leur attitude me blesse.

« Parce que ça ne marche pas comme ça, Aimée.

— Pourquoi ?

— Parce que le principal atout des femmes, c'est leur beauté. Personne ne le dira haut et fort et pourtant c'est le cas. Quand les hommes te regardent, ils ne pensent qu'à une chose : est-ce qu'ils vont pouvoir te sauter.

— Daphné ! » glousse Margot.

Je ne l'avais encore jamais entendue glousser ainsi.

« Alors autant que tu apprennes maintenant à secouer tes cheveux. Allez ! »

On sonne à la porte d'entrée de Max : un bruit strident. Les voilà. Je sais que ce sont eux : les enquêteurs. Ils voudront sûrement tout savoir et moi, je ne sais rien. Strictement rien. Le croiront-ils ? En catimini, comme s'ils pouvaient m'entendre, je me glisse vers l'interphone dont l'écran s'est éclairé. Devant le portail métallique de Max est stationnée une voiture de police. Un agent essaie de regarder au-dessus. Un deuxième sort du véhicule, il mâche un sandwich et crie quelque chose que je ne comprends pas. Savent-ils que je regarde ? Je n'ouvre pas. Je vois un bouton rouge sur lequel j'appuie. L'écran devient noir. Je reste figée sur place, sentant dans mon corps une furieuse montée d'adrénaline. Engourdissement. Bruissement. J'entends un bruissement tout près. Je me retourne. Derrière les fenêtres coulissantes, quelque chose bouge dans le jardin. Quelqu'un marche le long de la piscine, sans précipitation, tranquillement. Est-ce qu'ils sont déjà ici ? J'approche discrètement de la fenêtre et j'aperçois un homme grand en combinaison verte. Pas un agent de police. J'ouvre en faisant coulisser une fenêtre. Il m'entend, se retourne.

« Bart ? » Il sourit. « Qu'est-ce que tu fais ici ?

— Max a un de mes sécateurs. Je viens le chercher.

— Comment as-tu franchi le portail ? »

Si je lui pose la question, c'est que je suis convaincue d'avoir vu des policiers là-bas. Ou bien était-ce mon imagination ? À Damme, je me demande de plus en plus souvent ce qui est vrai ou non. Tout paraît irréel : un nombre de followers qui n'arrête pas d'augmenter, une réception pleine de journalistes et de photographes qui crient et me harcèlent, un père claudicant qu'on emmène au commissariat de police le plus proche.

« Il y a une piste cyclable dans le bois, dit Bart en montrant un sentier sableux sinuant entre les arbres. On n'a pas à passer par le portail.

— Où est ce sécateur ?

— Dans l'abri de jardin, je crois », répond Bart.

Son regard farouche et sa façon de s'attarder, comme s'il attendait une indication scénique, me font comprendre ce qui se passe.

« C'est Max qui te l'a demandé ?

— Quoi ?

— De venir chercher le sécateur. De garder un œil sur moi ?

— Peut-être.

— Putain, Bart.

— Moi aussi j'ai trouvé ça bizarre qu'il appelle pour ça.

— Je n'ai pas besoin d'aide, je n'ai plus six ans ! »

Mon ton est hargneux, trop vif, trop abrupt. On ne parle pas de cette manière à un ami d'autrefois. Mon *prétendu* ami d'autrefois. Le seul.

« Tu veux boire quelque chose ? » dis-je pour compenser.

Bart acquiesce l'air soulagé : « Tu as une bière ? »

Je pensais plutôt à du café car il n'est pas encore midi, mais en Belgique on commence à boire tôt.

« Aucune idée. »

Nous allons dans la cuisine et je trouve deux Stella dans le réfrigérateur. Les bouteilles s'ouvrent avec un *pchhht* et nous buvons. Je m'appuie contre le plan de travail et Bart se tient raide comme un piquet à côté du piano, comme s'il avait peur de bouger.

« Le jardin est magnifique, dit-il.

— Oui.
— J'ai créé le parterre.
— Quel parterre ?
— Là, derrière la piscine à gauche. »
Je souris, émue que le Bart des trophées de basket parle aujourd'hui avec fierté de parterres.
« Tu as ta propre entreprise, c'est super.
— C'est celle de mon frère.
— Ah. »
Je prends une gorgée.
« *Fleur de la nature.*
— Pardon ?
— Le livre. De Jacob van Maerlant. Tu ne t'en souviens plus ? C'était au lycée.
— Non. »
Il rit, dépité, et fixe ses bottes boueuses. Je regarde ses cheveux filasse sur sa tête dégarnie, blanche.
« Une fois, je t'ai vue parler à quelqu'un, dit-il. Dans la salle de gym alors qu'il n'y avait personne.
— C'est possible.
— Je veux dire : je te voyais parler, mais il n'y avait personne à qui parler. La salle de gym était complètement vide, mais tu bavardais et tu t'amusais comme s'il y avait encore quelqu'un.
— Tu m'espionnais ?
— Oh, c'est quoi espionner ?
— Regarder sans autorisation, c'est espionner, Bart.
— Je regarde les gens toute la journée, seulement toi, tu ne m'as pas regardé. Je n'y peux rien, tout de même ! »
Sourire espiègle. Nouvelle gorgée. Touché. Le silence revient. Bart regarde la table en verre sur laquelle mon ordinateur portable est encore ouvert et se met soudain à rire.

« Je n'aurais jamais cru que tu serais à ce point fan de notre famille royale. »

Il montre l'écran rempli de reines Mathilde et continue de ricaner.

« Ou est-ce que tu serais fan de Mathilde Descheermaeker ?

— De qui ? »

Bart me fait voir la photo de Mathilde à la réception de son hôtel.

« Cela dit, ce n'est pas non plus l'idée que j'avais de toi.

— Comment ça ?

— Tu sais bien.

— Non. »

Il me regarde, fronce les sourcils.

« Est-ce que personne... ?

— Personne... Qu'est-ce que tu veux dire ? »

Mon téléphone sonne, je regarde : Chantal. Je refuse l'appel. Bart pose sa bière sur le piano et se dirige vers les fenêtres coulissantes.

« Mon sécateur », dit-il.

J'ai envie de continuer à l'interroger, de savoir pourquoi il se montre soudain si ombrageux, mais Chantal rappelle et Bart me montre mon téléphone en clignant de l'œil, comme s'il me donnait l'autorisation de répondre, puis il se faufile dehors pour aller chercher un sécateur qui n'existe peut-être pas. Je réponds.

« Aimée ! » Chantal a l'air euphorique. « Tu as vu ? Soixante mille nouveaux followers ! Que penses-tu du post ?

— Lequel ?

— Vérifie ton fil d'actu. »

Je tapote sur l'écran et découvre le post le plus récent, que je n'ai pas posté : la photo d'une épave de voiture sous un vieux chêne, un matin, il y a longtemps. On voit des morceaux de métal éparpillés partout, une roue détachée sur la route, un chausson d'enfant dans l'herbe. Le ciel est d'un bleu impossible. En légende, une citation d'Hemingway : *Les familles ont bien des façons d'être dangereuses.*

Je m'écrie : « Enlève ça !

— Pourquoi ?

— Arrête de poster des trucs en mon nom !

— Tu veux que je fasse quoi alors, Aimée ? Tu es injoignable. Tu ne réponds pas à mes messages. On ne peut pas se concerter, il faut bien que je fasse quelque chose.

— Alors je vais le retirer moi-même, dis-je.

— Ce n'est pas si grave que ça.

— Si, c'est très grave, Chantal.

— Il faut simplement qu'on se parle. Qu'on définisse une nouvelle ligne claire. Nous avons de nouveaux followers, mais notre contenu est confus maintenant.

— Et en quoi ce serait un problème ?

— Tout ça manque de cohérence.

— Ça a le mérite d'être *vrai*.

— La vérité, ce n'est pas un critère, Aimée, tu le sais.

— Je ne veux plus que tu te mêles de mon compte.

— *Ton* compte ?

— Oui, mon identité en ligne, mon nom, ma vie : mon compte.

— C'est ce que tu crois, Aimée ? Que le compte t'appartient ? » Elle éclate d'un rire cinglant. « Ce compte et cette identité m'appartiennent pour moitié. Nous avons signé un contrat, tu t'en souviens, au début ? Cette Aimée en ligne nous appartient à toutes les deux et si je veux poster quoi que ce soit, je suis dans mon bon droit.

— Tu n'es pas moi, Chantal.

— Non : je suis bien mieux. Plus futée pour gérer beaucoup de gens qui te suivent grâce à moi. Grâce à *ma création*. Tu n'es rien de plus qu'un porte-manteau biologique, Aimée, et ces derniers temps de plus en plus souvent un mal nécessaire. Je crée du succès par les choix que je fais, et tu peux me croire, ce tout dernier post est exactement ce dont notre feed a besoin maintenant : il va droit au cœur de l'histoire, avec une citation forte d'un auteur célèbre. La famille. Le tragique. La mort. Formidable.

— Ça m'est complètement égal ce que j'ai signé, dis-je le plus calmement possible. Je ne veux plus être ton porte-manteau biologique. Tu peux suspendre une histoire à quelqu'un d'autre, je ne veux plus de ça. »

Chantal se tait. Elle semble comprendre seulement maintenant qu'elle a touché une corde sensible, que je parle sérieusement. Elle adoucit sa voix.

« Moi non plus je ne sais plus trop où on en est, Aimée. Nous sommes toutes les deux dans le même bateau. Nous avons des obligations, des sponsors. Nous n'avons pas la possibilité d'arrêter. Qu'est-ce que tu attends de moi ?

— Que tu sois de mon côté.

— Je le suis. Ce que tu fais, c'est super bien. Tu es authentique à l'image, tu crées du lien. Tu partages tes imperfections et les faits. Tu instaures une atmosphère qui tient à la fois du confessionnal et de la série policière. *True Crime*. C'est excitant, c'est bon. Mais nous devons le faire ensemble.

— Il n'est pas question de *True Crime*, Chantal. Je ne suis pas un genre médiatique.

— Je me fais du souci pour toi, Aimée. Tu as un ton différent. »

Je voulais effectivement changer. Je pensais que j'avais emprunté une nouvelle voie, mais elle se révèle strictement identique. Même si je parle directement à la caméra, je ne reste qu'une image. Je reste un autocollant. Je n'ai plus qu'une chose à faire.

« Je vais supprimer le compte. » Silence de mort de l'autre côté. « Chantal ? Tu m'entends ? Je ne sais pas ce que contient ce contrat, mais en quelques clics les followers auront à jamais disparu.

— Tu n'oserais pas, dit-elle.

— Tu crois ça ? »

Damme

AIMÉE

765 K followers

Je gare la Vespa de Max sous un arbre derrière Le Postillon et rabats la capuche de mon manteau sur ma tête, même s'il ne pleut pas. Personne ne m'a remarquée. Je traverse le jardin à l'arrière, où la Vierge derrière sa niche de verre me suit du regard, et sonne à la porte d'une dépendance, l'entrée privée de l'hôtel, où autrefois les voyageurs abritaient leurs voitures à cheval pour la nuit. Ce haut bâtiment en bois est doté d'une seule grande fenêtre et d'une large porte avec un heurtoir en zinc. La porte s'ouvre avec hésitation, une fillette d'une dizaine d'années me lance un regard apeuré.

« Bonjour ? demande-t-elle en rougissant.

— Bonjour. Ta... maman est là ?

— Ma maman ne vit pas ici.

— Ta grand-mère peut-être ? dis-je, tâtant le terrain.

— Ma grand-mère est morte.

— Oh, désolée.

— Non, elle était très malade, c'est mieux pour elle qu'elle soit morte.

— Qui est-ce qui dit ça ?

— Mon papa.

— Ah.
— Vous venez voir ma tante ?
— Oui, ta tante. »
Ouf.
« Ma tante travaille à l'hôtel. Je vais refermer la porte et demander si je peux vous laisser entrer. » Avant même que j'aie pu donner mon nom, elle me claque la porte au nez. Je regarde fébrilement autour de moi pour repérer la présence de journalistes. Un couple de septuagénaires, bras dessus bras dessous, traverse tranquillement le jardin pour aller s'asseoir à une petite table en fer forgé. Ils ne se parlent pas. J'attends et quelques minutes plus tard Mathilde apparaît. Elle secoue la tête et me fixe de ses yeux enfoncés sur son fin visage anguleux. Elle porte encore le même blazer bleu trop large et elle a sur le menton un trait d'encre. Je n'en dis rien.
« Madame Descheermaeker ? je lui demande.
— J'espérais ne plus te voir ici. »
Elle me lance un regard réprobateur, ouvre la porte et me fait signe d'entrer dans un couloir exigu où des dizaines de manteaux sont pendus à des crochets, jetés sur des tringles ou empilés au-dessus d'un placard plein à craquer. Un étroit escalier métallique en colimaçon muni d'une rambarde sur laquelle sont posés encore d'autres manteaux serpente vers une trouée au-dessus.
« Lola ! crie Mathilde. Va jouer à tes jeux vidéo ! »
La fillette manifeste son accord de là-haut.
Mathilde me conduit vers une pièce aux murs hauts, avec un immense canapé couvert de coussins, une cuisine ouverte et un coin qui sert de chambre, équipé d'un rideau provisoire suspendu entre un crochet au mur et un porte-manteau sur pied. L'ancienne dépendance pour les voitures à cheval est envahie de toutes sortes d'affaires : poufs, tables, commodes

et armoires, étagères pleines de livres jaunis, figurines en porcelaine cucul et babioles égarées. Les murs sont surchargés d'œuvres d'art douteuses et de reproductions bon marché, sur le sol sont alignés des cadres qu'on ne peut plus accrocher par manque de place. Le Postillon est peut-être une gloire passée, mais la dépendance l'est bien davantage. Les objets y sont légion, comme si l'hôtel avait recraché dans la dépendance tous ceux dont il n'avait plus besoin.

D'un pas décidé, Mathilde se dirige vers un canapé miteux couvert de peaux de mouton. Je pense à Amsterdam et au canapé idéalement usé que j'y avais. *Que j'y ai.* Curieux à quel point ma vie là-bas paraît lointaine ; comme si elle n'existait pas vraiment. Mon canapé à Amsterdam est de bon goût et esthétiquement suranné, comme un jean déchiré précisément là où il faut, mais ce canapé, cet endroit ne sont pas du tout déchirés convenablement. Près du plan de travail jonché d'assiettes et de verres sales fume une théière, mais Mathilde ne me propose rien. Je prends place sur le canapé.

« Que veux-tu ? » me demande-t-elle avec impatience tandis que je retire mon manteau et le pose à côté de moi parmi une pile de crayons de couleur et ce qui ressemble à des restes de pop-corn. Elle m'examine, de la tête aux pieds. « Ça fait longtemps, me dit-elle. Tu as beaucoup changé. » Je me tais parce que je ne me rappelle pas avoir vu Mathilde avant le matin où je l'ai rencontrée dans la salle du petit déjeuner. Encore quelqu'un que j'ai oublié, ou voulu oublier – car dans quelle mesure l'oubli se produit-il consciemment ? J'acquiesce car c'est très probablement vrai : nous avons tous beaucoup changé.

« Que veux-tu savoir, Aimée ? » demande-t-elle.

Sous la lumière froide qui s'introduit par l'unique fenêtre, je vois autour de ses yeux les pattes-d'oie qui se prolongent par de fines ridules autour de sa bouche. Cela lui donne un air pessimiste, triste. Elle tripote le pompon d'un coussin, enroule les fils verts autour de son index, sans discontinuer. Je cherche une question, je n'ai vraiment rien d'une enquêtrice.

« Je veux savoir ce qui est arrivé à Daphné », dis-je et la phrase paraît d'une platitude tellement accablante que Colombo m'aurait décapitée sur-le-champ.

« Nous voulons tous le savoir, dit Mathilde. Il y a autre chose ?

— Est-ce qu'il y avait un club ? »

Elle arrête brusquement d'enrouler les fils.

« C'est ta question ?

— Oui. »

Son expression rigide se détend et elle sourit pour la première fois.

« S'il y avait un club, c'est ta question ? Tu es venue pour ça ? Toi, la fille de Saul ? » Elle secoue la tête. « Il t'a manifestement bien protégée.

— Contre qui ?

— Oh, contre tout ce contre quoi on veut protéger des jeunes filles.

— Je ne comprends pas. »

Elle me regarde, avec une expression sérieuse cette fois.

« Aimée, oui, il y avait un club. Et franchement, tu aurais dû savoir ça depuis longtemps. Club Camille, un service exclusif bruxellois qui propose depuis des années des escorts haut de gamme pour des célébrités flamandes et des riches.

— Des escorts ? Des prostituées, tu veux dire ? »

Le visage de Mathilde s'assombrit.

« Aimée, on n'utilise plus ce mot. Des *travailleuses du sexe*. Des femmes qui choisissent elles-mêmes de vendre leur corps. » Elle le dit d'un ton dépité et vindicatif.

« Quel est ton rapport avec ce club ?
— Je facilite.
— Comment ça ?
— J'ai un hôtel, Aimée, il faut vraiment tout t'expliquer ? Club Camille a des lieux partout dans le pays. Je ne vais pas mentir, ça paie bien et ce n'est pas répréhensible. Je ne fais que mettre à disposition des chambres. Le Postillon était au bord de la faillite. Club Camille a sauvé l'hôtel. C'est aussi simple que ça. »

Elle se lève, se dirige vers le mur et remet droit un cadre parmi une dizaine d'autres de tous formats qui sont de travers : la photo d'une jeune fille marchant à moitié nue dans une étendue de bruyère violette sous un éclairage des années soixante-dix.

« C'est tout ?
— Tu connaissais Daphné ?
— À peine. De vue.
— Tu l'as vue où ?
— Comment ça, où ? demande Mathilde. Ici à l'hôtel, bien sûr. Je te l'ai pourtant dit ! »

Je fronce les sourcils et commence seulement à comprendre. J'établis seulement maintenant un lien entre deux sujets qui n'ont rien en commun, qui ne peuvent rien avoir en commun. Daphné. Club Camille.

« Daphné était une prostituée ?
— Bon sang, Aimée, soupire Mathilde. Arrête d'utiliser ce mot !
— Est-ce que Saul *payait* pour Daphné ? »

Je ris à cette idée absurde. Saul aime les femmes, tout le monde le sait, mais les femmes aiment Saul aussi. Tout Damme est suspendu à ses lèvres, se couche à ses pieds : des kyrielles de fans. Saul est le roi, l'Alpha, Dieu. Et depuis quand Dieu doit-il payer pour le sexe ? Puis je vois Daphné devant moi. À la ferme. Son T-shirt et les bretelles qui ne glissent pas par hasard de ses épaules.

« Bien sûr qu'il payait. Et bien en plus.

— Mais elle était jeune. »

J'ai la nausée.

« Elle avait dix-huit ans et c'était son choix. »

Je pense en chiffres, dix-huit, un simple chiffre. Dix-sept, dix-huit, un monde de différence. Pour ainsi dire. Mathilde se rassoit et se frotte énergiquement la tête à travers ses courts cheveux raides et hérissés. Plus de gel que de cheveux. « Ne fais pas mine d'être aussi choquée, dit-elle. Tu vis à Amsterdam, non ? Les travailleuses du sexe ne manquent pas là-bas. Est-ce qu'on pourrait pour une fois regarder ces femmes d'un autre œil ? Les travailleuses du sexe ont fait tomber des gouvernements, aidé à gagner des guerres et déterminé notre sens du style. Ces femmes sont des héroïnes, vraiment ! » Daphné avec son short en jean coupé court, ses jambes blanches fuselées. Une héroïne. « Et elle aimait ça.

— Quoi ?

— Le sexe, son pouvoir.

— Comment le sais-tu ?

— Il m'arrivait de lui parler, à l'hôtel. Il était toujours gentil avec elle.

— Alors elle se laissait utiliser ? C'est ça ? Pour un peu de gentillesse ?

— Mais non, Aimée, elle n'était pas utilisée. C'était une tactique qu'elle avait mise au point, son billet pour se sortir de la banlieue de Malines. Elle avait des projets, des rêves. Daphné a eu la possibilité de s'en aller. Tu trouves bizarre qu'elle ait saisi sa chance ? » Mathilde tapote le coussin, le redresse. « Au moins, elle a eu sa chance.

— Daphné a été payée par Saul pour venir à cette fête ?
— Quelle fête ?
— Ce soir-là, celui de l'accident.
— Bien sûr. »
Non, je n'y crois pas. Daphné n'aurait jamais fait une chose pareille. Daphné était intègre, fière. « Elle jouait au Cluedo avec nous, avec Margot et moi.
— C'est possible.
— Saul ne payait pas pour ça.
— Si c'est toi qui le dis, Aimée.
— Elle était toujours à la ferme.
— Daphné savait ce qu'elle faisait.
— Qu'est-ce qui a mal tourné ?
— Je n'en ai aucune idée.
— Je ne te crois pas. »
J'ai la tête lourde et je ne sais même plus ce que je ne crois pas. *Il ne faut pas se fier aux apparences*, a dit Margot la dernière fois que je lui ai parlé. Mathilde me regarde, inquiète, mais pas pour moi.
« Écoute, dit-elle d'un ton agressif. Si tu as l'intention de raconter quoi que ce soit à ce sujet dans un de tes vlogs, si tu veux partager ça avec tes je ne sais combien de followers, ce serait extrêmement déraisonnable. »
Cela a tout d'une menace.
« Je ne le crois pas, dis-je.
— Qu'est-ce que tu ne crois pas ? »
Daphné était vivante et pure. Et cette façon que Saul avait de la regarder. Ce n'était pas du commerce. C'était de l'amour.
« Daphné n'était pas une travailleuse du sexe, dis-je. Saul était fou amoureux d'elle. »
Mathilde hausse ses fins sourcils.
« Voilà pourquoi, acquiesce-t-elle, ça a mal tourné. »

#Plusque**quatre**joursMargot

Drongen

MARGOT

Jeudi 23 septembre

« Si tu veux, je peux beaucoup t'apprendre, a dit Daphné. Des trucs sexy. » Nous étions assises toutes les trois à côté de la remise derrière la ferme. Un mouton égaré arrachait une motte d'herbe près de la véranda. Il arrivait de temps en temps que des moutons s'échappent des prés. Je trouvais ça amusant, mais pas Aimée. Même les moutons lui faisaient peur.

La nuit commençait à tomber et les moucherons qui dansaient promettaient encore une journée chaude le lendemain. À l'intérieur, maman faisait la cuisine et papa écrivait. Je le voyais se concentrer derrière la fenêtre de son bureau, mais je remarquais aussi qu'il s'interrompait souvent pour nous regarder. J'en éprouvais un sentiment de sécurité. Pour moi et peut-être aussi pour lui. Qui regardait ses filles dans le jardin.

Quand Daphné avait parlé de ces *trucs sexy*, j'avais fait un signe de tête en direction d'Aimée. Elle n'aurait pas dû faire ce genre de remarque devant ma petite sœur. Moi, je pouvais tout comprendre, mais pas Aimée, qui n'avait que onze ans et devait encore être protégée. Aimée se comportait comme une enfant bien plus jeune que son âge, elle aimait encore se déguiser et se promener dans la ferme comme si elle était quelqu'un d'autre. Elle ne ressentait alors aucune gêne et c'est justement ce qui la rendait si immature. Je la protégeais. Il n'y avait personne d'autre.

« Aimée, rentre à la maison, il commence à faire froid, ai-je dit. Va demander à maman quand on mange.

— Mais je n'ai pas froid.

— Moi si.

— Tu n'as qu'à rentrer, toi.

— Aimée, je te le demande. »

Et je lui ai lancé un regard qui n'était pas interrogateur, mais impératif, pour être sûre qu'elle m'obéirait. Elle est partie en boudant. Et Daphné a commencé à parler de sexe, de choses qu'on peut utiliser et d'actes dont je n'avais encore jamais entendu parler. Je me régalais à l'écouter.

« La première fois, a-t-elle dit, qu'un homme m'a touchée pour éprouver du plaisir, je suis tombée follement amoureuse. Pas de l'homme, mais de cette prise de conscience : je pouvais plaire. Cette donnée, Margot, est incroyable. L'homme me regardait et j'ai eu l'impression pour la première fois que j'existais vraiment. » Daphné a continué de parler jusqu'à ce que la nuit soit tombée et que maman sorte nous crier pour la quatrième fois que le repas était prêt.

Pauvre maman. Elle ne savait pas se montrer autoritaire. Désespérée, ça oui. Et elle savait pleurer comme personne. Maman portait toujours les vêtements les plus magnifiques, qui lui allaient à merveille, et le maquillage le plus coûteux, pour ensuite réussir de manière convaincante à disparaître dans toute sa beauté. Dans l'ombre de Saul.

Je savais depuis ma naissance que je n'étais pas faite pour disparaître dans l'ombre de Saul. Je savais que je ramasserais cette ombre, que je danserais et jouerais avec cette ombre, que je la plierais et la rangerais dans la poche de mon pantalon. Il finirait dans mon ombre.

Mais est-ce que ça s'est produit ? Une fenêtre. Un pré. Des moutons qui paissent. Les choses se sont-elles déroulées ainsi ? J'écris et continue d'écrire, assise à ma petite table de La Fleur de pommier, parce que si j'arrête d'écrire, j'arrête d'exister. Je me plierais alors à ce qu'ils veulent ici : que je m'adapte à leur idée de ce qui est raisonnable, à leur version étriquée de ce que doit être un bon médecin, une bonne épouse.

Hier soir au lit, j'ai imaginé ce que je ressentirais si je tuais quelqu'un. Si je tuais vraiment. Une main autour d'une gorge, du poison dans un verre, une balle. L'idée ne m'angoissait pas.

J'aimais Aimée. Maintenant je veux anéantir Aimée. Ou peut-être que je veux l'anéantir parce que je l'aime. J'ai un système, un univers où tout est clair. Et bientôt tout le monde comprendra. C'est ce que je pense, vraiment.

Damme

AIMÉE

780 K followers

Max n'est pas rentré. Je glisse en chaussettes sur son sol glacial, portant un pull que j'ai sorti d'une des armoires. Il fait treize degrés dehors et je ne sais pas comment fonctionne le chauffage. Je n'ai absolument aucun droit d'être jalouse et pourtant je me sens trahie. Max savait que je serais ici ce soir et pourtant il n'est pas rentré. Peut-être qu'il a une autre chérie, une vraie, pas le divertissement que je suis pour lui. Un divertissement, c'est exactement ce que j'ai l'impression d'être : manipulée, mise à l'écart. Jeu de mains.

Neuf heures. Chaque matin j'ai moins d'énergie. Il faut que je mange. Je fouille dans les placards de Max, trouve une tranche de pain que je fais griller et tartine d'une pellicule de beurre fondant, du réconfort. Plus que quatre jours avant le retour de Margot et à quoi suis-je parvenue ? Je creuse dans un passé dont chaque strate est plus laide. En mastiquant, j'ouvre mon ordinateur portable, je regarde les infos. La police continue d'auditionner Saul, qui se prévaut de son droit à garder le silence. Il a un avocat. Une femme, bien entendu. Dans quelques heures, la police devra sans doute le laisser partir.

Janina Koval jacasse partout où on veut bien l'écouter. Depuis l'interview dans le show de Verstraete, son visage reste imprimé sur les rétines flamandes et, hier, on a annoncé qu'à partir de novembre elle aurait sa propre émission télévisée où elle parlera avec des parents d'enfants *qui ne sont jamais rentrés.* Tout à l'heure, marmonne le commentateur, Janina Koval recevra à Damme une distinction des mains du bourgmestre et inaugurera un tableau à la mémoire de sa fille peint par un artiste local. Malgré la pluie, un large public est attendu et toutes les rues dans les environs de la maison communale ont été fermées. Image d'une place de marché trempée délimitée par des rubalises et des barrières. C'est un triste spectacle.

Je vérifie mon téléphone. L'habitude. Je n'ai même pas pris la peine de supprimer le post de Chantal et les réseaux sociaux lui donnent raison : l'horrible accident continue de récolter une flopée de j'aime.

silvie_châton Quel horrible accident, nous ne l'oublierons jamais.

larobedoitpartir Courage ! @momentAimée

powelly_82 *Family is dangerous. I've been there. Thanks for sharing* @momentAimée

lucienmaster66 Peux-tu s'il te plaît arrêter de déverser sur les médias sociaux ta douleur personnelle merdique ? Tu profites de l'attention portée à ton père, tu n'es qu'une pute, une truie, PARASITE !

Les insultes. J'en ai l'habitude, mais est-ce qu'on s'y habitue ? Au cours de ma carrière, on a comparé mon vagin à tout un arsenal de légumes pourris. Presque toutes les parties de mon corps ont été tranchées virtuellement, en particulier ma tête et ma langue. *Ne le prends pas personnellement*, dit Chantal, *il n'est pas question de toi, mais de ton profil*. Et pourtant. La douleur de mon profil me transperce. Il paraît que si les êtres humains sont sensibles aux commentaires, c'est pour en tirer des leçons, que nous nous développons à partir de ce que les autres pensent de nous, mais rien ne permet de se blinder face au torrent de réactions sur les réseaux sociaux, au tsunami de petits cœurs, de pouces levés et d'émojis d'étrons, les malédictions les plus répugnantes. Je me demande où je les dépose, toutes ces réactions. Elles doivent pourrir quelque part dans ma tête, en perpétuelle errance, indestructibles tels des débris d'engins spatiaux. Des débris de mots.

Ping. Un nouveau message d'une personne faisant partie de mes contacts, j'ai mis le reste en silencieux. Je tape du bout du doigt pour l'ouvrir. Des lettres majuscules.

> ARRÊTE, AIMÉE, ÇA SUFFIT !!! JE T'EN SUPPLIE, NE FAIS PAS ÇA ! NE ME FAIS PAS ÇA !!! JE SUIS TA SŒUR. NE ME FAIS PAS MAL !!! JE NE VEUX PAS. TU NE LE VEUX PAS. RETOURNE À AMSTERDAM. MAINTENANT !! TA SŒUR, MARGOT.

Mes mains tremblent. Margot n'a pas de téléphone là où elle se trouve. J'en suis certaine. Quelqu'un joue avec moi. Quelqu'un envoie des messages en son nom, essaie de me rendre folle. Je regarde autour de moi, même si je ne sais pas ce que j'espère ou pense voir. Une maison vide. Je regarde la pendule : c'est encore possible. Les clés. La Vespa verte.

Drongen

MARGOT

Jeudi 23 septembre

Margot : « Où en étions-nous ? »

Le traitant : « À la fête. »

Margot : « J'ai l'esprit embrumé. »

Le traitant : « C'est normal, sous hypnose. »

Margot : « Je me sens bizarre. »

Le traitant : « Fermez les yeux. Poursuivez. »

Margot : « Saul avait reçu cet après-midi-là sa grand-croix et nous sommes dans une salle des fêtes où tout le monde porte mon père aux nues : les éditeurs, les lecteurs, maman, Aimée. »

Le traitant : « Daphné ? »

Margot : « Oui, Daphné aussi. Elle porte une belle robe violette. Nous montons dans la voiture et partons. »

Le traitant : « Sans votre mère ? »

Margot : « Maman a sa propre voiture et nous sommes pressés. »

Le traitant : « Pourquoi ? »

Parce que Daphné était couverte de sang et que papa était paniqué. Parce que Aimée n'arrêtait pas de sangloter qu'elle ne comprenait pas et que personne n'était encore capable de réfléchir normalement.

Margot : « Daphné est blessée. »
Le traitant : « Blessée ? »
Margot : « Oui, elle s'était coupée. »
Le traitant : « Comment s'était-elle coupée ? »

Je sais très bien comment : avec un tesson de verre planté dans le ventre par colère ou frustration. Ou par amour.

Margot : « Je ne sais pas, mais nous sommes montés dans la voiture et partis. »
Le traitant : « Où ? »
Margot : « À travers des rues obscures plantées d'arbres de chaque côté. »
Le traitant : « Suivez mentalement la route. Que voyez-vous ? »
Margot : « Des arbres, des buissons, des poteaux électriques, des champs de maïs. Nous roulons vite. Je trouve ça dangereux. Je le dis à papa. »
Le traitant : « Est-ce que Saul est assis à côté de vous ? »
Margot : « Oui, à côté de moi. Aimée et Daphné sont sur la banquette arrière. Saul ne répond pas, il roule encore plus vite. Je le vois au compteur de vitesse. »
Le traitant : « Que ressentez-vous à ce moment-là ? »
Margot : « De la peur. J'ai peur que ça tourne mal. Peur de l'accident. La route est sinueuse, nous sommes ballottés d'un côté et de l'autre. Saul a trop bu. Je ne peux rien dire, je dois me taire, sinon ça va mal tourner. »

« Tais-toi, Margot, aboie-t-il. C'est horriblement compliqué, tu ne peux pas encore tout comprendre.

— Tu crois ça ? je lui demande. Je sais ce qui se passe, papa. Je sais tout. *Tout* ce que tu as fait. *Toi*, papa, personne d'autre. Notre pacte, c'est fini. »

Le traitant : « Que voyez-vous maintenant ? »

Margot : « On dirait que nous ralentissons. Je n'ose plus regarder papa, nous prenons un tournant et entrons dans un village. Je vois une église. Un arrêt de bus. Il est tard et il n'y a personne dans la rue. »

Le traitant : « Connaissez-vous cet endroit ? »

Margot : « Oui, je suis déjà venue ici. Il y a un vieil abri en brique devant l'église avec une pancarte indiquant les horaires des bus. Daphné sort et va s'asseoir. »

Le traitant : « Devant l'arrêt. »

Margot : « Oui. »

Le traitant : « Mais c'est la nuit. »

Margot : « Il n'y a pas de bus. »

Le traitant : « Et elle saigne. »

Margot : « Elle attend. »

Le traitant : « Et vous ? »

Margot : « Nous retournons à la maison. »

Damme

AIMÉE

788 K followers

Un minibus roule sur une flaque. Les passagers aux visages aplatis derrière les vitres cherchent à se faire une idée de l'agitation sur la place du marché. Un jeune couple main dans la main qui attend debout sur le trottoir voit s'élever une giclée de boue et s'écarte d'un bond. Un bébé pleure. Partout les curieux s'abritent sous leurs parapluies, leurs imperméables, les auvents des terrasses, leurs regards tournés vers le perron de la maison communale où plus rien ne se passe depuis une heure.

Janina Koval est auprès du bourgmestre. Plusieurs voitures de police sont sur les lieux et les agents, appuyés contre leur véhicule, affichent une nonchalance qui sape leur autorité. On entend en sourdine, à travers le martèlement sur les toits et les rues, les parapluies et les capots, un hit flamand que diffuse sous une toile en plastique devant le débit de tabac la boombox d'Hervé. D'habitude uniquement réservée aux jours de fête et aux braderies, mais la visite d'une célébrité montante dans une tragédie locale entre aussi en ligne de compte.

Le calme est interrompu par les hurlements d'une

ambulance qui longe à vive allure, gyrophare allumé, le canal de Damme. Les ambulances circulent rarement dans le village. En cas d'accident, on obtient souvent bien plus vite de l'aide en se rendant soi-même en voiture à Bruges. Je regarde autour de moi pour essayer de déterminer où l'on viendra chercher Janina tout à l'heure.

La place noire de monde est totalement bouclée, un véhicule ne pourrait pas s'y frayer un chemin. Comme il pleut, le taxi se garera le plus près possible de la maison communale. Je connais Damme comme ma poche, je sais que l'étroite ruelle derrière le bâtiment se divise à mi-chemin en une rue qui retourne vers le canal de Damme et une impasse. Au croisement est garée une voiture qui a mis ses feux de détresse. Une BMW noire dont le conducteur derrière son volant fixe avec une telle concentration l'écran de son smartphone qu'il ne me remarque pas.

Je tire sur la capuche de mon imperméable pour dissimuler autant que possible mon visage, fais le tour du véhicule et attends sous un auvent en tôle ondulée, à environ cinq mètres de la BMW. La pluie martèle le polyester et, comme toujours, à mes moments perdus, je prends mon téléphone. Je pourrais en profiter pour vloguer deux minutes, annoncer à voix basse à mes followers que je suis sur le point d'interpeller Koval. Que je vais lui demander si elle a vraiment cherché sa fille. Si tout compte fait, au lieu d'écumer les rues de Malines en distribuant des flyers faits maison, elle ne buvait pas du champagne dans sa nouvelle demeure chic avec l'homme qui ferait d'elle une vraie Belge et lui offrait une nouvelle vie chic où Daphné n'avait pas sa place.

Un push apparaît sur mon écran, je regarde et me fige. Mon estomac se retourne. J'approche le téléphone tout près de mes yeux. Une photo un peu floue d'un Saul gris cendre sur un brancard. Il a les cheveux qui tombent du mauvais côté et la bouche ouverte. La photo a été prise honteusement près, un filet de salive coule au coin de ses lèvres. Je ne prends pas le temps de lire la nouvelle : j'appelle Max.

Il répond aussitôt : « Aimée.

— Max... » Je ne sais pas ce que je dois dire.

« Ça va, Aimée, du calme. Ce n'est pas une crise cardiaque.

— C'est quoi alors ?

— Une crise de panique, pensent les médecins.

— J'arrive, dis-je spontanément.

— Saul dort, Aimée, il est en observation. Il ne peut voir personne pour l'instant.

— Mais toi, tu es là, tout de même, non ?

— Je vais bientôt rentrer à la maison. Je te retrouve là-bas ?

— Je ne suis pas à la maison, dis-je.

— Tu es où alors ?

— Où étais-tu la nuit dernière ? » La question est sortie spontanément, même après tout cela. Je ne voulais pas lui demander. Je ne veux pas le savoir. « Laisse tomber, dis-je. Un sale réflexe.

— Où es-tu ? répète-t-il.

— Je suis sous la pluie derrière la maison communale, j'attends Janina Koval.

— Tu... quoi ? »

Commotion au loin, applaudissements sur la place, la foule acclame et scande le nom de Janina.

« Il faut que j'y aille...

— Aimée. Écoute, Aimée ! »

Légère pression du doigt.

Au bout de la rue une femme en imperméable beige approche sur des talons aiguilles, elle se dirige calmement vers la BMW. Elle a un étui dans les mains. Un homme en costume bleu portant sur son revers un insigne d'agent de sécurité tient un parapluie au-dessus de sa tête. Le conducteur de la BMW sort de la voiture et ouvre la portière. Tout se déroule sans le moindre accroc, comme s'il en avait toujours été ainsi. Janina se meut avec satisfaction et avec grâce, l'attention lui va à ravir.

Juste avant qu'elle monte dans le véhicule, sa chaussure se coince. Elle essaie de la dégager, mais le talon reste accroché. Deux hommes regardent les mollets luisants de Janina sans remarquer que, pendant ce temps-là, je me suis avancée jusqu'à la voiture. Janina rit, l'air taquin elle retire de la chaussure son pied revêtu d'un collant et remue des deux mains le talon jusqu'à ce qu'il se libère d'une fente entre deux pavés. Elle agite triomphalement l'escarpin. Puis elle me voit.

Elle hurle. Par réflexe, l'agent de sécurité lâche son parapluie, fonce sur moi et me plaque d'un mouvement fluide les deux bras derrière le dos. Il me serre contre lui en maintenant fermement sa prise. J'ai mal. Ma jambe m'élance.

« Je veux parler ! dis-je en haussant la voix. Je veux seulement parler. »

Je secoue la tête pour la dégager de ma capuche afin qu'elle me reconnaisse. Peut-être ai-je l'air désespérée, peut-être ai-je l'air perdue même sans ce désespoir, avec mes cheveux mouillés, mes yeux fragiles.

« C'est bon », dit Janina à l'agent de sécurité.

Je dégage mes bras et, m'appuyant contre la voiture,

redresse mon semblant de jambe tordu. Le parapluie est réapparu, planant au-dessus de nos têtes.

« Aimée, dit-elle. Qu'est-ce que je peux faire pour toi ? » Elle a l'air gentille et accessible, et douce d'une certaine manière, même de si près. Des gouttes de pluie coulent sur mon visage et j'essaie de ne pas penser à la photo où il est sur le brancard : les cheveux tombant du mauvais côté, une partie dégarnie du crâne, le corps assoupi dans le bureau, le spectacle de lui totalement immobile quand je l'ai trouvé là après tant d'années. *Tu es revenue.*

« Que veux-tu ? » me demande encore une fois Janina, patiemment, et je remarque dans ses yeux des restes de l'excitation suscitée par la place noire de monde, son nom que l'on crie, la distinction décernée par le bourgmestre. *Qui l'eût cru !*

« Tu n'as jamais cherché Daphné, dis-je. Cette histoire de toi colportant des flyers dans les cafés de Malines : il n'y a rien de vrai dans tout cela. »

Janina ne semble pas impressionnée par mes mots, elle garde son sourire et acquiesce.

« Daphné faisait ses propres choix, dit-elle. Tu ne l'as pas connue.

— Si, je l'ai connue ! dis-je avec vigueur. Elle faisait partie de notre famille. J'ai parlé, joué avec elle, si souvent.

— Dans ce cas tu sais que ma fille était parfaitement maîtresse de ses choix.

— Elle n'est pas rentrée à la maison.

— C'est vrai.

— Et ensuite ?

— Ensuite j'étais confiante, je savais que les choses tourneraient bien.

— Et ensuite ? »

Janina se tient encore debout sur une seule chaussure et frappe un talon boueux contre son manteau. « Ensuite j'ai recommencé ma vie, Aimée, et pour autant que je sache Daphné a poursuivi la sienne. Les enfants grandissent et suivent leur propre voie. Ils veulent vivre leur propre vie, une mère ne peut rien y faire. » Elle pose une main sur mon épaule, ce qui me paraît déplacé. « Daphné était en colère, elle était furieuse et elle avait le droit de l'être. Contre moi. Contre son père qu'elle n'a pas connu, qui ne voulait pas la connaître. On ne peut pas s'opposer à une chose pareille. Daphné voulait être libre, elle me l'avait souvent dit. Alors je la laissais libre. Mais attends, dit-elle en haussant les sourcils et en riant, tu sais très bien ce que je veux dire. Tu es toi-même partie à Amsterdam. Personne ne peut mieux comprendre Daphné que toi. » *Pars*, avait dit Max, *laisse tout derrière toi et va à Amsterdam, tu auras une meilleure vie là-bas*. Je dégage mon épaule, Janina se penche en avant et enfile sa chaussure.

« Pourquoi accuser Saul dans ce cas ? » je lui demande.

Son visage s'assombrit.

« J'ai vu cette photo. J'ai fait part de mes doutes puis tout a totalement dérapé. Les médias se sont emballés, Aimée. Tu en connais mieux que quiconque le fonctionnement. C'est là qu'on a trouvé son vélo, dans le jardin de Saul Mertens : *enterré* dans son jardin. Que fallait-il que je fasse ?

— Comment le vélo est-il arrivé là ?

— Que veux-tu dire ?

— Est-ce que Saul venait la chercher à Malines avec son vélo ? »

Janina secoue la tête. « Sur cette photo, c'était la première fois que je les voyais ensemble. » Elle me touche une fois encore. « Je sais que j'ai la bénédiction de Daphné, je le sens, c'est tout. » *La bénédiction de Daphné.* Cela paraît ridicule. « Hélas, tu vois les choses autrement. » Il pleut de plus en plus fort, de grosses gouttes tombent sur le parapluie, le toit de la voiture. Janina remonte le col de son imperméable. « Il faut que j'y aille. » Elle monte dans la voiture et claque la portière. Le moteur démarre. Le parapluie disparaît.

Je tire ma capuche sur mes cheveux mouillés. Je m'apprête à m'en aller quand la vitre de la voiture s'abaisse. « Parfois, on venait la chercher à Malines, ajoute Janina. C'était quelqu'un d'autre. Je le voyais du balcon. Il conduisait une voiture élégante. Il lui ouvrait la portière. Très galamment. Mais ce n'était pas Saul, c'était l'autre. Le beau gosse. Tu sais ? Son manager. »

Damme

AIMÉE

790 K followers

Les fenêtres de la villa sont éclairées. Un véhicule est garé à côté de la voiture de sport de Max : une Audi bleu foncé que je ne connais pas. La police en civil, peut-être. Non, pas de questions. C'est au-delà de mes forces en ce moment. Je n'ai pas de réponses. Pour personne.

Je marche sous la pluie vers la villa jusqu'à la baie vitrée coulissante pour regarder discrètement à l'intérieur. Des gouttes coulent en stries gonflées sur la vitre, deux personnes sont assises sur le canapé, proches l'une de l'autre. Sur la table du salon sont posés une bouteille de vin et deux verres. Une blonde joue avec ses mèches mi-longues, rit aux plaisanteries de Max et pose une main sur son genou. Son rire aigu s'entend à travers la vitre. Je frémis. *Il a ramené une autre chérie*. Alors que Saul est à l'hôpital, alors qu'il savait que j'allais venir ici, il l'a tout de même amenée à la maison.

Je les vois se mouvoir : avec aisance, intimité. Il a les mêmes gestes avec moi, je croyais que c'était seulement avec moi, pourquoi ? Nous ne nous voyons que de temps en temps, un de temps en temps délicieux, mais tout de même. Comment ai-je pu croire que ce que nous partagions était unique ? Je continue de regarder cette scène douloureuse, comme je regardais à travers les fentes entre les planches à la ferme la nuit.

Un chien aboie et le regard de Max est attiré vers la fenêtre. Il lève les yeux et me voit debout dehors. La jeune femme se retourne. Elle est jolie, bien sûr. J'entends mon nom, étouffé derrière la vitre. Je me retourne, cours le long de la piscine, sur le gazon gorgé d'eau, au hasard. Je n'ai pas de but. Je veux seulement partir. *Où est Aimée ?* La bonne réponse est toujours : *partie.*

« Reviens ! » crie Max qui court derrière moi dans ses chaussettes mouillées. « Ce n'est pas ce que tu crois ! » Mensonges. On ne crie pas des paroles sincères, ce ne sont que les mensonges qui font s'élever la voix. J'essaie d'avancer plus vite, mais l'herbe aspire mes talons et mon semblant de jambe ne m'aide pas, je suis trop lente et en un rien de temps il m'a rattrapée. Max m'agrippe le bras.

« Que fais-tu, ma chérie ?

— Comment oses-tu ramener une femme ici, putain ! Pourquoi justement ce soir ? »

Une voiture démarre. Pour la première fois je sens que je veux être la seule. Pour lui. Même dans notre genre d'amour. Je ne sais même pas ce que cela signifie.

« Je ne l'avais pas invitée, Aimée. »

Des phares glissent sur l'allée. Je vois son regard désolé.

« Elle est déjà partie.

— Qui est-ce ? »

En lui demandant, j'espère qu'il ne voit pas mes larmes à travers la pluie.

« Ce n'est pas important.

— Comment elle s'appelle ?

— Sophie.

— Qu'est-ce qu'elle représente pour toi ?

— Calme-toi, Aimée. »

Je vois dans son regard du désir. Je veux qu'il me désire. Je l'ai toujours voulu. Je veux qu'il me regarde comme son grand ami l'écrivain n'a jamais pu me regarder. *Avec amour.*

« Sophie est une collègue du Young Collector's Circle. Tu es la seule que j'aime. Tu le sais, non ? » Je me tais. Il passe un bras autour de moi. « Viens. Je te ramène à la maison. » Nous marchons en silence le long de la piscine de limonade et franchissons les fenêtres coulissantes. *Avec encore plus d'amour.*

Il y a toujours deux verres sur la table, sans jeune femme. L'empreinte de ses fesses sur le canapé. Max m'installe à sa place, encore chaude. Il s'en va et revient avec une couverture de laine dont il me recouvre les épaules. *Avec le plus tendre amour.*

À l'aide d'un torchon pris dans la cuisine, il me tamponne les cheveux pour les sécher. Son T-shirt colle à sa poitrine, il semble fait d'argile humide.

« Tu es jalouse ? » demande-t-il à voix basse et il s'assoit à côté de moi. Je réponds par mon rire habituel après trois verres de vodka. « Aimée, viens... » Il écarte les bras. Je cède, m'amollis, me pelotonne comme un petit animal perdu sur ses genoux. Il ne pose pas de questions.

« Ma chérie, voyons. »

Il me caresse le dos. Nous restons assis, couchés, ma respiration est profonde et lente. Je sombre, me fonds dans son corps, sa chaleur. Il entrelace ses doigts dans les miens. Son cœur bat dans ma main. Violemment, comme s'il voulait que je m'en saisisse et l'emporte. Mais que faut-il que je fasse de deux cœurs alors que je supporte à peine le mien ? Je me détache.

« Quoi ? dit-il.

— Je suis au courant, dis-je.

— De quoi ? »

J'essaie de trouver les mots justes, des mots qui disent tout sans dénigrer Daphné. Elle était élégante, intelligente, magnifique. Et c'était une prostituée.

« Tu baisais avec Daphné ?

— *Quoi ?* »

Il retire ses mains.

« Est-ce que tu as eu une relation sexuelle avec Daphné, je lui demande tandis qu'il me dévisage, s'écarte. Je suis allée voir Mathilde. » Je le vois réfléchir. « Je sais tout, dis-je. À propos de Daphné et du club. » Il regarde dans le vide, cherche une issue, un nouveau mensonge.

« Je n'ai évidemment jamais eu de relations sexuelles avec Daphné. »

Il a l'air de trouver l'idée absurde et totalement déplacée.

« Et Saul ?

— Nous avions passé un accord.

— Qui avait passé un accord ? »

Max soupire et croise les mains.

« Je vais te dire quelque chose, Aimée, mais je ne pense pas que tu comprendras. Tu te rappelles quand une équipe de photographes est venue à la ferme pour cet article sur Saul ? » Je m'en souviens : Margot et moi avons sauté de l'appontement pour le photographe, au moins une trentaine de fois. J'étais épuisée, trempée et glacée. Tout ça pour la photo. « Il y avait une jeune journaliste qui l'a interviewée. Cet après-midi-là, ton père... a eu une relation intime avec cette femme et ta mère l'a découvert. » Mensonges. Maman ne découvrait jamais rien. Maman ne s'apercevait de rien. Maman pouvait vivre avec les plus grands secrets. C'était son talent, elle se faisait toute petite et rendait ses secrets encore plus petits. « Ta mère était brisée. Pas à cause de cette journaliste, il y en avait eu tant d'autres, mais à cause de l'humiliation que Saul vous avait fait subir tout l'après-midi en vous obligeant à jouer devant l'objectif la famille parfaite, pendant qu'avec quelqu'un d'autre...

— Il baisait dans son bureau. »

Max se frotte le visage.

« Tu as compris.

— Mais ma mère ne le savait pas.

— Ta mère a supporté beaucoup de choses, Aimée, jusqu'à ce soir-là. Ç'a été la goutte d'eau. Elle ne pouvait plus continuer, et comme elle n'imaginait pas sa vie sans ton père, elle trouvait que ça suffisait comme ça.

— Que ça suffisait ?

— Elle était dans la salle de bains et avait déjà avalé la moitié d'une boîte de comprimés quand Saul et moi avons enfoncé la porte. Nous lui avons pris les comprimés, l'avons retenue. » Et je me rappelle que le bruit dans le couloir m'a réveillée, une longue plainte, une gifle sonore. Que Margot et moi sommes sorties de nos chambres et que la porte de la salle de bains s'est vite fermée. Que Max a dit que maman avait la nausée et était en train de vomir et qu'il nous a emmenées au grenier avec nos couvertures et nos oreillers pour que nous puissions dormir. Pour une nuit seulement. Pour l'aventure. Mais nous n'avions pas l'impression d'une aventure. Même Margot, qui n'avait pas froid aux yeux, n'était pas partante et quand Max a refermé la trappe du grenier, elle avait l'air d'avoir peur.

« Nous avons dormi au grenier cette nuit-là.

— Je voulais vous tenir à l'écart. Nous sommes descendus, nous avons bu des litres de café et conçu un plan.

— Comment ça, un *plan* ? »

Max, le manager. Pas seulement de la carrière tarie d'écrivain de Saul, mais de sa vie, sa famille.

« Saul aurait une maîtresse et ta mère serait au courant de tout. Ils choisiraient la femme ensemble et la paieraient ensemble. Fini les relations extraconjugales. Une transparence totale.

— Maman n'aurait jamais accepté ça.

— Elle était soulagée, Aimée. Ça lui ôtait un poids des épaules.

— Ma mère n'aimait pas les expériences.

— Ce n'était pas une expérience, c'était un nouveau départ. Pour elle et pour ton père. »

Les filles, je vous présente Daphné. Glaces fondues, le café Lamme Goedzak, les mains de maman sur le T-shirt de Daphné, les jambes d'un blanc laiteux, deux adultes de chaque côté d'une enfant.

« Daphné, c'était ton idée ?

— *Notre* idée. Et oui, c'est moi qui ai tout arrangé.

— *Arrangé* », je répète, effarée. Mon ami Max, l'entremetteur.

« Tu peux faire de la sémantique, Aimée, mais ici ce n'est pas la question. »

Pourtant, Max, la sémantique c'est toujours la question. Dans *manager*, il y a le mot *man*, « homme ». C'est toujours *lui* qui vient *la* chercher. Mais quand on le dit clairement, on est casse-pieds.

« Il était impossible d'arranger quoi que ce soit avec Daphné, Max.

— Elle a sauvé le mariage de tes parents.

— Elle avait dix-huit ans.

— Elle avait l'air plus âgée.

— Et c'est ce qui justifie le fait que tu l'aies choisie sur catalogue pour ton auteur préféré ? Daphné n'était pas un arrangement, Max, c'est quoi ces conneries ! Qu'est-ce que tu racontes, merde ! Pour le coup, ce serait parfait comme sujet de vlog ! Comme ça, chacun pourrait décider si on peut parler d'émancipation, quand une ado vend son corps et qu'un homme paie pour ça ! J'ai un demi-million de followers qui pourraient donner leur avis là-dessus ! »

Mes mains tremblent mais je me sens forte.

« Et à quoi ça servirait, précisément ? demande Max, avec un calme exaspérant. À quoi ça servirait ? »

J'hésite, mais je finis par le dire : « *Ce serait la vérité.* » Cela sonne exactement comme je le craignais : comme un cliché. Non, pire encore, un concept dépassé, une chose d'une époque révolue à laquelle nous avons cru. Comme le Père Noël. Ou Jésus.

« Ah, c'est reparti avec la vérité ! dit Max, d'un ton moqueur. Veux-tu que je t'aide, sur le plan de la vérité, Aimée ? Daphné était une prostituée, sa mère est une conne opportuniste, Saul est narcissique et ne peut pas se passer d'attention, ta mère était une froussarde frigide, moi je suis ton meilleur ami et un grand faux jeton. Tu vas raconter ça au reste du monde, Aimée ? Tu te sens l'âme d'une héroïne ?

— Je n'ai pas besoin d'être une héroïne.

— Alors qu'est-ce que tu veux ?

— Je l'ai déjà dit : la vérité.

— La vérité, c'est du mastic, Aimée. Du mastic pour boucher les fissures.

— Quelles fissures ?

— La douleur. Bon sang, qu'est-ce qu'elle a de si merveilleux, la vérité, si elle rend tout le monde malade ? La vérité n'est pas un but en soi.

— Si ce n'est pas ce qu'elle est, c'est quoi alors ?

— Un facteur dont il faut tenir compte dans une certaine mesure.

— Dans une certaine mesure.

— Tu le sais mieux que quiconque. » Il le dit en souriant et je bous, mais il continue. « La prostitution est vieille comme le monde. Le sexisme aussi. Aimée Mertens et ses vlogs n'y changeront rien. »

Je détourne le regard en direction des verres de vin posés sur la table, le rouge foncé des lèvres de la jeune femme sur le bord.

« C'est ce que je veux, Max, c'est ce que je veux. »

Il prend une profonde inspiration.

« Je comprends, Aimée. Mais en l'occurrence, ce n'est pas ce que tu veux vraiment.

— Heureusement, tu n'as pas ton mot à dire là-dessus.

— Si tu vlogues ça, tu vas remuer la merde et anéantir des gens. Des gens que tu aimes.

— Saul, bien sûr.

— Non, pas Saul.

— Qui alors ? »

Bruges, à l'époque

MARGOT

Samedi 17 février

Il est arrivé trop tôt et *Madame Bovary* était posé sur la table, comme convenu. Je l'ai trouvé tout de suite laid. Il portait un costume avec une cravate et paraissait encore plus vieux que je m'y attendais. Il tripotait la fermeture métallique d'une grande montre, l'ouvrait et la refermait chaque fois avec un déclic. Il y avait une bougie sur la table et le décor était accueillant. Il m'inviterait, nous ne ferions que dîner puis nous verrions.

J'avais hésité. Soudain je n'avais aucune idée de ce que je faisais là. Je l'avais dit à Daphné qui avait hoché la tête et m'avait assuré que c'était tout à fait normal, qu'il lui arrivait encore d'hésiter, parfois, avant un rendez-vous, mais que tout se déroulerait très facilement après la rencontre. J'avais décidé de la croire. L'homme avait évidemment vu une photo de Daphné, mais je dirais qu'elle était malade et que je la remplaçais.

« Et s'il ne me trouve pas à son goût ? avais-je demandé à Daphné, qui avait ri.

— Margot, est-ce que tu t'es déjà bien regardée ? Est-ce que tu sais combien un homme serait prêt à donner pour être avec toi ? Tu es belle, tu es intelligente. Fais usage de ta force !

— Je ne sais pas...

— Tu le veux pourtant, cet iPod, non ? Après ce soir, tu pourras te l'acheter avec toute la musique que tu veux. »

Elle exagérait, il n'était pas question d'une telle somme, mais cela paraissait ridiculement facile : sortir dîner avec un homme, puis repartir à la maison avec un paquet d'argent. Rien à redire. J'avais acquiescé, enfilé mon manteau et arrangé mon écharpe.

« Je vais rester surveiller un peu, avait-elle dit. Comme ça tu te sentiras plus en sécurité. »

Le menton relevé, je suis entrée. J'ai donné au serveur le nom convenu et il m'a conduite à la petite table. Hugo. C'était son nom, apparemment, mais sans doute pas le vrai.

« Emma ! » a-t-il dit et son expression morne s'est éclaircie. Ses joues ont rosi et il a eu l'air malicieux.

« Hugo », ai-je dit et je lui ai serré la main comme si nous scellions un accord déjà conclu depuis longtemps. Seulement : *cela se termine exactement comme tu le souhaites*, n'avait cessé de répéter Daphné. *C'est toi qui as le contrôle.* Je me suis assise en face d'Hugo à la petite table.

« Tu es très différente de la photo, a-t-il dit brusquement.

— Oui, je remplace l'autre Emma. Elle est malade.

— Comment je peux en être sûr ?

— Comment je me serais retrouvée ici autrement ?

— Qu'est-ce que tu veux dire ?

— Il n'y a pas tant d'Emma que ça. »

J'ai été surprise de mon esprit de repartie et je me suis sentie forte. Il m'a regardée, a hoché la tête en souriant et claqué des doigts pour faire venir le serveur, un geste que j'ai trouvé honteux. Il nous a donné les menus et j'ai commandé un apéritif. Je m'étais entraînée avec Daphné aussi dans ce domaine-là, parce que qu'est-ce que je sais des restaurants ? Parfois je sors et je vais à la cantine du club de jeunes footballeurs de Jong Moerkerke, où nous buvons jusqu'à l'aube et courons ivres sur le terrain de foot et batifolons dans les bois, mais je ne connais pas ce genre de situation chic.

« Je suis content de te voir, a dit Hugo. Tu es magnifique.

— Merci », ai-je répondu poliment en me demandant s'il s'était entraîné à dire ce compliment. Ce n'est pas sa première fois, avait dit Daphné. Hugo s'est montré agréable et m'a donné des explications à propos de la carte et nous avons commandé. Nous avons bavardé de choses totalement banales : il a dit qu'il aimait les expressos et qu'il conduisait une voiture de luxe, qu'il avait obtenu une promotion à son travail et qu'il avait vingt personnes sous lui. « Et des femmes, bien sûr, a-t-il ajouté. Mais c'est un peu curieux à dire : des femmes sous moi. Tu ne trouves pas ? »

Il a fait un clin d'œil et ricané et, quand il a vu que je ne riais pas avec lui, il a changé de sujet.

« Tu fais quoi comme études ? a-t-il demandé.

— Dentaire », ai-je répondu car c'est ce que nous avions décidé avec Daphné. Cela nous avait d'ailleurs fait éclater de rire. Je déteste aller chez le dentiste, mais dentaire paraît si ennuyeux que personne ne demanderait plus de précisions. Effectivement. Tout s'est déroulé sans accroc et exactement comme Daphné l'avait prévu.

Hugo n'était pas désagréable. Je me sentais belle en le voyant me regarder et, plus le temps passait, plus je remarquais de l'admiration dans ses yeux, plus il riait fort à mes plaisanteries et plus il débordait de compliments. Au moment de la crème brûlée, je me suis sentie planer.

« Je vais demander l'addition, a-t-il dit. Tu veux venir avec moi prendre un petit digestif ?

— Un quoi ? ai-je demandé et il a ri.

— Un petit digestif chez moi ? » Chez lui. *Cela se termine comme tu le souhaites et pas autrement.* J'ai essayé de réfléchir calmement mais la boisson et les compliments dansaient dans ma tête. Je me sentais portée par ses mains, aux nues, appréciée.

« OK », ai-je dit et nous sommes partis à travers les rues de Bruges en direction de sa voiture. Nous sommes sortis de la ville en passant par des routes que je connaissais et il s'est garé dans la rue principale de Damme, devant Le Postillon. Il m'a ouvert la portière et j'ai eu la sensation d'être exceptionnelle. C'est ce que Daphné avait dit : nous sommes des personnes *exceptionnelles*. J'ai fait avec mes jambes nues un mouvement circulaire pour descendre de voiture comme seule une personne exceptionnelle le ferait.

Il m'a précédée en direction de l'hôtel où je n'étais encore jamais entrée. Une moquette rouge, un escalier en bois, des cadres montrant des champs aux couleurs pastel.

« Vous habitez ici ? ai-je demandé.

— Bien sûr que non, bécasse. Allez viens », a dit Hugo et il s'est engagé dans l'escalier avant moi. Sur le palier de l'étage supérieur, il y avait deux portes et il a ouvert la première, penché la tête pour regarder derrière et chuchoté : « Les toilettes. » Comme si cette information était pour une raison ou une autre importante. Je ne savais pas où me mettre.

Quand nous sommes entrés dans la deuxième pièce, il a allumé. Il y faisait chaud et l'abat-jour rouge répandait dans toute la chambre une lueur flamboyante. Le grand lit était rond et une moustiquaire était suspendue au-dessus, alors qu'il n'y avait pas de moustiques en hiver.

Il s'est dirigé vers le lecteur CD et je me suis rappelé l'iPod que je pourrais bientôt m'acheter. J'ai entendu une musique d'ambiance, une chanson que je ne connaissais pas et qui semblait être en français.

« Mets-toi à l'aise », a-t-il dit, mais rien ne me donnait l'impression d'être à mon aise à ce moment-là. Tout était inconnu et compliqué. La chambre tanguait un peu, le papier peint rose pâle à fleurs blanches se balançait doucement. Hugo s'est approché d'un réfrigérateur qui contenait des rangées de bouteilles de champagne. Rien d'autre. « Toi aussi ? » a-t-il proposé et il a pris deux flûtes glacées.

« C'est votre chambre ? ai-je demandé, alors que je connaissais bien sûr la réponse.

— Non, la chambre leur appartient.

— À qui ?

— Au club », a-t-il dit et j'ai eu l'impression qu'il crevait une bulle de savon avec un cure-dent. Mon ivresse a disparu. J'ai marché, perdue, autour du lit en essayant de retrouver cette ivresse, mais elle s'était évanouie. À la place a surgi la méfiance : ne m'avait-il pas invitée pour *un petit digestif chez lui* ? S'il n'habitait pas ici, alors il avait menti ? Quel autre mensonge était-il prêt à raconter ? Soudain j'ai eu peur : personne ne sait où je suis. Il fait nuit dehors. Que va-t-il se passer si je veux partir ? Pourquoi est-ce que j'y pense seulement maintenant ?

Hugo est venu s'asseoir à côté de moi et a ouvert la bouteille de champagne, rayonnant comme un enfant qui a remporté le gros lot à la fête foraine : les yeux plus grands que son visage, les joues rondes et tout aussi rouges que les draps sur le matelas. Il m'a donné un verre et a trinqué.

« À nous ! »

J'ai pris une gorgée et senti que sa main bougeait sur

mon genou et aussi que j'en avais la chair de poule. J'espérais qu'il ne s'en apercevrait pas, de ces petites bosses qui se formaient sur ma peau comme des têtes d'épingle cherchant à en sortir. Il l'a remarqué.

« Tu as froid ? a-t-il demandé. Ou tu trouves ça excitant ? »

Je voulais répondre, mais je ne connaissais pas la réponse. Il se passait tant de choses en même temps, tant d'émotions survenaient que je ne comprenais pas, que je n'avais pas de mots pour ce que j'étais encore en mesure de comprendre : une chambre avec un lit, une main sur ma jambe, chair de poule.

En silence, il a appuyé doucement son verre froid contre l'intérieur de ma cuisse. Mon corps a sursauté. Lentement, il a glissé le verre vers le haut en passant sur ma peau couverte de têtes d'épingle, sur mon fémur, jusqu'à ma culotte, et il a niché le verre dans le creux tendre de mon aine et l'a fait pivoter, d'un côté puis de l'autre.

« Tu le sens ? » a-t-il demandé, j'ai acquiescé. « Tu es magnifique », a-t-il dit encore une fois et la phrase ressemblait soudain à une incantation. Je l'ai regardé. Ses yeux paraissaient s'estomper. J'avais l'impression de le voir de moins en moins nettement. Peut-être que c'est ce que je voulais. Je n'ai plus pensé à la rue sombre, vide, dehors, ou à la voiture qui y était garée et qui n'en partirait plus durant les heures à venir. Le verre a continué à vagabonder, a relevé l'étoffe, s'est glissé dans ma culotte, puis a basculé. Du champagne frais pétillait entre les lèvres de ma vulve et j'ai senti des choses que je n'avais encore jamais senties. Je me suis abandonnée. Je sais exactement à quel moment je l'ai décidé. Maintenant je vais m'abandonner. Volontairement. J'ai le contrôle. Mon choix.

Tu es magnifique.

#plusquetroisjoursMargot

Damme

AIMÉE

795 K followers

J'ai la gorge irritée. Je me sens vide. Je suis allongée dans sa chambre après la rupture de notre pacte la nuit dernière, de notre fonctionnement selon le mode une-seule-fois-puis-une-trêve-d'au-moins-six-mois. Nous l'avons fait en bas sur le plan de travail puis dans l'escalier. Nous avons fait l'amour comme des forcenés et nous sommes endormis dans les bras l'un de l'autre, comme des cuillères bien rangées dans un tiroir. Nous ne nous sommes jamais allongés ainsi.

Max entre, sourit, porte un plateau avec du jus d'oranges pressées et des croissants chauds. Il ressemble soudain à Mo. Personne n'est plus soi-même. Cela fait une semaine que je suis à Damme et tout le monde a changé. Daphné est une prostituée, Janina a une émission de télé, Saul est en observation après une crise de panique et Chantal pense qu'elle peut être moi. Elle continue de poster des messages que je ne cautionne pas tandis que le compteur de followers tourne à plein régime. Entre-temps Margot, qui d'habitude se mêle de tout, est invisible. Plus que trois jours.

« Comment te sens-tu ? » demande Max en posant le plateau à côté de moi et en souriant de la même manière que le sportif qui m'apportait le dimanche matin des petits déjeuners dignes d'un vlog.

« Brumeuse.

— J'ai du paracétamol.

— C'est bon, j'en ai. »

J'ai toujours des comprimés. Où sont-ils ?

« Prends-en un tout de même », dit-il.

Il me tend quelque chose de rond sur le plat de sa main comme on le fait avec des animaux. Je me redresse, m'appuie contre le cadre du lit et avale deux comprimés avec mon jus d'orange.

« Tu as tout le temps de te remettre. Je donne une conférence à la librairie Feniks tout à l'heure, tu as le royaume pour toi toute seule. » Il me fait un clin d'œil. Je prends une assiette sur le plateau et triture un croissant. Il l'a réchauffé. Quel amour. Puis, avec circonspection et insistance, comme s'il savait qu'il déposait un engin explosif, Max dit : « Il y a une bonne nouvelle. » Je trempe mon croissant dans une soucoupe contenant de la confiture. « Un nouveau témoin s'est présenté.

— Un quoi ?

— Un jeune homme qui dit qu'il a raccompagné Daphné après la fête. » Je lève les yeux, Max poursuit : « Daphné lui a apparemment demandé s'il pouvait la déposer en voiture à la gare de Gand, et c'est ce qu'il a fait.

— La gare de Gand, je répète, sous le choc.

— C'est une bonne nouvelle pour Saul, bien sûr. Daphné n'est pas montée dans sa voiture, donc toute l'affaire peut être enterrée. Si tant est qu'il y en ait eu une », dit-il en riant, détendu.

J'ai le tournis. La douleur a disparu. Je me sens bizarre. « Mais Max...

— Tout le monde peut se tromper, Aimée, c'est humain. Je sais que tu pensais que Daphné était montée avec vous dans la voiture. Tu le croyais, mais tu t'es trompée. *No worries*. Un seul vlog et tu auras rectifié l'info. »

Je regarde son visage, ses yeux clairs, ses larges mâchoires, sa barbe grise. Il essaie d'avoir l'air rassurant, comme un homme qui maîtrise tout, mais ce n'est pas le cas. J'étais dans la voiture avec elle. Avec Daphné. Max le sait. Il le sait tout de même, non ?

« Aimée, laisse tomber, *please*. »

Et avec cette supplique, je sais que c'est vrai : c'est lui qui est derrière ce subterfuge. Il a réussi à convaincre quelqu'un de mentir à la police. Il a choisi son camp et ce n'est pas le mien.

« J'étais là, est tout ce que je réussis à dire.

— Je le sais.

— Alors ?

— Je n'ai pas envie de me disputer avec toi, Aimée. Fais ce que tu dois faire. »

Il se lève. Je suis furieuse.

« Ça t'a coûté combien, cette arnaque ? Ce que tu as fait est illégal. C'est un délit, Max, pas du management.

— Tu as raison sur tous les plans, Aimée, sur tous. Mais Daphné n'est plus là et Saul est mon ami.

— Et moi ? » dis-je d'une voix cinglante.

Max crispe et décrispe ses mains, comme il le fait quand il se sent mal à l'aise. Quand nous sommes assis quelque part et qu'il bouge ses mains de cette manière, je les touche et lui dis : arrête, et nous faisons mine d'être le couple que nous ne serons jamais.

« Je t'aime, Aimée », dit-il.

Je ris avec amertume.

« Aux yeux d'un demi-million de followers, Max, tu fais de moi une menteuse. Que vont penser les gens qui ont regardé mon vlog ? Que je déblatère à propos de la vérité et que, pendant ce temps-là, je mens comme un arracheur de dents ? Parce que voilà ce qui va arriver, ton témoin, Max, va faire de moi une menteuse. As-tu la moindre idée de la douleur que je ressens ? » Il me regarde, plus vulnérable que je ne l'ai jamais vu, mais je continue. « Pourquoi, Max ? Par amour pour Saul ? Est-ce que le mensonge fait partie de ce que tu entends par amour ? Et Margot ? As-tu la moindre idée de ce qu'elle pense de ton témoin bidon ? »

Max se fige, détourne les yeux.

« Max ? »

Je garde les yeux rivés sur lui, il continue d'éviter mon regard, son visage paraît bien plus âgé. Soudain je pige.

« Tu t'es mis d'accord là-dessus avec Margot.

— Je ne peux pas parler à Margot, dit-il. Elle suit une cure de désintoxication.

— Pourquoi envoie-t-elle des messages alors ?

— Quels messages ?

— Une lettre glissée sous la porte de ma chambre d'hôtel et un message sur WhatsApp, alors qu'elle n'a soi-disant pas de téléphone là-bas.

— Je ne suis pas au courant des messages de Margot, Aimée.

— Mais du témoin, si : vous vous êtes mis d'accord. Je pensais que vous ne pouviez pas vous supporter, Max. Que tu choisissais mon camp, toujours. Mais tout tourne autour de Saul. Saul est plus important. Toujours ! »

Je vois Max se débattre, chercher des mots susceptibles

d'arranger la situation. Il n'y en a pas. Et je dis ce que je ne constate que maintenant.

« Saul est plus important que moi.

— Aimée, ce n'est pas vrai. Tu débloques. Repose-toi, dors un peu.

— Non, Max, j'ai assez dormi comme ça ! »

Je bascule mes jambes pour sortir du lit et m'aperçois que je n'ai pas mon semblant de jambe. Je ne me rappelle pas l'avoir retiré. Je ne le fais en présence de personne. Pourquoi maintenant justement ?

Max pose sa main sur mon front. « Aimée, tu es brûlante. »

Je l'écarte.

« Où est ma jambe ?

— Calme-toi, Aimée.

— Où est ma putain de jambe ? » L'humiliation dans ces mots, devoir demander à quelqu'un où un de tes membres est passé, où se trouve une partie de ton corps. « Donne-moi ma jambe !

— Reste tranquille, Aimée, je vais la chercher.

— Je la veux, et maintenant ! Donne-moi ma jambe.

— Elle est dans la salle de bains, reste assise. »

Max part, je transpire et rabats la couette. Mon moignon plane au-dessus du drap du dessous. Une vision perverse et rude. *Une bête de foire.*

Je me frotte les mains pour les réchauffer puis les serre autour de mon moignon, commence à en masser la peau. *Une forme de moignon favorable*, avait dit le médecin. *Dès que son volume sera constant, nous pourrons fabriquer la prothèse.* J'étais mutilée et pleine de bleus à l'intérieur et à l'extérieur. Cela m'était bien égal, mais tout le monde était content parce que la forme de mon moignon se révélait favorable. Je continue de masser. Je dors toujours à côté de ma jambe. Pour éviter toute dépendance, mais surtout pour ne jamais être incomplète parce que, si on prend en compte tout le lit, je suis encore entière la nuit.

Max entre et pose mon semblant de jambe à côté du plateau avec les croissants. Il me regarde et cherche ses mots.

« Je suis désolé, dit-il. Saul n'est pas plus important. Pas plus important que toi. »

Il pose une main sur mon moignon. Je le laisse faire. Cela a toujours été Max. Mon premier amour. Mon plus grand. Mon plus impossible. J'ai envie de le croire. Il vient s'asseoir à côté de moi, passe un bras autour de mon épaule.

« Aimée, pourquoi te rends-tu la vie si difficile ? »

Je ferme les yeux, le sens, pose ma tête dans le creux chaud sous son épaule.

« Mais c'est *vrai*, Max.

— Je ne sais pas ce que tu cherches.

— Tu le sais, mais tu ne veux pas me le donner.

— Je ne veux pas te perdre.

— Je ne suis pas à toi.

— Je veux dire : je ne veux pas que tu partes. »

Je fixe mon semblant de jambe qui, comme un animal domestique assoupi, est étendu à côté de nous.

« Je ne vais nulle part, dis-je. Mais je voudrais pouvoir.

— Tu voudrais pouvoir t'enfuir, dit Max.

— Non, dis-je. Je voudrais pouvoir rester. »

Drongen

MARGOT

Vendredi 24 septembre

« Margot, comment vous dire ?

— Dites-le, tout simplement.

— J'ai le sentiment que vous n'êtes pas totalement honnête.

— Pardon ?

— On dirait que vous opposez une résistance, que vous faites obstacle et que vous en savez bien plus que ce que vous partagez avec moi. »

Je me taisais, tirais sur un fil détaché de la couture de mon pantalon. Un fil noir, toujours noir. Quand est-ce que j'ai commencé, au juste, à ne porter que du noir ?

« Ce que je voulais vous demander, c'est : est-ce que vous avez le courage de tout me confier ?

— Alors tout à coup c'est une question de courage ?

— Je veux dire, nous aurons bientôt fini. Je suis ici pour vous. C'est l'occasion de partager des choses que vous ne pourrez peut-être plus exprimer dans le monde extérieur. Nos conversations peuvent vous aider. » Il avait l'air soucieux, impliqué. « Nos conversations vous seront utiles quand vous vous retrouverez bientôt à l'hôpital parmi les autres.

— Parmi les médicaments, vous voulez dire.

— Entre autres, oui.

— Est-ce que vous êtes en train de m'annoncer que je serai bientôt autorisée à reprendre le travail ?

— Je suis ici pour vous, Margot. »

Je l'ai regardé, ce jeune homme, et pour la première fois il m'a fait penser à quelqu'un à l'hôpital, il y a des années. Juste après l'accident, quand Aimée était restée là-bas pour sa jambe, il était passé lui parler. Sans doute un psychologue. Je l'avais trouvé beau garçon, je m'en souviens.

« Vous vous sentez coupable ?

— De quoi ?

— À propos de Daphné, a-t-il dit, et j'ai sursauté.

— Je... que voulez-vous dire ?

— Est-ce que vous vous sentez coupable ? de l'avoir abandonnée ? »

Je me suis tue et l'ai vu hésiter. « Devant l'arrêt de bus.

— Devant l'arrêt de bus.

— Oui.

— Non.

— Pourquoi ?

— Vous jouez au détective maintenant ? » lui ai-je demandé.

Il m'a regardée comme s'il était pris en faute. Soudain il a eu l'air indécis et je me suis dit : lui aussi fait de son mieux avec sa tête de rat de bibliothèque et son approche dépassée de collégien. J'ai cherché un autre sujet et trouvé qu'il méritait de savoir ce qui s'était passé pendant nos séances.

« Je n'existe plus, ai-je dit.

— Pardon ?

— Ça a commencé il y a longtemps. Mes doigts se sont

refroidis, puis mes orteils. La sensation s'est propagée dans mes bras, mes jambes, le sang ne revenait pas. » Je l'ai sondé du regard, il ne semblait même pas surpris. « Et la dernière fois, pendant notre conversation, ça s'est poursuivi, ou plutôt non, ça ne s'est plus arrêté : ça a explosé. Tout a jailli, tout mon sang, mes intestins, des gros morceaux de chair. J'ai tout perdu. » Je l'ai regardé de nouveau, il restait impassible. « Il y en avait partout ici, vos genoux étaient rouges, mon cœur battait à côté de ma jambe.

— Où est votre cœur maintenant ? a-t-il demandé calmement.

— Parti.

— Où ?

— Je ne suis plus un être humain. J'ai une peau et des os, tout le reste m'a quitté. »

Il acquiesce comme s'il comprenait. Comme s'il pouvait comprendre une chose pareille. Le peut-il ?

« Et ça vous fait quel effet ?

— Une impression épurée, ai-je répondu sans hésiter. J'ai une sensation de pureté et de bien-être. Je n'ai plus besoin de manger. Je peux exister sans dormir. Parfois je mange pour la forme, mais la nourriture me traverse d'un bout à l'autre. Mon corps n'a besoin de rien ; c'est une coque, une tente qu'on fait tenir debout avec des piquets.

— Qu'est-ce qu'il y a dans cette coque ? a-t-il demandé.

— Rien. Moi.

— Ce sont deux choses différentes.

— Vraiment ? »

Damme

AIMÉE

796 K followers

Je ne parle pas aux tombes. Elles ne répondent pas. Maman ne voulait pas être incinérée, elle tenait à être enterrée. Maintenant il y a quelque part, parmi une multitude de stèles, une stèle avec son nom dessus. Je dépose un bouquet de tulipes.

Elle n'a pas été malade très longtemps. Elle ne mangeait plus, ne buvait plus que les choses qu'il ne fallait pas. Elle ne parlait plus à Saul, c'est ce que Max a raconté. Et aussi que le silence entre eux était si grand que personne ne pouvait le briser.

Je cherche un briquet dans mon sac et essaie d'allumer une des bougies sur la tombe. Il y a de l'eau dans le petit pot. Tout est trop mouillé, la flamme ne prend pas.

Elle l'a laissé tomber en mourant. Ou peut-être qu'elle est morte parce qu'il l'avait déjà laissée tomber depuis longtemps. Ils ne dormaient plus ensemble. Le lit dans le bureau était celui de Saul, tout le monde le savait. Nous trouvions cela normal. Mais qui savait chez nous ce qui était encore normal ?

Je me souviens de son enterrement. Mes talons bas

claquaient sur le sol tandis que je me dirigeais vers le dernier rang à l'église, où l'on se serait cru dans un cachot. Pour moi, toutes les églises sont des cachots. Pendant que j'avançais, j'ai baissé les yeux. Je ne voulais croiser aucun regard, ne voir personne. Pas de pitié.

Dieu est sévère, disait toujours maman, *sévère mais juste*. Elle prétendait qu'elle n'était pas croyante, mais je ne la croyais pas.

Maman avait un Dieu et Il était charismatique et spectaculaire. Dieu l'aimait, mais la maintenait toujours dans un état d'infériorité, la gâtait avec de jolies robes et des boucles d'oreilles qu'Il avait choisies pour elle car Dieu a bon goût. Elle L'adorait de tout son cœur, qu'Il faisait taire par Son tapage. Voilà pourquoi son cœur s'est mis à battre de plus en plus doucement jusqu'à ce qu'on ne puisse plus l'entendre. Peut-être qu'elle Lui en était reconnaissante.

Entre les chaises anguleuses munies de compartiments dont les bibles sont absentes, j'apercevais tout juste son cercueil. En acajou, poli. Elle l'aurait trouvé beau. Un homme à la voix geignarde à côté de l'autel parlait de maman, des mots lénifiants que je ne pouvais pas entendre au dernier rang.

Margot avait préparé un diaporama des plus belles photos, mais le prêtre ne lui a pas permis de le projeter dans l'église. Elle était furieuse, bien sûr. La seule photo autorisée était posée sur le cercueil : maman dans le jardin avec ses cheveux bouclés relâchés. Elle regardait droit dans l'objectif et elle était magnifique. A-t-elle jamais eu conscience de sa beauté ?

Le prêtre tenait une croix et tous ceux qui le voulaient pouvaient venir l'embrasser. J'ai décliné. Les gens approchaient en traînant des pieds et Margot est soudain venue s'asseoir à côté de moi.

« Tu as trouvé que ça en valait la peine ? »

J'ai pointé le doigt vers l'avant parce que je préférais ne pas parler.

« Tu as trouvé que ça valait la peine de venir d'Amsterdam pour ça ? a-t-elle demandé.

— Ce n'est pas gentil, Margot.

— Pourquoi parles-tu comme ça ?

— Comment ?

— Avec un accent des Pays-Bas. Tu ne prononces pas comme nous, ici. »

Je me tais.

« Je suppose qu'il va falloir que tu repartes tout de suite ?

— Margot, arrête.

— Même avant le café et les biscuits et mon diaporama ?

— Margot, chhhhut ! »

Trop fort. Deux personnes se retournent.

« Du moment que tu sais de quoi elle est morte.

— Oui, Margot, je le sais.

— Mais il fallait que tu partes.

— Que veux-tu dire ?

— Tu l'as abandonnée. Elle n'a pas pu le supporter. Toujours sur le départ, toujours à tout laisser derrière toi, toujours partie. Et maintenant cet accent ridicule. Pourquoi joues-tu à être quelqu'un d'autre, Aimée ? Quelqu'un que tu n'es pas ? »

Personne d'autre. Je fais démarrer la caméra, en face d'alignements de tombes. Enfin le soleil brille après des jours de pluie. Une femme passe avec un bouquet de rhododendrons, me reconnaît et prend avec enthousiasme une photo, peut-être même une vidéo de moi tournant une vidéo. Je parle.

Cela fait déjà un certain temps que je n'ai pas posté de vlog. Je vous présente à tous mes excuses. J'étais occupée ici à Damme avec... oui, c'est difficile à dire. Une quête, je crois, pour découvrir ce qui est arrivé à Daphné, mais aussi beaucoup d'autres choses. (Courte pause, je prends une profonde inspiration.) Comme tout le monde, j'ai entendu parler du nouveau témoin qui s'est présenté à la police pour une déposition, l'homme qui a pris Daphné en voiture le soir de sa disparition et l'a déposée à la gare de Gand-Saint-Pierre. Je vous avais donné une autre version des faits dans mon vlog précédent. (Je plisse les yeux pour souligner à quel point il m'est difficile d'exprimer ce que je vais dire.) Je voudrais être claire à ce sujet : ce témoin *ment*. Le soir de la fête, Daphné est montée avec nous dans la voiture. Avec *nous*. Et non, elle n'allait pas bien. Je l'ai trouvée ce soir-là derrière une chapelle. Et celle que j'ai trouvée là, ce n'était pas la Daphné qu'on voit sur la photo, dans sa robe bustier avec un sourire rayonnant. Elle était à moitié nue, ses bras et ses jambes étaient couverts d'écorchures et elle avait du sang sur le ventre, beaucoup de sang. (Je déglutis.) Elle était brisée et elle avait peur, je le voyais dans ses yeux. Peur. J'ai essayé de la calmer, je lui ai parlé puis je suis allée chercher Saul. J'ai d'abord trouvé ma sœur et c'est elle qui a fait venir Saul. Quand Saul est arrivé, il nous a demandé de monter dans la voiture et nous sommes partis : Saul, ma sœur Margot, Daphné et moi. (Je regarde droit dans l'objectif.) Nous étions dans cette voiture. Nous tous. Ce n'est pas un mensonge, ce n'est pas une invention, ce n'est pas une illusion, c'est la vérité. La seule. (Je secoue la tête.) Je ne me suis jamais rien rappelé de l'accident, jamais. Mais jusqu'à ce moment-là, je me souviens de tout comme si c'était hier. Nous sommes allés en voiture au bout de la rue et à partir de ce moment-là tout est noir. Ce qui s'est passé dans la voiture m'est sorti de la tête. Ou c'est là, ce doit être là, mais je n'y ai pas accès. (Est-ce que j'en ai envie ? Est-ce que je veux pouvoir aller là ?) Bien sûr que je veux savoir ce qui est arrivé à Daphné et chaque jour j'approche de la vérité. Je veux vous remercier de tout mon cœur pour le soutien et l'aide et les gentilles paroles que je lis tous les jours. Je ne suis pas folle. Je suis sincère. Personne n'a emmené Daphné. Personne d'autre que Saul Mertens. Tout le reste, ce sont des *fake news*. Une tromperie. Nous parviendrons à découvrir la vérité. Lentement, mais sûrement.

Damme

AIMÉE

801 K followers

Il faut que je parle à Max avant qu'il regarde mon vlog. Je me gare juste devant la statue de Van Maerlant et me traîne avec mon semblant de jambe sur la place luisante de pluie, où les barrières installées pour la prestation de Janina sont encore alignées en rangs maussades. Sous la maison communale, à gauche du perron, se situe la librairie Feniks : seulement quinze mètres carrés de livres et un véritable phénomène.

Deux fois par an, Max fait son *talent talk* dans cette librairie, où des écrivains amateurs espèrent être remarqués par le grand manager. Il faut que je parvienne à coincer Max, que je lui dise pourquoi j'ai posté ce vlog, pourquoi je ne pouvais pas faire autrement. Je veux qu'il comprenne. Dans la poche de mon pantalon je sens le vibreur que déclenche le flot de réactions.

Le soir est tombé et les lumières sont allumées dans la librairie. Je regarde à travers une petite fenêtre, vois les voûtes du plafond, les catacombes pleines de livres où le public s'entasse sur des petites chaises, des coussins, par terre. À l'avant, un homme appuyé sur un tabouret de bar affiche un sourire juvénile et gesticule. Il n'est au courant de rien. Il ne sait pas que j'ai trahi sa trahison. Il pense qu'il a tout *arrangé*, comme toujours.

J'ouvre doucement la porte pour qu'on ne me remarque pas et vais me tenir à l'arrière. Je m'appuie contre une bibliothèque et essaie d'entrevoir de côté une partie du spectacle. Une vingtaine de visiteurs sont pendus aux lèvres de Max, des manuscrits transpirent sur leurs genoux. Max m'a dit qu'il sait généralement dès le premier paragraphe. Qu'il n'a certainement pas besoin de deux cents pages pour déterminer si un écrivain mérite son attention. Pour Saul, il le savait avant même d'avoir lu un mot. *Mais tu parles du livre ou de l'écrivain ?* ai-je demandé. Il m'a regardée en souriant, comme si je venais de découvrir un grand secret.

« La voix de la narration est importante, pontifie Max entre les étagères de livres. Elle doit être forte. Ferme. Sans narrateur convaincant, un auteur n'a plus qu'à plier bagage. » Max n'aime pas s'exprimer en public, il prétend être détendu, mais je sais qu'une intervention de ce genre va contre sa nature. Je vois qu'il cache son malaise derrière la façade de celui qui sait tout mieux que tout le monde, mais qui est celle de la solitude dont personne ne fait l'expérience aussi âprement que lui.

« Qu'est-ce qui fait la force d'un narrateur ? » demande une jeune fille au premier rang. Je la reconnais aussitôt, elle a relevé ses cheveux, mais elle a toujours cet épais eye-liner qui, interrogateur, fixe Max.

« Se distinguer des autres, dit-il. Avoir le courage de s'écarter de ce que tout le monde considère comme une norme. Peut-être que ton travail mettra plus de temps à être compris, mais il y a un dicton qui vaut aussi dans l'arène littéraire : la persévérance vient à bout de tout. »

Son public acquiesce avec enthousiasme et soulagement, car tant que la persévérance peut venir à bout de tout, il y a de l'espoir. Max parle d'être fidèle à ses fascinations d'auteur, de la nécessité d'une nécessité. À chaque nouveau cliché je deviens plus nerveuse.

« Et le narrateur à qui on ne peut pas faire confiance alors ? » demande quelqu'un.

Max fronce les sourcils : « Vous croyez que ça existe, un narrateur *digne de confiance* ? Tout écrivain a des secrets et, par définition, jusqu'à preuve du contraire, on ne peut pas lui faire confiance. »

C'est vrai. Cela vaut aussi pour Saul. Jusqu'à preuve du contraire, on ne peut pas lui faire confiance. Ou est-ce l'inverse ?

« Si aucun narrateur n'est digne de confiance, dit un jeune homme avec des lunettes rondes, alors aucune histoire ne vaut la peine d'être lue.

— Comment ça ? demande Max.

— Parce qu'on ne peut rien apprendre de choses qui plus tard se révèlent mensongères. Inutile de s'être donné du mal. Tenez, ce scandale autour de Mertens : un nouveau témoin surgit et toute l'affaire implose. À quoi bon s'y être intéressé ? Nous avons perdu notre temps. »

Max fronce les sourcils, surpris par cette question aussi directe. Tout le monde ici sait que Saul est son ami.

« Les journaux se sont vendus, dit Iris. La pub, les chiffres d'audience, l'argent, c'est de ça qu'il s'agit.

— Et du succès, dit quelqu'un.

— Comme sa fille qui est prête à tout pour ses followers. » Des murmures approbateurs se font entendre. « Maintenant, elle dit même que ce témoin a menti, que c'est une mise en scène, une tromperie. »

Le visage de Max s'assombrit.

« Qui a dit ça ? » demande-t-il.

Je fais un pas en arrière, m'enfouis un peu plus dans mon manteau.

« Cette Aimée, crie quelqu'un.

— Qui a vu ce vlog ? » demande Max, et presque toutes les mains se lèvent, comme s'il s'agissait d'une enquête.

« Tu ne sais pas si tout ce qui compte pour Aimée, ce sont les followers, dit Iris.

— Cette *instabitch* ? crie le garçon aux lunettes. Bien sûr que si !

— Tu l'as appelée *bitch* ? demande Iris avec véhémence.

— Sérieusement, cette *bitch* ne sait rien faire, à part du *bashing*. »

Les gens rient, je veux m'en aller.

« C'est son métier, dit Iris.

— Et depuis quand le papa-*bashing* est-il un métier ? »

Il lève les yeux au ciel.

« Ta gueule ! crie Iris.

— Ta gueule toi-même ! » aboie le garçon.

Quelque chose bascule, l'atmosphère change. Soudain la pièce paraît nettement plus étroite et oppressante. Le propriétaire qui se tient derrière la caisse essaie de calmer le public en agitant un livre. Comme si on pouvait instaurer le calme en brassant de l'air. En tout état de cause : il intervient trop tard.

Iris se lève, enjambe avec ses bottes militaires deux femmes assises en tailleur et pousse le garçon aux lunettes. Il la pousse à son tour, fort. Iris trébuche sur une autre fille qui hurle et, à partir de ce moment-là, tout se déroule très vite. Un poing surgit de nulle part, atteint les lunettes du garçon. Quelqu'un écarte le poing. Brusquement, c'est la panique. Les gens se lèvent, nerveux, veulent sortir le plus vite possible. On crie et personne n'entend Max qui à l'avant essaie encore d'apaiser la situation.

Le propriétaire s'est dirigé vers l'interrupteur et, tentant une action désespérée, éteint les lumières. Puis se ravise et les rallume. Et les éteint de nouveau. Ce clignotement stroboscopique donne à la scène des allures de disco ou de crèche de Noël aux guirlandes lumineuses déréglées. Tournant le dos aux étagères de livres, je me glisse vers la porte mais ma jambe me gêne. Je n'ai pas assez de place pour trouver mon équilibre. J'aide mon moignon, me tire vers l'avant jusqu'à ce que je sente une main se serrer sur mon bras, quelqu'un me hisse, si fort que j'en ai mal. Max me soulève et me porte vers l'extérieur. Je lutte, donne des coups de pied, je ne veux pas qu'on me soulève.

« Lâche-moi ! Max, lâche-moi, merde ! » Il s'éloigne de la librairie, me transportant jusqu'au milieu de la place, puis me pose par terre. « Ne fais plus jamais ça ! dis-je furieuse.

— Quoi ?

— Me déplacer, putain !

— Ce n'était pas te déplacer, c'était t'aider !

— Bien sûr : aider ! Toujours aider, alors que je n'ai strictement rien demandé. Tu es *son* manager, Max, pas le mien !

— Je te l'ai dit pourtant : reste à la maison.

— Ta villa n'est pas ma maison.

— Qu'est-ce que tu as mis dans ton vlog ? » demande-t-il.

Je ris : « Tu le sais, non ? La vérité.

— Retire ça.

— Trop tard.

— Aimée, retire ce vlog, pour ton bien. » Je me tais, reste debout face à lui. Max serre les mâchoires. « *Whatever*, Aimée. » Il regarde fixement la façade de la librairie. Les visiteurs sortent au compte-gouttes, avec leurs manuscrits. Ils attendent sagement le retour de Max.

« Tu sais ce que c'est qu'un phénix, Aimée ? » demande-t-il. Je le sais, oui. « Un phénix est un oiseau mythique qui renaît de ses cendres. » Il me fixe comme s'il attendait que je déchiffre son langage codé. Je ne le déchiffre pas.

« Daphné était dans la voiture, Max.

— Je le sais.

— Combien de temps vas-tu continuer de défendre ton grand écrivain ?

— Et toi ? rétorque Max. Combien de temps vas-tu continuer de trahir ton propre père ? »

Damme, à l'époque

« Tu es bien la fille de Saul ? » Un adolescent avec l'ombre d'une moustache et des boutons rouges, debout au bord de l'eau, nous regarde. Comme Margot lui a dit d'arrêter de nous lorgner, il pose une question.

« Va-t'en », ordonne Margot. Elle l'éclabousse en agitant les bras. « Je suis sérieuse ! »

C'est un samedi matin inondé de soleil et même l'eau du canal de Damme semble presque bleue. J'aime être dans l'eau. C'était tellement bien avant que le garçon arrive. Margot me fait signe de l'ignorer et nous nageons ensemble vers l'autre côté puis grimpons sur l'appontement. Elle prend une des serviettes que maman nous a données et la met autour de mes épaules. Puis elle s'enveloppe elle-même d'une serviette. Elle prend les barres de céréales et la canette de Fanta à partager que maman a glissées entre les serviettes. Nous ouvrons tout et mangeons avec appétit comme si nous venions de traverser la Manche, d'Ostende jusqu'à Douvres. J'aimerais le faire un jour. Ou pouvoir le faire. Ce qui finalement n'est pas la même chose.

Sous le soleil intense, assises en silence sur l'appontement, nous mastiquons, balançons nos jambes nues. « Tu sais, dit Margot, et curieusement, je sens que ce sera important. Je vais te dire quelque chose mais il ne faut pas que tu le prennes mal. »

Je la regarde avec curiosité, des gouttes coulent encore sur mes joues, je les essuie.

« Nous ne pouvons pas faire confiance à Daphné.

— À qui ? la Daphné de papa ? »

Margot a l'air agacée.

« Oui, la Daphné de papa.

— Pourquoi ? Daphné est cool, non ?

— Ça c'était avant.

— Et maintenant ?

— Maintenant je sais qu'elle est dangereuse.

— Pourquoi ?

— Arrête de poser des questions, Aimée. Je te préviens, c'est tout. »

Mais je trouve ça bizarre : la semaine dernière, nous nous sommes encore promenées jusqu'au café Lamme Goedzak, nous avons bu de la limonade avec des glaçons, des pailles avec des ananas qui se déplient. Margot et Daphné pouffaient de rire comme si elles partageaient un secret et j'aurais bien aimé savoir ce que c'était. Je n'ai rien demandé, parce que Margot a seize ans et trouve qu'il y a encore beaucoup de choses que je ne comprends pas. De toute façon, elle ne m'aurait rien dit.

« Qu'est-ce qui cloche avec Daphné ?

— Tu ne comprendrais pas.

— Mais, Margot...

— Bon sang, Aimée, tu ne vois pas que je te protège ? » Elle frappe sa serviette contre le bois de l'appontement. Un coup étouffé. « Je passe ma vie à te protéger !

— Mais, Margot, contre quoi ? »

Elle pousse un cri, se lève d'un bond.

« Où vas-tu ? je lui demande, étonnée.

— Daphné il faut s'en méfier, Aimée. Je te le dis encore une fois. Daphné doit disparaître. »

#plusque**deux**joursMargot

Damme

AIMÉE

840 K followers

« Alors ? » demande la policière à une jeune femme qui agite son iPhone avec fureur.

« C'est la fille de l'écrivain, c'est sa maison, elle a le droit d'être ici. » La policière me lance un regard interrogateur. *Vous êtes sa fille ?* Elle le sait parfaitement. J'acquiesce. Je mens. Ou pas.

Elle abaisse le ruban rouge et blanc à l'aide de son talon et détourne la tête d'un air las tandis que j'enjambe difficilement le plastique avec mon semblant de jambe. Dès que j'ai franchi le ruban, elle le laisse remonter et se concentre de nouveau sur les curieux avides de catastrophes qui se regroupent derrière la barrière, les appareils photo prêts à l'emploi.

J'avance péniblement, sentant ma jambe palpiter, sur la terre mouillée de l'allée qui monte jusqu'à la ferme. Arrivée devant, je vois un groupe d'infirmiers et une ambulance, dont l'autoradio est allumé. Brouhaha. Une cinquantaine de personnes attendent, en rangs soignés sur le gravier. Certaines tiennent un exemplaire du *Coup de poing de l'amour*, comme un insigne ou une relique. Je pense à l'exemplaire relié que j'ai vu au-dessus du manuscrit dans son bureau. Aussi une relique. *Le Coup de poing*, il n'y en a jamais eu de deuxième.

Près de la porte d'entrée, un espace vide en forme de demi-cercle a été créé avec un ruban. Autour de la zone, des équipes de tournage, étrangères également. Il est quatre heures de l'après-midi, le ciel est couvert et le demi-cercle est éclairé par des leds. Au milieu est installé un microphone.

Je vais me tenir sur le côté, près des rhododendrons blancs où maman m'a appris il y a longtemps à désherber : pas trop d'un coup, bien regarder, mais quand tu interviens, radicalement. Tu dois prendre toute la racine, sinon ces trucs repousseront demain. Depuis que maman n'est plus là, les mauvaises herbes poussent partout. Même autour de ses rhododendrons.

J'enfonce l'index dans la terre. Je creuse prudemment un sillon autour de la plante, avec l'extrémité de mes doigts je ratisse jusqu'à ce que je sente les racines, granuleuses, humides autour de ma main, je fais un creux dans ma paume et j'extrais d'un seul coup la mauvaise herbe. Un craquement sec, agréable.

« C'est comme ça qu'on fait », dit Bart, soudain debout à côté de moi, l'air nonchalant. Je regarde la petite plante molle que je viens d'arracher et la laisse tomber. Je frappe des mains pour me débarrasser de la terre. « Les mauvaises herbes peuvent être jolies », fait remarquer mon ami d'autrefois. Je reste silencieuse. « La camomille en est une », continue-t-il. Je pense à notre dernière rencontre, à sa disparition par les fenêtres coulissantes sans rien préciser, alors qu'il aurait pu facilement le dire. En une seule phrase : *Daphné est une pute*. Mais le passé ne dit rien. Le passé se tait. C'est toujours ce que fait le passé.

J'indique la porte d'entrée de la ferme, comme si je devais être là-bas. Bart fait un geste : bien sûr, je ne te retiens pas. Je longe d'un pas traînant les spectateurs munis d'un bracelet et me demande si ce sont de vraies personnes ou des figurants dont Max a arrangé la présence. Certains me reconnaissent. Personne ne parle, mais regarder-et-se-taire est bien pire, plus bruyant. *La voilà*, chuchotent les figurants, *sa fille, l'hypocrite. Quel genre de fille n'aime pas son père ? Ce ne peut être qu'une mauvaise fille. Une égoïste qui vit à Amsterdam. Pourquoi est-elle revenue ?*

La porte s'ouvre et Max se dirige vers le microphone, regarde le pupitre, le relève par à-coups. Il vérifie le câble censé être relié à l'amplificateur et contrôle si la fiche est bien branchée. Il observe le public et me voit. Il hésite, se retourne et s'installe derrière le microphone.

« Bienvenue », dit Max. Sa voix a un son métallique, qui donne à ses propos quelque chose de minable. Toute cette affaire paraît minable. Ici, c'est ma maison, c'est ici que j'ai appris à faire du vélo, que j'ai réussi à faire du hula hoop et que j'ai sauté à la corde, et je suis à présent parmi les figurants qui filment et prennent des photos et attendent que l'écrivain brise enfin le silence. Max poursuit.

« Je vous remercie d'assister à la conférence de presse que nous avons organisée en raison des récents événements. Comme vous le savez, il était impossible à M. Mertens de réagir à toutes les accusations auparavant. Mais aujourd'hui, à la lumière du nouveau témoignage, il va s'exprimer. Vous pourrez ensuite poser des questions. Je suis heureux de pouvoir donner maintenant la parole à l'auteur Saul Mertens. »

Max s'écarte et Saul apparaît sur le seuil de la porte. Il n'y a pas d'autre mot : Saul apparaît. Larges épaules, cheveux blancs, occupant tout l'espace par sa seule présence, sans même avoir à parler. Je suis certaine qu'il a répété son arrivée hier soir devant le miroir. Il porte un jean et un pull couleur sable qui a l'air neuf, avec un col épais qui rend son large visage encore plus impressionnant. Sa peau bronzée, les sillons sur son front et autour de sa bouche, ses yeux clairs lui donnent l'aspect rayonnant de quelqu'un qui aurait paisiblement navigué en mer pendant des heures et non pas passé les derniers jours sous surveillance cardiaque à l'hôpital. Est-ce qu'il s'est maquillé ?

« Bienvenue », dit Saul un peu trop loin du microphone.

Max signale d'un geste de l'index la distance entre la bouche de Saul et le microphone, Saul ne s'en aperçoit pas. Il fixe les rangs de spectateurs qui se sont placés tels des soldats sur l'allée menant chez lui, les journalistes et les caméras, la tente pliée prête à l'usage au cas où il se mettrait tout de même à pleuvoir. Je regarde et sens le menton de Margot sur mon épaule : est-ce qu'il est ivre ? Est-ce qu'il est en colère ? Est-ce que c'est encore lui ?

Saul se tait et semble hésiter, comme si après sa grandiose arrivée il avait oublié ce qu'il venait faire exactement. Max se dirige vers lui et lui tend un papier. Saul tripote sa panse pour trouver le cordon de ses lunettes de lecture. La feuille tremble.

« Bienvenue. » Il se racle la gorge. « Ces dernières semaines, j'ai été touché au plus profond de mon âme. Ce que l'on a suggéré à propos de mes rapports avec Mlle Koval est tout simplement scandaleux. Mlle Koval était une bonne élève, une jeune auteure motivée avec beaucoup de talent que j'ai eu plaisir à accompagner pour ses premiers pas dans ce métier. On a beaucoup parlé de la soirée au cours de laquelle j'ai reçu la grand-croix de l'ordre de Léopold. Ce soir-là, je suis parti avec mes deux filles de la cérémonie et, comme vous le savez tous, nous avons eu un terrible accident. »

Il se tait. Et se tait. Tout le monde regarde, le souffle coupé, ce silence dans le demi-cercle. Les arbres bruissent, les lampes bourdonnent, les semelles frottent le gravier. Le papier frémit, il le regarde et le chiffonne en une boulette.

Voilà le regard. *Là*. Le regard de l'autre, selon Margot. Le monstre qui tenait son père sous son emprise. Et Saul pouvait tout faire, elle continuait de l'adorer parce que ce n'était pas son père, mais quelqu'un d'autre qui faisait les pires choses. Il était trop tard quand j'ai voulu lui demander : Margot, et s'il n'y avait pas de monstre ? Et si le monstre ça avait toujours été notre père ? Et s'il n'y avait jamais eu un père ?

Il parle près du microphone, il respire fort. « Je ne suis plus un être humain, bon Dieu, jure-t-il. Ces dernières semaines, on m'a retiré le droit d'être un être humain ! On m'a éliminé comme une merde. Comme du vomi et comme une merde ! » Il parle avec fureur. De la salive brille sur sa lèvre inférieure. « Le monde entier est arriéré. Personne n'a plus de cervelle. Regardez ! La bande d'idiots sur mon allée, qu'est-ce que vous faites ici ? Non mais vous n'avez qu'à me le dire, qu'est-ce que vous voulez entendre ? Charognards, voilà ce que vous êtes ! Des charognards ! Et des perroquets ! » Il agite les bras comme s'il battait des ailes et imite un oiseau qui marche, sautant d'un pied sur l'autre. Roah ! Roah ! « Vous me détruisez complètement ! Tout est cassé ! Je suis un oiseau cassé. Contents maintenant ? Laissez-moi tranquille, merde ! Kchchch ! Dégagez de mon jardin ! Tous ! » Il agite les bras. « Dégagez ! » Dans les rangées les personnes regardent autour d'elles. *Que veut-il dire ? Que devons-nous faire maintenant ?* Saul tourne son visage cramoisi vers la caméra et jette la boulette blanche droit dans l'objectif. Plop.

Mlle Koval. C'est comme ça qu'il l'a appelée. Deux fois. Un nom sorti des journaux, une étrangère que les médias lui agitent sous le nez. Voilà comment il parle de la jeune fille qu'il connaissait bien, qui lui était chère, qui faisait sans doute tout pour lui. Ça suffit. Il n'y a plus rien à dire. J'en ai assez vu. Je fais demi-tour et marche en direction de la grille, de ma voiture et de l'endroit où je pourrai bientôt de nouveau respirer. Amsterdam.

Discrètement, je passe derrière le public. Je suis presque arrivée à l'allée quand j'entends mon nom résonner dans les haut-parleurs.

« Aimée ! » Je m'arrête. Non, Saul, non. « Aimée ! » lance une voix grave, amplifiée. Je sens des dizaines d'yeux dans mon dos et, sans le voir, je sais quelle attitude il a, autoritaire dans le demi-cercle derrière son microphone.

« Aimée, écoute ! » Je me retourne. Comme sur un signe convenu, le public se scinde pour que nous puissions nous regarder l'un et l'autre droit dans les yeux. Il acquiesce, se prend pour Moïse et je le sais.

Pour la première fois depuis des lustres, nous nous regardons. La fille et le père. Pendant une seconde, on dirait qu'il n'y a personne d'autre, que nous ne sommes pas entourés de parfaits inconnus.

« Je..., dit-il, regrette, Aimée. » Je retiens ma respiration, ignore ce que je dois ressentir. Le regret est un concept que Saul ne connaît pas. Il a l'air au supplice, vulnérable presque. Cela me déstabilise.

Je lui demande : « À propos de quoi ? » Des regrets pour Daphné ? Des regrets de ce qu'il a fait à Daphné ? De ce qu'il a fait à Margot et à moi ? Qui est l'homme aux épaules tombantes qui se tient devant moi ?

« Pour l'accident, bien sûr », répond Saul. Un frisson se propage dans le public, les lampes bourdonnent, les caméras filment, les spectateurs se hissent sur la pointe des pieds en brandissant leurs téléphones portables. Non, nous ne sommes pas seuls ici et je comprends ce qu'il est en train de faire. Tout cela est encore une image, un spectacle : le sien. Ce moment n'a rien à voir avec moi ou avec des regrets.

Je me retourne et m'en vais, j'espère qu'il se taira et me laissera.

« Tu pars, Aimée ? crie-t-il. Tu pars encore une fois ? »

Damme-Amsterdam

AIMÉE

880 K followers

La batterie de mon téléphone portable est presque morte et je refuse de le regarder de nouveau. Un téléphone peut mourir un millier de fois et toujours ressusciter, comme un messie ou un démon. Je roule trop vite. Mon téléphone glisse d'un côté et de l'autre sur le siège à côté de moi et je sais exactement ce qui se passe derrière l'écran noir : Max a appelé, Chantal me félicite parce que je suis redevenue un sujet tendance depuis la conférence de presse, le #momentAimée2, la suite : un succès encore plus grand que l'original. *Nous approchons du million, Aimée, tu sais ce que ça veut dire ?*

Je fonce sur l'autoroute avec les mots de Saul en tête. Aimée part. Oui, c'est ce qu'elle fait. C'est sa façon de survivre. J'essaie de faire attention, les lumières des phares passent à toute vitesse, je conduis vers les fins fonds de l'obscurité. Comme cette voiture il y a longtemps à travers une nuit flamande. Je vois la voiture filer. Sur des routes de campagne sans éclairage, à travers des tunnels d'arbres, entre des champs.

Soudain je suis à l'arrière, je regarde par la fenêtre. Les

buissons défilent à toute allure. Je me tiens à l'accoudoir de la portière, comme je me cramponne à l'image qui soudain me vient à l'esprit. Des voix furieuses, *nous allons trop vite, papa !* La voiture zigzague. Un cri. Les arbres arrivent. *Je veux sortir !* J'entends ma propre voix, je tressaille.

Mes mains tremblent sur le volant, j'écarquille les yeux. Ce sont les antalgiques, seulement les antalgiques. Je suis toujours Aimée, qui part de Damme, qui est presque à Amsterdam. Je bifurque vers la ville magnifique qui me console toujours, où des ponts et des rues accueillantes me guident vers les façades à pots de fleurs et les bancs sur les trottoirs du Lauriergracht.

Je me gare près du vieux bâtiment scolaire et de notre balcon au deuxième où tout est exactement comme je l'ai laissé. Si c'est ce que je souhaite, rien n'a besoin de changer. Une petite chaise jaune repliée, un arrosoir en plastique, un pot de fleurs fanées. Je prends mon sac de voyage sur la banquette arrière et descends de voiture. Un adolescent aux cheveux bleus passe à vélo et me reconnaît pour m'avoir vu sur les réseaux sociaux, il me sourit. Je lui réponds par un hochement de tête. Ici, à Amsterdam, on me voit, même dans l'obscurité.

Je pousse la lourde porte d'entrée et me dirige tranquillement vers l'escalier qui sent toujours le produit d'entretien, alors que pendant toutes ces années je n'ai encore jamais vu personne nettoyer. Maladroitement, je me traîne en haut avec mon semblant de jambe et mon sac. Chaque marche me rapproche de l'appartement qui n'est plus le nôtre, rempli d'affaires qui n'ont jamais été les miennes. Une certitude me vient : place nette. Je vais faire place nette. À ma manière.

J'ouvre la porte et jette mon sac sur le canapé. Je vais tout droit vers mon dressing, j'en sors une robe rouge sang, une courte avec un décolleté de chaudasse. Dans la salle de bains où il y a encore sa brosse à dents, j'avale deux comprimés et je me maquille. Une fois prête, je me lave les mains et jette sa brosse à dents dans la poubelle.

Les comprimés prennent le relais, j'ai la tête anesthésiée et peu à peu je sens l'énergie s'infiltrer lentement dans mon corps. Je prends mon vélo pour me rendre dans le quartier d'Amsterdam qui commence à s'animer seulement la nuit, parce que j'ai envie de danser et d'oublier. De fracasser Damme avec une basse puissante et de rire, je veux pleurer de rire.

Le videur me fait un clin d'œil et pousse la porte de la boîte de nuit pour me laisser entrer. La musique est forte, si délicieusement forte, je vois des gens que je connais et fais comme si je ne les entendais pas. Je me jette sur la piste de danse, même si avec mon semblant de jambe je ne peux plus danser. Je me balance, je rebondis, j'agite les mains en l'air. Je m'abandonne à la musique, me laisse entraîner par la foule comme si nous étions un tout, un seul corps avec des milliers de jambes.

Je vois que des gens me prennent en photo et je sais que j'existe. Un homme tend la main vers ma taille et je le regarde. Est-ce qu'il sait ce que ça vaut ? Le bras qu'il glisse autour de mes hanches ? Le sourire auquel je réponds ? À présent, pour une photo avec moi, je peux demander cinquante euros. Quelle est au fond la différence entre montrer et jeter ? Entre laisser voir et laisser utiliser ? Si tout est à vendre, que reste-t-il d'intègre ? Qu'est-ce qui est épargné ? Je ferme les yeux. Je comprends Daphné. Ici, parmi les corps haletants, l'arbitraire du désir nocturne, je sens sa force.

Je suis maîtresse de mon corps. Je décide de ce que je montre et donne, et à qui. Mais pas ma jambe. Non, pas ma jambe. Je ne l'ai jamais donnée. Ma jambe, ils me l'ont prise sans rien me demander. À l'hôpital ils ont posé la question à mes parents, pas à moi. Parce que j'avais onze ans et que je n'avais pas mon mot à dire.

Sa main sous ma robe est répugnante, visqueuse comme un poisson mouillé, des doigts moites avec de larges ongles, je le repousse. Il rit. C'est un jeu. Ne pas vouloir est un jeu. Pourquoi Daphné avait-elle des écorchures ? Sur les jambes et les bras ? Qui lui avait entaillé le ventre ? Et pourquoi est-ce que j'ai l'impression de tout savoir sans que ce soit possible ? *Je veux m'en aller !*

Je n'arrive plus à respirer. La basse devient acérée, venimeuse. Il faut que je me détende, je me dirige vers le bar. Anna me donne un coup de coude. « Tu es revenue, dit-elle joyeuse, toujours joyeuse. Comment vas-tu ? » Son regard étonné m'émeut. J'acquiesce et je la serre fort dans mes bras et me demande si elle a conscience que je vais mal. « On se voit bientôt, dit-elle avec un hochement de tête. Pour un petit verre de vin ! »

Je bats en retraite, enfile mon manteau et disparais. Je traverse à vélo cette nuit à Amsterdam en longeant des canaux, en franchissant des petits ponts de brique, le froid de l'automne dans les mains. Je cherchais de la légèreté, mais j'ai même du mal à pédaler. Je ne suis pas seule. Daphné est assise sur mon porte-bagages, à l'arrière.

Ensemble, nous passons à côté de fenêtres rouges, éclairage au néon, de femmes qui ont l'air heureuses derrière les vitres. Je pense aux petits carrés sur Instagram. Regarder. Je sais que Daphné les regarde. Je voudrais lui demander si c'était agréable, si elle se sentait bien après, ou si les premières fois elle n'avait pas voulu se défaire de son odeur, de sa sueur en se lavant, pour tout oublier ? Une femme potelée aux longs cheveux blonds coiffés en une natte chronophage sourit à un homme qui la regarde. Je passe vite mon chemin. Peut-être que je dois demander à ces femmes ce qu'elles ressentent ? Est-ce qu'elles m'en parleraient ? Avec sincérité ? Si je le leur demandais ?

Daphné était-elle sincère avec Margot ? Ma sœur pensait que je n'écoutais pas, mais j'entendais tout. Mon talent était de me faire si petite que personne ne savait que j'étais là. Comme ça, je pouvais tout entendre. Je tiens ce talent de maman. Elle se faisait toute petite aussi.

Je projette le vélo contre un arbre, mets l'antivol et recommence ma lente ascension de l'escalier. Je suis épuisée et ivre et j'essaie de ne penser qu'à mon lit, à mon oreiller en duvet moelleux et au sommeil dans lequel je vais instantanément sombrer tout habillée dans ma robe rouge.

Je suis presque arrivée au second quand je vois quelqu'un entre les barreaux de la rambarde. Le dos contre ma porte d'entrée, une grande valise et un sac de sport par terre. Son pantalon de jogging noir est usé, il a un petit trou au niveau du genou. Elle a l'air de dormir. Mes pas la réveillent. Elle ouvre les yeux.

« Oiseau de nuit, dit-elle en riant.

— Margot ?

— Me revoilà.

— Mais... tu n'étais censée revenir que dans deux jours !

— Le programme s'arrête le vendredi, mon poussin.

— Que fais-tu ici ? »

L'apparition de Margot m'a dégrisée et je n'ai pas du tout fini de me saouler.

« Simon est à Paris, la maison est vide, je n'ai pas envie

de rester là-bas maintenant. Alors je me suis dit : peut-être que je peux m'incruster quelques nuits chez ma petite sœur à Amsterdam ?

— Comment savais-tu que je serais chez moi ?

— Je te connais tout de même ! » Elle rayonne. « Seulement je n'avais pas prévu d'attendre des heures dans un couloir puant. C'est quoi cette odeur ?

— Un produit d'entretien. »

J'ouvre la porte et la fais entrer. Aussitôt elle repère mon sac de voyage sur le canapé.

« Tu n'as même pas défait ta valise ? »

Je soupire et passe une main dans mes cheveux en sueur après ma sortie nocturne.

« Pourquoi n'as-tu pas appelé, Margot ?

— Bon sang, Aimée. T'es de la Gestapo ou quoi ?

— Je suis fatiguée. Le canapé est là, je vais te chercher une couverture. Il faut que je dorme.

— Oui, je suis d'accord. »

Elle débarrasse mon sac du canapé pour s'allonger de tout son long.

#dernierjourMargot

Amsterdam

AIMÉE
900 K followers

Lumière du jour. Trop intense. Je me hisse debout pour aller fermer les rideaux rouges. Je sens des tambourinements dans ma tête, comme si mon crâne s'écrasait, répétitivement, au fond d'un précipice. Je porte encore ma jambe, la fermeture à glissière de ma robe est à moitié défaite et je me souviens de Margot. Merde, elle est ici.

Je perçois seulement maintenant la musique dans le salon, l'entrechoquement des poêles, l'odeur d'œuf au plat. Je roule sur mon ventre et j'ai un haut-le-cœur. Eau froide et comprimés. Je retire ma robe qui sent l'after-shave et la sueur, prends mon peignoir en soie suspendu à un crochet et le noue autour de moi. Je me dirige en traînant des pieds vers la salle de bains, tends mes poignets sous le robinet d'eau froide et avale deux analgésiques. Bon, allez, trois.

J'aurais aimé m'enfermer dans cette salle de bains, bien à l'abri, et ne pas croiser Margot. Avec un linge humide, j'essuie le maquillage de fête sur mon visage : traces de mascara, paillettes roses. La peau sous mes yeux est bleu violacé et la femme qui me regarde dans le miroir a l'air aujourd'hui bien plus âgée.

Que sait Margot de ce qui s'est passé en Belgique ? Simon est à Paris, elle n'a pas encore récupéré son téléphone. Mais elle a sûrement dû lire des nouvelles à propos de Saul, c'est impossible autrement. Et à propos de moi. Quelque part dans mon appartement traîne un iPad.

Je serre davantage le tissu lisse autour de mon corps et flâne en direction du salon où Margot, protégée par un tablier que je croyais ne plus avoir, est debout derrière le plan de travail. Je me rappelle encore les tabliers que nous avions confectionnés avec maman un dimanche après-midi pluvieux : un pour chacune. Margot avait peint sur son tissu un cuisinier qui faisait sauter une crêpe et la regardait voltiger avec ravissement, et maman avait dit : « Ma fille, tu as du talent ! » Sur mon tablier il y avait quelque chose qui ressemblait de loin à une fraise.

« Et voilà ! » chante Margot en montrant d'un geste théâtral la longue table couverte de fruits frais, de petits pains et de toutes sortes de choses à tartiner. Elle a sorti deux petites assiettes en porcelaine vintage et deux verres en cristal, les verres à vin luxueux que Mo et moi avions rapportés de France de notre premier voyage. Nous y faisions attention, les utilisions rarement. Sauf pour des occasions très spéciales. Maintenant, ces verres spéciaux sont remplis de jus de fruits provenant d'emballages en carton et se moquent ouvertement de moi dans mon propre logement.

« Tu peux sûrement en faire un post », babille Margot et je ne sais pas si sa remarque est sérieuse ou cynique. Comme les comprimés ne font pas encore effet, je me tais et m'assois à table.

« De l'avocat ? demande-t-elle.

— Margot, tu sais que je n'aime pas l'avocat.

— C'est pourtant bon pour la santé, dit-elle. Et très efficace contre la gueule de bois. »

Je hausse les épaules. Margot n'a pas l'air dans son état normal. Je ne l'avais pas remarqué hier soir. Elle semble euphorique. Il m'est déjà arrivé de la voir joyeuse, mais cette fois, c'est différent. Quelque chose ne va pas.

Cling ! Elle pose sans ménagement une poêle à frire sur la cuisinière.

« Margot, *please*..., je chuchote.

— Tu n'as pas faim ?

— Est-ce qu'on peut arrêter la musique ? »

Elle s'essuie les mains sur la fraise ratée du tablier, se dirige vers l'iPad et clique dessus.

« Du café ?

— Avec plaisir. Mais tu ne sais pas comment ce moulin...

— Assieds-toi, Aimée. Kchchch ! Reste assise. Je m'en occupe. Regarde. » Elle installe l'iPad droit contre le carton de jus de fruits. « Un petit film en attendant. »

Pendant qu'elle entrechoque les tasses et maltraite la machine à café, je fixe les images qu'elle m'a mises sous le nez. Il s'agit de Saul, naturellement. D'un fragment de la conférence de presse d'hier après-midi. Il regarde droit dans l'objectif, ce qui rend l'expression de ses yeux encore plus féroce et ses larges mâchoires encore plus monumentales : « Laissez-moi tranquille, merde ! Kchchch ! Dégagez de mon jardin ! Tous ! » J'appuie pour faire disparaître le film.

« C'est la fête ! » s'écrie Margot en déposant sur la table une tasse dans laquelle clapote un liquide trouble marron qui sent l'ammoniac. Je n'ai pas d'appétit. Ma tête continue de tambouriner. La lumière est trop vive.

« Tu veux bien faire quelque chose pour moi ?

— Tout !

— Fermer les rideaux.

— Pourquoi ?

— Margot...

— OK, OK, comme tu veux. »

Elle se dirige vers les hautes fenêtres et tire le tissu de côté en produisant un crissement. Une épée qui me transperce entre les yeux, voilà la sensation que j'ai. La lumière s'adoucit, mais les rideaux sont blancs et ne peuvent occulter facilement cette matinée ensoleillée à Amsterdam. Ou est-ce déjà l'après-midi ?

Margot vient s'asseoir à côté de moi, pose soigneusement ses mains sur ses jambes. Je la regarde : elle n'est pas dans son assiette, vraiment. Sa peau paraît plus pâle. Ses bras sont encore plus minces qu'avant. Ses mains rouges et sèches.

« Toi aussi, tu es très contente que tout soit terminé maintenant ? » demande-t-elle.

Ses grands yeux paraissent exorbités dans son visage osseux.

« Margot, est-ce que tu manges ? »

Elle rit.

« Je n'ai besoin de rien. Tout va bien. »

Un nuage passe devant le soleil et obscurcit la pièce. À chaque instant la lumière paraît différente ici. *Four seasons in one day.* Je le chantais souvent. *Finding that wherever there is comfort, there is pain.*

« Je peux te poser une question ?

— Bien sûr.

— Toi aussi, tu es très contente que tout soit terminé ?

— Tu me l'as déjà demandé.

— Tu n'as pas répondu. »

Je tripote l'anse de la tasse.

« Non, je ne suis pas contente. Rien n'a changé.

— Que veux-tu dire ? Aimée ! Tout a changé. Il est enfin clair que notre père n'a rien à voir avec cette histoire. Et il s'est excusé vis-à-vis de toi. Excusé ! Si tu avais regardé un peu plus longtemps la vidéo, tu l'aurais vu. Mais attends. » Elle joue la surprise. « Tu y étais toi-même ! Il a dit qu'il regrettait. Tu étais bien présente ! Comment peux-tu dire que rien n'a changé ? »

Je la regarde, troublée.

« J'ai entendu tout autre chose.

— Pardon ?

— Je l'ai entendu dire autre chose.

— C'est dans la vidéo, Aimée.

— J'ai mal à la tête. Je n'ai pas envie de parler maintenant. »

Margot se met à rire. « Non, *maintenant* madame n'a soudain plus envie de parler. Pendant des semaines, elle utilise son propre père sans scrupule comme un hashtag putaclic pour booster son compte. Neuf cent mille followers grâce à papa, félicitations ! Et dans ses vlogs, elle continue de faire comme s'il était question de vérité, mais tout compte fait elle ne vaut franchement pas mieux que ses collègues avec leurs préoccupations oiseuses et leur transparence superficielle. Et elle le sait très bien aussi ! » Elle se lève, furieuse. « Je t'avais prévenue, Aimée. Je suis désolée pour toi, mais tu n'as pas réussi. Personne ne te croit plus ! Tu es un piège, Aimée, un putain de *rabbit hole* sur pattes. Et le pire, c'est que tu ne t'en aperçois pas. »

Juste à côté de moi, dans ce tablier raté, elle me regarde de haut. Toujours plus grande, toujours.

« Je sais tout sur Saul et Daphné, dis-je. Et je sais que Daphné t'a entraînée dans son monde. »

Elle reste impassible, comme si elle savait que je le savais.

« Et alors ?

— Je ne te reconnais pas, Margot.

— Bien sûr que si. Mon monde est ton monde, Aimée, nous venons du même foyer, du même foyer sans bornes. Seulement : toi tu es protégée. Mes mensonges t'ont protégée. Tu t'en sors beaucoup mieux. Mais est-ce que tu m'as témoigné la moindre gratitude ? »

J'ai envie de rester calme, mais mes mains tremblent. Je sais qu'elle m'a caché des choses pour me protéger. Qu'elle s'est occupée de moi. Elle s'approche et me chuchote à l'oreille.

« Je sais tout, Aimée. Je sais ce que tu ressens et ce que tu penses. C'est l'accord que nous avions passé, non ? Tout ce qui est à toi est à moi, et inversement.

— Nous avons grandi entre-temps.

— Ah bon ? »

Son regard, avec ces grands yeux ronds, me transperce.

« Je te vois.

— Margot, arrête.

— Je vois que tu es malheureuse.

— *Please...*

— Tu es heureuse alors ? »

Elle continue de me fixer.

« Et toi, je lui demande, tu es heureuse ? Qu'est-ce qu'ils t'ont fait pendant ce prétendu programme ?

— Pas prétendu : c'était un programme.

— Margot. Nous savons toutes les deux que ce n'était pas un programme.

— Tu trouves ça drôle ? demande-t-elle sérieusement.

Ça s'est très bien passé et c'est terminé. Je peux reprendre le travail.

— Pourquoi n'es-tu pas sincère ?

— C'est *moi* qui ne suis pas sincère ? Chez toi, Aimée, plus rien n'est sincère, depuis l'accident. »

Une crampe dans mon mollet. On tord atrocement fort la peau de la jambe qui me manque. Douleur. Margot continue. « Mais je vais te dire quelque chose, Aimée. Quelque chose que tu vas trouver très intéressant. Durant le programme, nous sommes retournés en arrière jusqu'à l'accident. Là-bas, j'ai tout revécu. Jusqu'au dernier moment.

— Arrête !

— Mais c'est pourtant ce que tu veux entendre ? »

J'appuie mes mains sur mes oreilles.

« Margot, ça suffit !

— Cet accident de voiture n'a jamais été sa faute. »

J'appuie plus fort encore, mais cela ne fait aucune différence. J'entends sa voix, limpide, qui domine tout. « Papa a essayé de sauver le loup. Et il a essayé de sauver Daphné. Ou est-ce que je n'ai pas le droit de le dire ? »

Sa voix est étouffée, mais dans ma tête tout résonne avec clarté. Je m'en souviens encore. Elle a crié. Margot a crié contre Saul. La voiture a fait un écart.

« Regarde, là ! »

Margot indique le balcon, le rideau fermé.

« Regarde mieux, Aimée. Continue de regarder, plus intensément. »

Je suis son regard, continue de fixer l'endroit, mais il n'y a rien. Le rideau s'agite dans la brise qui s'infiltre par les fenêtres entrebâillées. Tout est normal.

« Le loup.

— Le quoi ?

— Le loup est là et il nous regarde, comme cette nuit-là, avec sa fourrure luisante et sa gueule où l'on aperçoit ses gencives rouges et sa bave.

— Je ne vois pas de loup.

— Regarde mieux, Aimée. »

Et lentement, cela se produit. D'abord ce n'est qu'une ombre, rien de plus, une ombre grise qui enfle et devient de plus en plus visible, détaillée. Un pelage et des pattes poussent sur l'ombre qui commence à se transformer en chien.

« Margot... », dis-je tandis que le chien devient un loup qui se tient juste devant les rideaux blancs, droit et haletant, la gueule ouverte et les yeux foncés.

« Tu le vois toi aussi. » J'acquiesce. « Maintenant nous le voyons ensemble.

— Mais il n'y avait pas de loup, dis-je.

— Et pourtant si, répond-elle. Dans tous les contes, il y a un loup. Aimée, tu t'en souviens maintenant ? »

Je secoue la tête.

« Il n'y avait pas de loup, dis-je.

— Tu es si proche.

— Margot, je veux que tu arrêtes.

— Tu t'en souviens ?

— Non ! »

Je m'empare d'un verre en cristal sur la table et le tiens devant moi, menaçante. « Va-t'en !

— Qu'est-ce que tu dis ?

— Sors de chez moi !

— Ça ne servira à rien, Aimée.

— Si tu ne pars pas maintenant...

— Quoi ? Tu casseras ce cristal français sur ma tête ? »

Elle le dit d'un ton sarcastique, plein de mépris. *Nous*

sommes assis dans la voiture. Les champs, les buissons défilent à toute allure. Nous roulons trop vite.

« Je vais te dire, Aimée, ce que tu as soi-disant oublié. »
Non, je veux m'en aller, sortir de la voiture. Je ne dois pas être ici.

« Tu ne t'en souviens vraiment plus ? *C'était toi le loup, Aimée.* C'est à cause de toi que nous avons eu l'accident. Ce n'est pas papa le loup dans cette histoire, mais toi. »
Crissement des freins. Un choc.

Je crie son nom, prends de l'élan et brandis le verre qui vient heurter son visage. Il se casse, vole en éclats. Je tends le bras. J'ai le vertige.

Margot ne crie pas. Margot est silencieuse. Le visage plein de bouts de verre, elle a la tête posée dans une mare de sang sur la table.

TROISIÈME PARTIE

Le Coup de poing de l'amour

Critique du roman *Le Coup de poing de l'amour*, de Saul Mertens

UN POING LEVÉ POUR LA VIRILITÉ

*****

d'Egbert van Mangel

De temps en temps paraît un livre qui, à la première lecture, semble d'une simplicité trompeuse, mais qui après une deuxième lecture plus attentive dévoile sa pleine profondeur et complexité. *Le Coup de poing de l'amour* est de ceux-là.

Le dangereux attrait d'un modèle masculin conservateur, à la limite du caricatural, est un thème connu dans l'œuvre de Mertens. Rien n'est plus versatile qu'un brave type qui en a assez d'être empoté et veut devenir un homme, un vrai. Dans le nouveau roman de Mertens, cette pulsion prend vie de manière grandiose. À travers le personnage principal, Patrick De Coster, l'écrivain présente une image de la virilité en combat permanent avec une société où triomphe l'exaltation de l'empathie et du doute (de soi). Quand le gentil employé De Coster se fait licencier pour une vétille par son employeur, il part en quête de sa vraie nature. Il quitte son épouse, ses deux filles et, au fil d'une nuit impressionnante, nous suivons De Coster à travers une série de rencontres qui peu à peu se transforment en une allégorie du patriarcat moderne en chute libre. Agitation, combativité, et même envie de meurtre sont dépeintes dans cette œuvre très sincère comme un antidote pour une société qui se caractérise plus que jamais par la honte et la peur. La virilité est une bombe à retardement dans le roman sombre de Mertens. Il est donc inévitable que De Coster se révèle, dans le magistral accord final, la machine à tuer sans scrupules, façon Terminator, qu'au fond de lui-même il a toujours été.

Le Coup de poing de l'amour est un joyau noir, un récit aussi sarcastique qu'engagé et surtout : un poing levé pour la virilité.

Amsterdam

AIMÉE

901 K followers

Lentement mes yeux redécouvrent la chambre. Je suis allongée à plat ventre par terre. Un haut plafond, une lumière crue. Je suis chez moi, à Amsterdam. Où est Margot ? Je me hisse debout. La table est vide. Là où reposait sa tête, il n'y a plus que du sang. Sur sa chaise aussi, sur le tapis blanc.

Je l'appelle, fonce à travers l'appartement, regarde dans la chambre, la salle de bains. Rien. Les valises qui étaient à côté du canapé ont disparu. Son manteau n'est plus suspendu au crochet. La porte de l'appartement est entrebâillée.

Je sors et crie dans la cage d'escalier : « Margot ! Margot ! » Ma voix sonne creux et trahit ma peur. Je voudrais me précipiter en bas, mais j'en suis incapable. Je cours vers le balcon, ouvre grandes les portes, regarde dans la rue. Le canal est silencieux. Tout est calme, comme s'il ne s'était rien passé. Comme si elle n'avait pas disparu. Appeler, je dois appeler. Il comprendra, saura peut-être même où elle est. Les doigts tremblants, je tapote l'écran. Je n'attends pas qu'il parle.

« Margot est partie !
— Aimée ! Tu es à Amsterdam ?
— Elle est partie, Max.
— Je suis content que tu appelles, ma chérie. Écoute, Saul était sincère. Hier, pendant la conférence de presse. Le moment était mal choisi, mais il le disait en toute franchise. Nous en avons souvent parlé.
— Margot est partie.
— Pardon ?
— Elle est partie. Il y a du sang partout. Je ne sais pas ce que je dois faire maintenant. Max, dis-moi ce que je dois faire.
— Aimée, que s'est-il passé ?
— Elle était ici, Margot. Elle était devant ma porte hier soir et elle est restée dormir. Ce matin, nous nous sommes disputées, elle disait des choses épouvantables. À propos de l'accident. Des mensonges, Max. Que des mensonges ! Je n'ai pas pu faire autrement.
— Qu'est-ce que tu as fait ?
— Je regrette. Je regrette.
— Dis-moi ce que tu as fait, Aimée.
— Je lui ai cassé un verre sur le visage, elle a eu peur, elle saignait, il y avait des morceaux de verre dans ses joues, son cou. Sa lèvre était ouverte. Je l'ai vu de mes propres yeux. Mais elle est partie. Comment a-t-elle pu partir dans cet état ? Elle est partie, Max !
— Reste où tu es, Aimée. Surtout, ne bouge pas. J'arrive. »

Damme

AIMÉE

905 K followers

Il fait sombre derrière les fenêtres de la maison de rêve à la boîte aux lettres jaune. Je ne pouvais pas rester, je ne pouvais pas attendre parmi les fragments de ce que j'avais provoqué. J'ai fait le voyage à Damme comme dans un rêve où j'ai essayé de me remémorer chaque seconde de notre dispute : ce qu'elle a dit, quand tout a dérapé. Elle n'a pas de téléphone. Il faut que je voie Margot. Après tout ira bien.

Je sonne, je n'obtiens pas de réponse. Elle n'est pas à la maison, bien sûr, il n'y a qu'un seul endroit où elle peut être allée à présent. Je continue vers la ferme. L'agent de sécurité a disparu, partout sont éparpillés des mégots et des bouts de papier de la conférence de presse. Je me gare à côté d'un arbre près duquel sont encore entreposées les tentes à utiliser en cas de mauvais temps. Je claque la portière pour que tout le monde entende que je suis là. Je me dirige vers la porte d'entrée car je refuse de passer par l'arrière : *Il n'y a que les étrangers et les mauvaises nouvelles qui empruntent la porte de devant.* Je suis une étrangère, pour Saul je suis une étrangère. Et une mauvaise nouvelle.

Au fond, je m'attends à ce que Max ouvre la porte, mais Max est dans une voiture, en route pour Amsterdam. Il faut que je lui fasse savoir où je suis. La porte s'ouvre en grand.

« Où est-elle ? » je demande. Saul me regarde bouche bée. Il est torse nu, il porte un jean trop large et des claquettes et ses ongles de pieds sont déformés. Il paraît cent ans plus fragile que l'homme bronzé dans son pull de pêcheur qui imitait un oiseau devant les caméras, plus petit que le héros combatif sur YouTube qui emplissait toute l'image.

« Tu n'as pas mis longtemps à revenir », marmonne-t-il.

Je n'attends pas qu'il me fasse signe, je lui passe sous le bras pour me glisser à l'intérieur, traverse le hall, tourne à droite vers le bureau. Le feu de cheminée crépite et une demi-bouteille de vodka est posée sur la table.

« Où est-elle ? je redemande.

— Qui cherches-tu ?

— Margot », lui dis-je en aboyant.

Saul secoue la tête.

« Elle n'est pas ici.

— Tu en es sûr ?

— J'en suis sûr. »

Il se dirige à pas traînants vers la table où il remplit un verre et boit. Une tranche de pain blanc garnie d'une saucisse s'étale sur une assiette sale. Le repas du soir.

« Alors je vais l'attendre. »

Je m'installe dans le fauteuil où j'assistais, il y a une semaine encore, au défilé de *Blanche et son cheval* auquel il se livrait avec ses amis auteurs.

« Où sont tes amis ? » je lui demande.

Saul hausse les épaules. Il a l'air fatigué avec ses cheveux frisottés décoiffés. Sa main d'un blanc crayeux me tend un verre. Je refuse.

« Aimée, dit-il. Qu'est-ce que je peux faire pour t'aider ? » Je le regarde, étonnée. Est-ce une question piège ? « Je suis allé à l'hôpital, tu le sais ? » Bien sûr que je le sais. « Je viens de rentrer à la maison. J'ai eu une crise de panique. » Je ne dis rien, regarde sa tranche de pain et sa saucisse fumée qui tient en équilibre sur d'épais morceaux de beurre. Nous nous taisons.

« Je ne comprends pas non plus, Aimée », finit-il par dire et il ne termine pas sa phrase. Il ne précise pas ce qui n'est pas compris et je n'ai pas besoin de le savoir. Je n'ai plus peur.

« Dis-moi au moins *où* », je chuchote. Saul lève les yeux. « Dis-moi où tu as déposé Daphné, cette nuit-là. » Pendant que je parle, je sens la pièce enfler. L'air s'épaissit, tout est plus lourd, comme si je respirais de l'eau. Il ne faut pas parler de ça entre nous. Et pourtant, j'ai prononcé les mots, ils peuvent être exprimés.

« Près de l'église d'Oosterkerke », dit-il.

Je connais l'endroit : la tour plate, les dépendances en brique où l'on peut se cacher, où autrefois j'ai attendu le bus pour Bruges.

« Pourquoi là-bas ?

— C'est ce qu'elle voulait.

— Pourquoi ?

— Comment veux-tu que je le sache ? »

Quelque chose gratte contre la vitre et Saul lève les yeux, apeuré.

« Tu attends quelqu'un ? je lui demande.

— Qui est-ce que je pourrais attendre ?

— Comment as-tu pu la laisser là ?

— C'est ce qu'elle m'a demandé.

— Oui, dis-je. Si *Mlle Koval* le demandait...

— Non ! » Saul frappe le sol de son pied chaussé d'une claquette. Cela ne produit qu'un bruit faible, étouffé. Il se lève. « C'est trop pour moi. J'ai essayé, mais je ne peux pas. C'est déjà assez affreux. Je ne suis pas capable de rester assis ici et de parler avec toi. Pas dans mon état. » Le verre de vodka à la main, il indique la cuisine et la porte de derrière, l'extérieur, où le vent souffle et la pluie tombe et où je n'ai nulle part où aller. Pendant un certain temps, nous restons là, figés, sans nous regarder. Tout est dit. Toutes les conversations ont eu lieu ou non. Je n'ai plus peur, mais j'ai trop de fierté pour rester dans sa maison en attendant l'éventuelle arrivée de Margot. La tête haute, je passe devant le bras tendu de Saul en direction de la sortie. Je ne sais vraiment pas si c'est une insurrection ou une débâcle.

Damme

AIMÉE

910 K followers

Je sors, mon imperméable se soulève, des mèches mouillées me collent aux joues. Je sonne et elle ouvre vêtue d'un peignoir blanc sur lequel est écrit Le Postillon. Ses cheveux en épis sont affaissés et elle a le teint rose ; j'ai du mal à la reconnaître. Elle me regarde avec une curieuse et humiliante commisération.

« Tu es toute pâle, dit-elle. Que s'est-il passé ?

— Est-ce qu'elle est là ? je demande. Est-ce que Margot est là ?

— Margot ? Comment ça ?

— Est-ce que Margot est ici ?

— Qu'est-ce qui te fait penser ça ?

— Je sais tout. Max me l'a dit. Je suis au courant pour Margot ce soir-là, quand elle a pris la place de Daphné, pour les chambres là-haut dans l'hôtel. Elle n'avait que seize ans ! Seize ! »

Je fais de mon mieux pour ne pas pleurer, je n'y arrive qu'à moitié. Je suis épuisée. Où est Margot ?

« Aimée, calme-toi, ma petite. »

Mathilde pose la paume de sa main sur mon dos et

fait en sorte que je me faufile dans le hall aux manteaux en direction de la dépendance. Le jardin est plongé dans le noir, les vitres reflètent l'intérieur envasé, où deux petites lampes sont allumées.

« Assieds-toi », dit Mathilde.

Je balaie mes cheveux pour les écarter de mon visage. La pièce sent le grenier. J'ai les jambes engourdies, mon semblant de jambe chauffe et se tend. Je m'affale lentement sur le canapé.

Mathilde se dirige vers le plan de travail, rince un verre à vin et le place à côté du sien. Elle remplit les deux à ras bord. Sur la table est posé un livre dont dépassent des post-it de couleurs vives : *Reinventing Your Life : How to Feel Great Again*. Elle prend une gorgée. Je tends la main vers mon verre et change d'avis. Non, je ne dois pas boire, je veux avoir l'esprit clair. Oser poser les bonnes questions.

« Je sais, dit Mathilde, que Margot a remplacé Daphné une fois. C'est Daphné qui me l'a dit. Elle regrettait. Pour autant que je sache, Margot est rentrée toute seule à pied à la maison cette nuit-là, elle s'est glissée dans son lit et ça a été terminé. Mais Daphné a eu des remords, elle pensait que Margot ne le lui pardonnerait jamais. »

Je réponds : « Et à raison. »

Mathilde penche un peu la tête de côté, une attitude qui atténue la dureté de son visage. Tout chez Mathilde paraît plus doux ce soir, peut-être que cela vient de l'obscurité, des deux petites lampes de faible luminosité ou de ce peignoir prosaïque.

« Écoute, Aimée, dit une tête penchée. Les jeunes filles expérimentent. Elles explorent leurs désirs. On ne peut pas reprocher à Daphné le fait que Margot ait été curieuse. Elle était attirée par un autre monde.

— Ça ne veut rien dire, je...

— Tu en as trouvé un. Tu es partie à Amsterdam. Un autre pays, un nouveau départ. »

Oui, c'est ce qu'on pourrait croire, mais parfois je me demande s'il m'est déjà arrivé d'être autre part, vraiment autre part. Mathilde me lance un regard vitreux avec ce teint rose si peu à sa place sur ses joues et soudain je comprends : c'est l'alcool. La douceur vient de l'alcool qu'elle a déjà commencé à consommer bien plus tôt aujourd'hui. Elle s'incline en avant et chuchote avec effusion : « Je n'ai jamais eu de chance, Aimée. Le Postillon est une affaire de famille et je suis la seule qui reste, donc jusqu'à la fin de ma vie j'ai un *hô-tel.* » Elle prononce le mot en insistant sur chaque syllabe d'un ton railleur, avec un hochement de tête, comme s'il s'agissait d'une plaisanterie. « Toute ma vie j'ai traîné derrière moi un bloc de béton. Oui ! comme une pierre autour de mon cou. » Elle approche son verre de vin de son cou. Ne pas y penser. « Je suis coincée ici, Aimée, mais pas toi. Toi tu es libre. Alors retourne là-bas. Je sais que je n'ai pas de conseil à te donner, ta mère n'aurait pas écouté non plus.

— Ma mère ?

— Réjouis-toi de t'être échappée. »

Est-ce que c'est ce qui s'est passé : une fuite ? Et Margot ? Margot s'est-elle jamais échappée ? Mathilde sort quelque chose de son peignoir, un baume à lèvres, le passe sur ses lèvres minces. Dans un sens et dans l'autre. Je me tais et regarde. Il y a quelque chose qui cloche. Quelque chose que je ne remarque pas et qui est proche. Cela se déroule sous mes yeux et je ne le vois pas. Non, je le sens. Je sens Margot. Au-delà de l'odeur des combles, je sens ma sœur. Margot était ici !

« Où est-elle ? » je demande, en me levant et en regardant autour de moi. Je scanne la pièce, comme s'il y avait un endroit parmi les objets où Margot se cacherait. « Margot est venue ici ! Où est-elle ? En haut ? À l'hôtel ?

— Elle n'est pas ici, Aimée. Reste donc assise », disent les lèvres luisantes. Non, je ne vais pas m'asseoir, je veux Margot. Seule ma sœur sait qui je suis. Et si elle ne revenait jamais ? Si Margot ne me pardonnait jamais, elle non plus ?

« Tu es pâle, dit Mathilde. Tu arrives à dormir ? »

J'ai le vertige, la pièce sombre tangue autour de moi, de plus en plus fort, de plus en plus rapidement. Si même Saul ne sait pas où est Margot, où peut-elle bien être ?

« Je m'en vais, dis-je.

— Tu ne vas nulle part, dit Mathilde et elle me repousse doucement sur le canapé, la main sur ma poitrine. Petite, tu devrais te voir ! Il faut que tu dormes. Reste ici, je vais préparer une chambre à l'hôtel. Aux frais de la maison. »

J'essaie de respirer, de croire que tout va s'arranger. Je pense à Margot dans la lumière vive du soleil de mon appartement, à la table du petit déjeuner qui était si réussie qu'elle trouvait que je devais l'instagrammer. Un verre dans ma main, du cristal. Mon bras qui se tend. Et se tend.

« Je vais m'occuper de toi », dit Mathilde, mais ce ne sont pas ses mots. Ils ont un effet abrasif dans sa bouche. Pourquoi est-ce que tout le monde veut s'occuper de moi ? *Sauf lui.*

Mathilde s'en va par une porte qui relie la dépendance à l'hôtel. La pluie frappe la vitre en face du canapé. Dans le verre obscur, je la vois assise : la fille aux cheveux blonds ondulés, dans tout ce bric-à-brac, prise au piège. Elle me regarde. Elle ne sourit pas. Elle se demande pourquoi elle est venue. Ses contours sont flous, doubles, comme si elle ne pouvait être saisie en un seul trait. Elle regarde autour d'elle les lampes, les livres, la camelote, le mur recouvert d'une multitude de cadres et de tableaux. Elle regarde ses mains sur lesquelles courent de longues éraflures à cause d'un verre à Amsterdam. Je ne les ai pas soignées, des coupures rouge-brun me strient la peau, du sang coagulé.

Un jour, Margot m'a lu les lignes de la main, et même si je savais qu'elle n'en était pas capable, c'était tout de même impressionnant. Nous étions assises dans la remise et elle était pleine de ferveur. Ma sœur ne fait jamais rien à moitié.

« Ta ligne de vie est superficielle, a-t-elle dit d'un ton grave.

— Comment ça ? » ai-je demandé.

Elle a montré un arc de cercle qui contournait le gras de ma main comme un sourire. Je lui ai souri à mon tour.

« Elle est si lisse, ta ligne. Regarde la mienne ! »

Elle a ouvert la main et m'a montré une profonde nervure, comme si elle avait été tracée sur sa peau par un crayon récemment taillé.

« Comment ça se fait ? » ai-je demandé inquiète, parce que ce devait être mauvais d'avoir un sillon aussi marqué là où tout peut aussi être en pente douce.

« Je ne sais pas, mon poussin. Peut-être parce que je dois m'appliquer encore plus pour faire de mon mieux.

— Pour arriver à quoi ?

— Pour vivre.

— Est-ce que tu t'appliques vraiment beaucoup ? » ai-je demandé.

Margot a retiré sa main, s'est levée et j'ai compris qu'elle avait fini de lire les lignes de la main.

« Ça peut être pénible, mon poussin.
— Qu'est-ce qui peut être pénible ?
— Les secrets.
— Quel genre de secrets ?
— Nous avons tous des secrets, Aimée. Des choses que nous avons vécues que nous préférerions oublier.
— Pas moi, ai-je dit et ma sœur a hoché la tête.
— C'est bien. Moi je porte tes secrets. Je les porte si discrètement que tu n'en sauras jamais rien. Ta ligne de vie sera douce. »

« Tu restes dormir ? »

Devant la porte du hall aux manteaux se tient Lola. Elle a dû se faufiler à l'intérieur. La fillette se balance d'un pied sur l'autre.

« Tu restes dormir ? demande-t-elle encore une fois, les yeux écarquillés.
— Je ne sais pas, dis-je en mentant. Et toi ? »

Elle secoue la tête. « Ma maman va venir me chercher.
— Mais il fait déjà nuit.
— Ma maman doit travailler la nuit. Ta maman, elle ne vient pas ? »

Je la regarde, elle a des cheveux raides, de larges sourcils gracieux.

« Ma maman est morte », dis-je.

Elle hoche la tête.

« Ma grand-mère aussi.
— Je le sais.
— On ne peut rien y faire, dit-elle.
— Non. Ça arrive.
— Nous allons tous mourir.
— C'est comme ça.
— Daphné aussi est morte.

— Qu'est-ce que tu dis ? »

Lola montre une photo sur le mur, un petit cadre doré. Je m'en approche et le regarde : une image un peu floue de Daphné sur une balançoire avec ses yeux verts, vifs. Sa bouche est ouverte, elle rit à gorge déployée. Sur la photo, elle a un air encore plus juvénile que dans mon souvenir. Pas une adolescente bravache, mais une jeune fille aux boucles en pagaille et aux dents de travers. Une jeune fille qui avait des rêves, qui voulait faire quelque chose de sa vie.

« Tu la connais ? » je demande à Lola, mais c'est impossible. Daphné a disparu il y a quinze ans. Lola n'était même pas née.

« Ma tante la connaissait.

— Tu sais ce qui est arrivé à Daphné ?

— Elle croit que je ne le sais pas, dit Lola avec un sourire rusé.

— Mais tu le sais ?

— J'ai dix ans, dit-elle. J'entends tout. Tu n'as qu'une seule jambe, ça aussi je l'ai entendu.

— C'est vrai.

— Je peux voir ? »

Je soulève mon jean et la vois regarder tout étonnée. Chez les adultes, il y a toujours un moment d'aversion, de dégoût peut-être, dissimulé mais douloureux. Pas chez les enfants.

« Cool, dit Lola.

— Qu'est-ce que tu as entendu dire sur Daphné ? »

Elle regarde les extrémités de ses tennis et hausse les sourcils.

« Qu'elle a été attaquée par un homme méchant. Il l'a tailladée. Il y avait beaucoup de sang et personne ne pouvait l'aider. »

Lola se tait et se balance.

« Et après ? »

Elle joint les mains.

« Après elle est morte, dit-elle. Ça arrive.

— Oui, ça arrive », je répète. Mais pas à des filles de dix-huit ans. Pas à Daphné qui faisait de son mieux. Daphné qui croyait qu'elle avait du pouvoir – mais quand on a vraiment du pouvoir, on ne finit pas comme elle : disparue et oubliée. Où est-elle ? Où l'ont-ils enterrée ? Dans le jardin à l'arrière ? À côté de cette Vierge Marie de merde ? Les idées fusent dans ma tête, il faut que je m'en aille, je prends mon manteau.

« Tu devais rester dormir, non ? » demande Lola.

Elle a l'air affolée, effrayée à l'idée que ses mots aient pu me blesser. J'approche du mur et retire le cadre doré de son clou.

« Elle est à toi, la photo ? m'interroge Lola.

— Oui », dis-je si déterminée qu'elle se tait.

Ma Daphné. Pas la Daphné de Saul. Pas la Daphné du Club Camille. *Ma* Daphné. Lola fait un pas de côté et me regarde foncer dehors. Je marche vite sous la pluie, vers la voiture, ferme la portière. *Ça arrive. Ce genre de choses arrive.* Les mains tremblantes, j'essaie d'insérer la clé de contact. *Personne ne pouvait l'aider.* Le moteur démarre et je commence à rouler. Daphné se glisse sur le siège passager à côté de moi. *Après elle est morte.*

Les essuie-glaces vont et viennent. Je connais toutes les routes ici, je pourrais conduire les yeux fermés, mais je ne me sens pas en sécurité. Où vais-je ? Non, la question est : où allait Daphné ? Qui est venu chercher Daphné à l'arrêt de bus ? Pas Saul, il ne pouvait pas y être car, tandis que Daphné attendait dans l'obscurité, sa voiture a heurté un arbre.

Je tourne pour emprunter la route de la Procession, passe le long d'une guirlande de maisons qui conduit à une tour d'église plate. Je gare la voiture sur le côté, glisse Daphné dans la poche de mon manteau et sors.

Le bâtiment en brique est exactement comme dans mon souvenir : peint en blanc avec une voûte et une salle d'attente et ses petits bancs de bois étroits. Je m'assois parmi les emballages de bonbons et les mégots, sens l'odeur de renfermé, léthargique, associée aux lieux auxquels on ne s'intéresse pas, où l'on s'assoit sans jamais être là. Daphné était ici. Elle a choisi cet endroit.

Je ferme les yeux. Je suis Daphné. J'ai peur, je suis blessée, j'ai mal. Où ai-je envie d'aller ? Quelqu'un m'a attaquée, malmenée. En dehors de Saul et de sa famille, je ne connais personne ici. Qui puis-je appeler ? Mon téléphone sonne. Je regarde l'écran, réponds.

« Aimée, où es-tu ? »

La voix paraît stressée.

« Max ?

— Saul a dit que tu étais chez lui il y a une heure. Je suis rentré, je suis à Damme. Où es-tu ? »

Toujours à se mêler, toujours à aider. Max le manager, le putain de messie. J'entends sa voix nerveuse alors que je regarde la rue sombre, abandonnée, et tout s'arrête. Je vois la scène. Brusquement. La nuit, l'arrêt. Il n'y avait personne pour lui venir en aide, donc Daphné a appelé la seule personne à Damme à qui elle faisait encore confiance : l'homme charmant, aimable, qui avait arrangé pour Saul leur rencontre.

« À côté de l'arrêt de bus à Oosterkerke », dis-je – a-t-elle dit.

Juste avant de disparaître.

Damme

AIMÉE

911 K followers

Il marche autour de moi, ses pas discrets, ses pieds nus sur le sol lisse. J'ai les yeux fermés. Max est venu me chercher à l'arrêt désert, comme il est allé chercher Daphné quinze ans plus tôt. Nous nous sommes tus pendant tout le trajet en voiture. Je n'ai pas dit à Max que j'étais retournée chez Mathilde et que j'avais reconstitué le puzzle sur le petit banc près de l'arrêt de bus. Il m'accueille, comme il a accueilli Daphné, dans sa voiture, dans sa maison, dans ses bras où je me sens en sécurité.

« Retourne au soir de la fête », dit Max. Encore une fois, il a proposé de remonter le temps ensemble. Je fais comme si je voulais jouer à son jeu : les yeux fermés, je suis assise sous une couverture, sur son canapé, tandis qu'il me regarde. Je dois avoir l'air désarmée, mais je ne le suis pas. Je suis la narratrice. Cette histoire est la mienne.

Après cette soirée, je ne danserai plus jamais, mais je ne le sais pas encore.

Je parle de la soirée et de la danse et du garçon, de Daphné et de la Vierge Marie et de Saul que je suis allée chercher à la fête. De Margot qui m'a suivie et de sa peur quand elle a vu Daphné à côté de la porte derrière Marie. Il écoute et, au bout d'un certain temps, il va s'asseoir en face de moi sur la table du salon. Je le vois car je parviens facilement à regarder entre mes cils, c'est avec Margot que j'ai appris cette astuce. Elle me demandait si souvent de fermer les yeux. *Ne regarde pas, mon poussin*, disait-elle, *tu ne peux pas encore comprendre*. Mais c'était justement à ces moments-là que j'étais curieuse de ce que je pouvais voir. Alors je m'entraînais à regarder le mieux possible à travers mes cils, de même que je m'entraînais à tout entendre, sans que personne me voie écouter. J'en sais beaucoup plus qu'ils ne le pensent. Mais moins que Max ne l'imagine. Je ne peux toujours pas me souvenir de la soirée, mais il n'a pas besoin de le savoir.

« Nous partons en voiture.

— Et ensuite, demande Max. Que se passe-t-il maintenant que la voiture part de la villa Krekelhof ? »

Ensuite plus rien. Tout a disparu. Mais je vais me jouer de toi, Max. Attention, je joue à ton jeu.

« Nous roulons à travers les rues obscures, papa conduit trop vite. » J'emploie sciemment le mot *papa* pour le mettre dans ma poche, il se penche vers moi, les mains croisées. Je le sens, ce n'est pas son after-shave, mais le whisky qu'il a bu dans la voiture quand il errait dans Damme en se demandant où je pouvais bien être. Est-ce l'ironie de la situation, son trouble ou la si forte ressemblance entre l'avenir et le passé qui l'a incité à boire ?

« Margot parle à Saul, tout le temps. Elle élève la voix.

Papa lui dit de se taire. Elle veut se lever de son siège mais il la pousse pour qu'elle se rassoie.

— Où est Daphné ?

— Daphné est assise à côté de moi, elle essaie de remonter la fermeture à glissière de sa robe, mais la voiture va trop vite, nous secoue. J'aide Daphné. Je tire l'étoffe violette vers le haut. Son dos est chaud. Elle détourne le regard et je sais qu'elle a honte. J'ai honte aussi parce que je n'ai rien pu faire pour elle. »

Et Max ? Max a-t-il honte ? D'avoir laissé Daphné là où personne ne l'aiderait ? Max a l'air concentré, pense que je me souviens de tout à nouveau.

« Nous roulons vers Oosterkerke, je reconnais le bâtiment blanc, l'église. Il m'est déjà arrivé d'attendre le bus ici, le bus pour Bruges. Nous nous arrêtons devant le petit bâtiment blanc devant l'église. Un sac en plastique vert devant la façade. Saul descend, mais laisse le moteur en marche. Daphné se débrouille tant bien que mal pour sortir, pose ses jambes molles sur le sol. Nous la regardons avancer en chancelant vers l'arrêt. »

Je m'interromps. Me réjouis de le voir pendu à mes lèvres, imaginer les gros titres des journaux demain. *Nouveau témoignage dans l'affaire, qui plus est de sa fille. Saul n'avait rien à voir avec la disparition de Daphné Koval.* Disculpé irréfutablement. La voie ouverte vers le prochain best-seller, ou mieux encore : une non-fiction sur la bataille émotionnelle que le célèbre écrivain a dû livrer ces derniers mois. La véritable histoire. En vente maintenant. La vérité. Pour deux billets de dix.

« Daphné s'assoit, ça se rafraîchit, elle n'a pas de manteau. Elle reste à attendre à l'arrêt de bus. Il fait froid et elle sent la douleur sous ses mains qu'elle appuie contre son ventre. »

Max bascule le menton, un tout petit peu. Il comprend les lois de la perspective narrative, la focalisation. Il sait qu'il y a quelque chose qui cloche, dans ma narration. Comment puis-je savoir ce que ressent Daphné ? J'étais dans la voiture, non ?

« Daphné pleure, elle est désespérée. Il fait noir et les rues sont abandonnées. Elle sent le sang chaud couler sur son ventre. Elle sait qu'elle a besoin d'aide. Il n'y a qu'une seule personne qu'elle peut appeler, en qui elle a confiance. »

Il n'ose pas m'interrompre.

« À peine dix minutes plus tard, sa voiture s'immobilise devant l'arrêt. Daphné approche en titubant. Il la tient fermement et l'accompagne. *Je vais t'aider*, dit-il. Mais tu ne l'as jamais fait. »

J'ouvre les yeux. Il comprend enfin ce que je fais.

« Non, Aimée, ce n'est pas juste.

— Rien n'est juste.

— Tu joues avec moi.

— Il était temps.

— Ce n'est pas ce qui s'est passé.

— Tu mens, dis-je.

— Je ne mens pas ! »

Je me lève, me dirige vers la cuisine, prends les clés de sa voiture sur le crochet. Max ne fait rien.

« Tu as sa mort sur la conscience, Max. »

Il se tait. Je m'étais fait un film : je prenais les clés, me précipitais vers la voiture. Max me poursuivait, en criant peut-être, faisait tout pour me retenir.

Mais Max ne fait rien, ne me retient pas. Alors je prends mon imperméable et je le mets, je sens Daphné dans la poche du manteau tapoter doucement ma jambe. Comme si elle voulait me dire quelque chose.

« Où vas-tu, Aimée ? demande-t-il. Où veux-tu aller ?

— Ce ne serait pas à toi de me le dire, Max ? C'est pourtant toi qui me dis toujours où je dois aller ? Tu veux que je me taise à propos de ce qui s'est passé ? Je le fais. Tu veux que je parte à Amsterdam ? Parfait. Tu n'as qu'à le dire, Max. Où veux-tu que j'aille maintenant ? Où faut-il que je me rende ? » Il serre les lèvres. « Mais il y a une chose que je ne comprends pas : pourquoi es-tu allé chercher Daphné ? Tu voulais protéger Saul ? Tu essayais de cacher ce qu'il avait fait plus tôt dans la soirée avec Daphné ? Jusqu'où es-tu prêt à aller pour mettre de l'ordre dans le foutoir de ton écrivain, Max ? »

Il reste totalement impassible. Partir me semble trop facile, je vois mon ordinateur portable posé sur la table en verre, le pull que j'ai sorti de son armoire est suspendu au dossier de la chaise. Je le regarde et pose la question que j'ose à peine prononcer.

« Qu'as-tu fait de Daphné après ? Tu ne l'as pas amenée à l'hôpital. Qu'est-ce que tu as fait d'elle ? »

Il se fige.

« C'est comme ça que tu me vois, dit-il. C'est ce que tu penses de moi après toutes ces années. C'est cette image que tu as de notre amitié, de nos rapports sexuels, de notre amour. Un couteau. Voilà l'effet que ça fait, Aimée. Un couteau tranchant comme une lame de rasoir que tu me plantes entre les yeux. »

Les doigts tremblants, il montre l'endroit entre ses sourcils. Il pleure. Cela me touche.

« Je ne sais pas comment...

— Va dormir, Aimée, tu es épuisée.

— Ne dis pas n'importe quoi.

— Je vais faire un tour. »

Il prend les clés dans ma main, elles tombent en cliquetant sur le sol, sous le plan de travail. Il les ramasse et je le regarde d'en haut. Le messie. À genoux.

« Où ça ? Où vas-tu ? »

Il se lève.

« Pourquoi es-tu revenue, au juste ? » demande-t-il, sans attendre la réponse que de toute façon je n'ai pas. Il s'en va. Je le laisse partir. La porte claque en se refermant.

Daphné. La réponse est Daphné. Je suis revenue pour Daphné. Je tâte ma poche, je la sens, je déplace les doigts sur son visage. Je sors le cadre doré de mon manteau et le pose sur le piano à queue, à côté du portrait de notre famille. Margot à côté de papa, de maman et de moi, qui me tiens tranquille en retrait, et à côté Daphné avec son sourire et ses boucles voluptueuses. Daphné dans un autre cadre.

Je regarde la photo jaunie des parents de Max, deux personnes guindées avec un bébé dans un couloir, une image de sérieux et de distance. Très différente de la photo à côté : des visages bronzés, un homme en short et en sandales, deux garçonnets aux cheveux foncés, une femme qui sourit. Une famille que je ne connais pas.

Et pourtant ? Cette femme. Je l'ai déjà vue. Je tiens la photo et j'observe juste la femme. Elle porte une longue jupe élégante, un haut à fines bretelles. Elle a l'air heureuse. Un regard rayonnant. Des épaules luisantes. Des boucles rousses, des yeux verts. Des années plus tard. Le cadre me glisse des mains.

Damme

AIMÉE

915 K followers

Je fonce à Vespa sur les routes étroites bordées de saules. Il fait sombre, mais je connais le chemin. Il faut que je trouve Max, que je trouve Margot. Il fait froid et nuit et tout ce que je croyais savoir bascule. Le seul qui sait tout, c'est Saul.

Encore plus vite, en bordant le canal de Damme qui paraît plus long que d'habitude, qui trace une ligne droite à travers le polder gris et les roseaux. Je passe devant le débarcadère où s'arrête le bateau à vapeur en provenance de Bruges. Je me mords les lèvres tant j'ai mal au genou, je file devant des fermes où des moutons paissent près de l'eau et devant le petit appontement où j'allais jouer si souvent avec Margot.

La voilà. Je vois sa silhouette apparaître, son manteau noir. Je l'appelle et elle se retourne.

« Margot ? »

Elle me sourit, mais peut-être que je me l'imagine. Je peux à peine distinguer son expression à la lumière des lampadaires. Je me dirige vers l'eau, appuie la Vespa contre un talus, cours vers elle et la serre fort, fort, dans mes bras. Elle est là, elle est de nouveau près de moi. Je sens sa chaleur et ses mains sur mon dos et je sens à ces mains qu'elle m'a pardonné.

« Je suis désolée, dis-je.

— Ce n'est pas grave, mon poussin.

— Si, c'est grave. Il faut que j'écoute mieux ce que tu dis.

— C'est ce que tu fais. Je le sais. »

Au loin vrombit un bateau à vapeur, des gens parlent sur le pont, un éclairage chaud et des guirlandes et des ampoules joyeuses partout qui se reflètent dans l'eau comme s'il y nageait des poissons luminescents. On entend de la musique, des voix qui se superposent, un groupe de musiciens.

« Autrefois, je t'écoutais, dis-je.

— Et maintenant de nouveau », chuchote-t-elle.

Je la regarde, elle sourit à travers les éraflures sur ses joues. C'est moins épouvantable que je ne le pensais. Je touche une éraflure.

« Aïe !

— Il faut te soigner.

— Le moment venu. »

Le bateau festif approche tranquillement. La lune glisse derrière un nuage, la musique s'amplifie.

« J'étais chez Max, dis-je. J'ai vu une photo de Daphné avec une famille. Daphné a une famille. »

Elle acquiesce, comme si je ne lui racontais rien de nouveau.

« Nous devons aller chez Saul. Monte. Nous irons ensemble. Ce n'est plus trop loin. »

Margot secoue la tête.

« Je n'irai pas.

— Pourquoi pas ?

— Je reste ici. Ce dernier bout de chemin est le tien. »

Damme

AIMÉE

915 K followers

Le portail est ouvert et je vois sur les graviers la voiture de sport de Max. Je gare la Vespa sous un arbre, me dirige vers la porte à l'arrière et entre. La cuisine est silencieuse et sombre. Jean-Claude Van Damme se tait. Je sais que c'est la dernière fois que je viens ici.

L'obscurité dissimule tout ce que le temps a transformé, plus que jamais la maison ressemble à ce qu'elle était autrefois. Quelqu'un chantonne. Personne n'a jamais chantonné dans la maison, mais je l'entends. *Vraiment*. Le bruit vient du couloir. J'erre dans la bibliothèque où le feu dans la cheminée s'est éteint. Ici et là luit encore une braise. La table ovale, la nappe en dentelle. Tout paraît identique au passé. En dehors du fauteuil. Le fauteuil de lecture a disparu. Je regarde autour de moi. Je suis la voix qui fredonne, tout doucement.

La vieille porte en bois, d'habitude toujours ouverte, est fermée. Autrefois, en pyjama, je me tenais là et regardais bouche bée. Je voyais des choses que je ne comprenais pas. Maintenant je suis de l'autre côté. J'appuie sur le bois. J'ai encore peur. De voir ce qui ne doit pas être vu. De ne pas être vue.

Le couloir est vide. Chaque pas fait craquer le parquet. Maintenant ils m'entendent certainement, pourquoi ne m'appellent-ils pas ? Et pourquoi tout est sombre ? Le fredonnement vient de son bureau. Je longe l'escalier pour approcher de la porte en fait entrebâillée. Le chant s'interrompt. Dans l'entrebâillement je vois surtout l'obscurité de la pièce, dans le coin une petite lampe est allumée.

C'est ce que tu es, a dit Max en posant sur moi un regard chaleureux. *Une survivante, Aimée. Les autres se heurteront à des difficultés, mais toi tu ne sombreras pas.*

Sur le lit sont assis deux hommes. Je les connais sans les connaître. Le grand avec des cheveux frisottés a la tête appuyée sur l'épaule de l'autre. Il semble s'abandonner.

Saul pleure. Je l'entends sangloter dans les bras de Max. Ils ne disent rien, ne sont pas gênés, se sont sans doute déjà retrouvés dans cette situation. Max caresse les cheveux fins de Saul et appuie une joue contre sa tête. Les larges épaules de Saul sont agitées de soubresauts. Dans le coin est allumée la petite lampe rose autrefois dans la chambre de Margot. La lumière tamisée agit comme un filtre qui rend l'image plus facile à regarder. Max me voit.

« Assieds-toi, Aimée », dit-il.

Il indique le fauteuil de lecture en face du lit. Le sol entre le fauteuil et le lit est jonché de petits carnets noirs : les répertoires où Saul note ses idées pour les conserver. Ils ne sont pas rassemblés mais éparpillés, comme des fragments, certains sont ouverts.

Je demande : « Est-ce que Margot est là ?

— Non », dit Max.

Saul ne paraît pas m'entendre. Le chagrin éloigne, mais je sais que cet éloignement n'est pas le pire. Je comprends seulement maintenant que je ne le connaîtrai jamais et que je ne pourrai jamais le consoler. Même sans ressentir de menace, je n'ai pas ma place ici. Même si le géant est un enfant, je suis désarmée.

« Je suis au courant, dis-je. Pour Daphné. Je sais, Max, que tu l'as aidée. »

Saul se détache.

« J'ai vu la photo sur le piano, Daphné avec sa famille. Est-ce que j'ai raison ? »

Max acquiesce : « Saul m'a demandé d'aller la chercher à l'arrêt de bus, elle avait été malmenée. Je n'ai pas demandé qui avait fait ça, je l'ai emmenée à la maison.

— Ça suffit comme ça, dit Saul. Elle en sait assez.

— Je ne pouvais même pas la toucher, continue Max. Elle disait que son corps lui avait été volé. Elle était furieuse et elle voulait parler. Tout raconter. Elle avait l'intention de déballer l'histoire dans les médias. À propos du club, de Saul. Nous devions lui donner une raison de se taire. Une bonne raison. Une meilleure vie. »

Je demande : « Où est-elle ?

— À Canberra. Elle a fait des études dans une école très chère à Londres et elle y a rencontré un Australien. Elle a deux enfants. »

Je secoue la tête. « Mais Max, comment peux-tu ?

— Comment je peux quoi ?

— Comment peux-tu dissimuler à une mère que sa fille qu'elle croit morte est en vie ? Sa mère est désespérée. »

Je le dis, sans savoir si c'est bien le cas. La femme à qui j'ai parlé sous la pluie entre les deux agents de sécurité ne paraissait pas du tout désespérée.

« Janina Koval, dit Max, est la femme la plus calculatrice que j'aie rencontrée de toute ma carrière. Et ce n'est pas peu dire.

— Elle a perdu sa fille.

— Qu'est-ce que tu crois ? Que je ne ferais pas savoir à une mère où est sa fille ? »

Je le fixe et comprends peu à peu.

« Oui, Janina sait tout, dit Max. Elle était parfaitement d'accord, elle se préoccupait surtout de son remariage.

— Mais l'interview, les médias ?

— Une mise en scène. »

La maison communale, la distinction reçue, la foule jubilant, l'acclamant sur la place. « Elle en voulait davantage et elle a habilement manœuvré. Les projecteurs braqués sur elle, un contrat avec un éditeur et dans un mois un show télévisé. Les victimes ne sont pas toutes intègres, Aimée. Pas toutes.

— Margot est au courant ? »

Je pose la question en me demandant si ma sœur a décidé depuis longtemps de me dissimuler ces informations-là aussi ? *Ta ligne de vie sera douce.* Bien sûr que Margot est au courant. C'est pour cette raison qu'elle voulait m'empêcher d'aller à Damme, qu'elle était toujours du côté de Saul. Elle croyait à l'innocence de Saul, *parce qu'elle savait qu'il était innocent.* Parce qu'elle connaissait la vérité. Et pas moi.

Saul se penche en avant et commence à ramasser les carnets noirs par terre. Il en fait une pile et les porte vers son bureau.

« Saul, dit Max depuis le lit. Saul. »

Il se retourne. Max fronce les sourcils et hoche la tête d'une manière que je ne comprends pas. Résignée. Douloureuse.

« Le moment est venu.

— Quel moment ? »

Quand je pose la question, je vois Saul hésiter.

« J'en suis sûr, dit Max.

— Quel moment ? »

Lorsque je répète ma question, Saul se dirige vers moi et place une pile de carnets à côté de mon semblant de jambe, par terre. Ses carnets. Pourquoi faut-il que je les lise maintenant ? Je lève un regard interrogateur. Personne ne réagit.

Je prends le carnet en haut de la pile. Il n'y a rien écrit sur la couverture. Je l'ouvre à la première page. Pas de notes, mais une date et en dessous du texte.

Un journal.

Damme, à l'époque

MARGOT

Vendredi 24 mai

Ce soir je suis allée au cinéma. *Pirates des Caraïbes* avec Johnny Depp. C'était géééééniaI !!!!! J'ai compté les jours : que c'est long. Tout passe beaucoup plus lentement quand on a hâte d'un événement. Je me suis occupée : j'ai aidé papa à réagir à la couverture française de son livre, j'ai accompagné maman qui devait faire des courses. Mais la plupart du temps je ne pensais qu'à une chose : aller au cinéma avec Simon ! Simoooooooooon !

Comment ça s'est passé ? D'abord c'était plutôt moyen. Il m'attendait devant l'entrée du Decascoop, sans trop rigoler. Il a tout de suite sorti le billet avant même que nous soyons arrivés à la caisse et je crois avoir vu de la sueur sur ses doigts. Il avait l'air tout aussi nerveux quand nous avons acheté du Coca et des pop-corns. Et plutôt en colère, à vrai dire, je ne savais pas trop ce que je devais en penser. Mais j'ai commencé à parler du lycée et de ce que nous voulions faire comme études l'année prochaine. En fait, j'en ai assez de ce sujet, parce que tout le monde en parle et quand je dis que je vais faire médecine, il faut toujours que j'explique pourquoi je ne veux pas écrire. *Sur les traces de ton père*. Au début, c'était amusant, mais plus maintenant. Simon veut étudier les langues germaniques à Gand. Enfin, ce n'est pas la question. Nous sommes entrés dans la salle et nous avons cherché à nous asseoir, le placement était libre...

Damme

AIMÉE

915 K followers

J'arrête de lire, ferme le carnet et en prends un autre sur la pile :

> Damme, 2012. Simon et moi avons visité une maison, une maison que j'ai trouvée magnifique toute ma vie. Elle est près de la ferme, elle a une façade blanche et une boîte aux lettres jaune.

Et un autre carnet :

> Gand, 2010. Examens épouvantables. Alors que j'avais tellement potassé. Je suis allée à la fac pour voir si les résultats étaient déjà affichés. J'étais consciente que ce serait trop tôt, mais je voulais savoir. Je suis nerveuse.

Abasourdie, j'ouvre et je referme un carnet après l'autre. Des pages pleines d'histoires de Margot, ses sentiments et ses pensées les plus intimes éparpillés sur le sol du bureau de Saul.

Je lui demande : « Comment se fait-il que tu aies le journal de Margot ? Est-ce qu'elle te l'a donné ? »

Je suis persuadée que jamais ma sœur ne donnerait son journal à Saul. Margot garde ses secrets. Margot a sa fierté.

« Max ? »

Il se tait. Un carnet du journal à la main, je les regarde tour à tour. Pourquoi restent-ils silencieux ? Saul prend un carnet sur la pile et en frotte la couverture. Quelque chose dans sa main, son regard, le mouvement de ses doigts sur les bords du carnet, me touche. Il le fait gentiment. Avec considération. De même qu'il a de la considération pour Margot.

Il appuie le carnet contre sa poitrine. Et quelque chose se déchire. S'ouvre grand. Quelque chose se déchire en moi. *La nuit obscure. L'attente.* Je tombe. Parce que ressentir, c'est comme tomber. Impossible de revenir en arrière.

Damme, à l'époque

« Qu'as-tu fait à Daphné ? » Nous roulons vite, la voiture nous ballotte. Margot agite les bras, papa la repousse sur son siège. « Qu'est-ce que tu lui as fait ? » Daphné est assise à côté de moi, elle regarde ses genoux et se tait. « Tout ce qu'elle t'a donné, ce n'était pas assez ? Le sexe ne te suffisait pas ? »

Je retiens mon souffle. *Qu'est-ce qu'elle a dit ?*

Papa lance un regard furieux à Margot, il a les yeux rouges.

« Je ne comprends pas, dis-je à voix basse.

— Aimée, tais-toi ! »

Je fixe mes chaussures de fête qui ne brillent plus comme dans l'après-midi, mais sont ternes et sales. C'est ma faute. J'ai trahi Daphné, j'ai guidé papa jusqu'à Daphné. Maintenant je le sais. Ce n'était pas la chose à faire.

« Je ne lui ai fait aucun mal, bien sûr que non, dit papa. Tu crois que je suis un monstre ?

— Qui est-ce alors ? Qui l'a tailladée ?

— C'est compliqué, dit papa.

— Ce n'est pas compliqué, le rabroue Margot. Je suis

au courant de tout, merde. De tout ce que tu as fait. *Toi*, papa, et personne d'autre. Je sais que tu es lâche. Que tu trompes maman depuis des années. Je suis au courant de tout. Et c'est toujours *toi* le responsable. Pas je ne sais quelle personne qui te manipule. »

Elle parle trop fort, il roule trop vite. *Mais tais-toi, Margot ! Laisse papa conduire.*

« Elle t'a mis en colère ? C'est pour ça que tu l'as frappée ?

— Je ne l'ai pas frappée. »

Papa garde encore son calme, heureusement qu'il reste calme. Je regarde Daphné, qui a croisé les bras sur sa poitrine. Pourquoi personne ne lui pose de questions ? Elle entend tout. J'entends tout.

« Maman est trop gentille avec toi, tu sais ça ?

— Je le sais, Margot. »

Il ferme les yeux.

Papa, regarde la route : fais attention ! Je veux que tout le monde arrête de parler.

« Que s'est-il passé ?

— C'est elle qui l'a fait », dit papa calmement.

Margot rit.

« Qui ? Maman ?

— Daphné. »

Margot rit encore plus fort. Daphné ferme les yeux.

« Daphné s'est elle-même tailladée en ta présence ? Et je suis censée te croire ?

— Je n'étais pas là quand elle l'a fait.

— Non, bien sûr qu'elle l'a fait toute seule, juste par plaisir. Se taillader. Pourquoi aurait-elle fait une chose pareille ? Je ne suis tout de même pas débile.

— Parce qu'elle m'aime », crie papa. La voiture fait un

écart à droite. « Parce que je n'ai pas voulu quitter votre mère pour elle ! »

Daphné incline la tête encore plus bas, Margot se tait. Soudain, plus personne ne parle.

La voiture prend un virage serré et nous ralentissons. Des alignements de maisons, une rue déserte. Nous nous arrêtons près de l'église dans la rue de la Procession. L'arrêt de bus pour Bruges, j'ai souvent attendu ici.

Papa sort et ouvre la portière, laisse tourner le moteur. Il aide Daphné à descendre de voiture et l'accompagne jusqu'au petit banc sous la voûte blanche. Elle s'assoit. Il lui dit quelque chose, elle acquiesce. Elle se penche en avant et le serre dans ses bras. Il la lâche, elle ne le lâche pas. Il repousse ses bras.

Nous partons et laissons Daphné à l'arrêt. Je me retourne et la vois assise là, seule, les bras toujours croisés sur son ventre. Je l'observe alors qu'elle devient de plus en plus petite. Pourquoi n'allons-nous pas chez un médecin ? Il fait noir dehors. Il n'y a pourtant pas de bus qui circulent si tard !

« Alors maintenant, elle est amoureuse, dit Margot, amère. Avant, elle le faisait pour l'argent et, maintenant, que se passe-t-il ? Maintenant elle le fait par amour ?

— L'amour est puissant, Margot.

— Elle s'est tailladé le ventre par amour ? » Papa appuie plus fort sur l'accélérateur. « Avec du verre. Elle s'est tailladé le ventre.

— Oui, Margot.

— Pourquoi le ventre ?

— Je n'en sais rien.

— Tu le sais. Je pense qu'il y a une raison.

— Peut-être, Margot, mais pas maintenant. Pas ici.

— Je ne suis pas idiote, papa, je sais ce que ça veut dire.

— Tu ne sais rien, Margot.

— Et maman alors ?

— Maman est au courant.

— Maman sait que Daphné attend ton enfant ?

— Margot ! »

Papa frappe violemment le volant, la voiture fait un slalom, papa agrippe le volant des deux mains, se mord la lèvre. Ses articulations blanchissent.

« J'ai raison ? On va avoir une *petite sœur* ? » Margot se retourne. « Aimée, bonne nouvelle ! On va avoir une petite sœur !

— Margot, laisse-la en dehors de tout ça !

— Mais Aimée n'est pas en dehors de tout ça, Aimée est en plein dedans ! Une nouvelle petite sœur, Aimée ! Nous en avions déjà une en plus, qui va en faire encore une autre. Qu'est-ce que tu en penses : toute une ribambelle de petites sœurs ! Grâce à papa ! »

Elle a un ton si mauvais que je n'ose plus bouger. Je ne veux pas voir. Je veux des cils. Des rangées de cils.

Pourquoi est-ce que je n'en ai pas profité tout à l'heure pour sortir, là-bas ? J'aurais dû être auprès de Daphné. J'aurais dû m'occuper de Daphné parce que personne d'autre ne le fait. Daphné me faisait confiance et je l'ai abandonnée. Dans le noir. Seule.

« Laisse Aimée tranquille, dit Saul. Elle est trop jeune. »

Margot rit, sa voix se casse.

« Nous sommes *toutes trop jeunes*, papa, *Aimée* est trop jeune, *moi* je suis trop jeune. *Daphné* est jeune, *merde* ! »

Papa tape sur le volant et crie à Margot de la fermer, qu'elle ne sait rien, qu'elle est une gamine et encore bien d'autres choses que je ne comprends pas parce qu'il parle d'une voix différente, rageuse.

Les arbres filent comme des balles fusant le long de la vitre. Nous roulons trop vite. Je ne veux plus être ici. Dans la précipitation j'ai oublié d'attacher ma ceinture. Je la mets et la tiens serrée dans mes mains. Je voudrais être à la maison. Juste être à la maison.

« Salaud ! crie Margot. Ce ne sera plus jamais pareil entre toi et moi. Notre pacte, c'est terminé. Tu m'as perdue, tu entends ? Tu as perdu ta fille merveilleuse ! »

J'essaie de garder les yeux rivés sur un point derrière la vitre, mais même la lune disparaît entre les grands arbres qui courent. Margot et papa continuent de crier et je veux m'en aller. Il faut que je m'en aille. Loin ! J'agrippe la portière, la poignée, j'appuie pour la baisser. Margot se retourne. Papa se retourne.

« Aimée, qu'est-ce que tu fais ? » demande Margot affolée. La sécurité enfants fonctionne. Papa regarde de nouveau la route, cligne des yeux, tourne le volant et freine à toute force. Nous basculons. Et je vois tout.

La jupe de Margot qui s'agite entre les sièges. Mon père, les mains en l'air, tentant d'agripper un volant qu'il ne trouve pas. La tache rouge de Daphné à côté de moi et les paillettes détachées de sa robe qui volent. Les lunettes de lecture de mon père, flottant comme dans un vaisseau spatial. Mes articulations blanches autour de ma ceinture, chaque muscle de ma main tendu. Je me tiens fermement. Nous tournoyons. Si lentement. Je ne sens rien, mais je vois tout. Papa qui ferme les yeux. Margot qui se détache de son siège. Le visage de Margot contre la vitre. Puis tout devient blanc.

J'ouvre les yeux. Je suis encore là. Je n'ai pas mal. La voiture ne bouge plus. Je suis suspendue à un bout de ceinture comme dans un filet. Le siège de Margot me mord la jambe, je peux à peine remuer. Je regarde autour de moi. Il y a du sang partout. Margot est allongée à côté de moi. Son visage et son cou sont couverts d'éclats de verre transparent profondément enfoncés dans ses joues.

Je prononce son nom. *Margot*. Elle ne répond pas. *Margot, Margot.* Sa bouche est foncée, une ouverture pleine de dents rouges. Lentement la douleur arrive. Je tends la main, la touche. *Margot*.

La meilleure des deux.

Damme, à l'époque

Avec ses jambes de sauterelle, Margot grimpe une dernière fois dans notre arbre. Je rampe derrière elle et la branche ploie. Elle rit.

« On vit dans un drôle de monde, mon poussin.

— Oui », dis-je.

Elle tourne la tête vers moi.

« Comment peux-tu le savoir ? me demande-t-elle. Que sais-tu de ce monde ? »

Ma jambe me fait mal, mais j'essaie de réprimer ma douleur. Je sais beaucoup de choses sur ce monde, plus que ne le pense ma sœur.

« Plus tard je deviendrai une chirurgienne connue, dit-elle avec des étincelles dans les yeux. Et avec mon argent, j'achèterai la maison avec la boîte aux lettres jaune dans la rue. Et toi, poussin ? Qu'est-ce que tu veux ?

— Je ne pense pas que ça arrivera », dis-je.

Ma jambe saigne et ma langue brûle et je peux à peine parler. Je sens que quelque chose ne va pas, que cela ne va pas bien se finir.

« Que veux-tu dire ? demande-t-elle.

— Pour être chirurgienne il faut faire de longues études et il y a si peu de temps.

— Aimée, je suis encore jeune. J'ai tout le temps du monde.

— Non, Margot, le temps est presque écoulé.

— Quel temps ?

— Le nôtre. »

Ça sent le brûlé, quelque chose brûle, peut-être que de l'essence fuit, que la voiture va bientôt exploser et que, le temps d'un soupir, tout sera terminé.

« Ce n'est pas juste, dis-je.

— Non, rit Margot. Ce serait effectivement plutôt injuste. J'ai seize ans, j'ai des rêves.

— Tu as des rêves. Tu dois vivre.

— Nous, Aimée, nous avons encore toute la vie devant nous. »

J'ai le vertige, je porte une main à mon flanc qui me paraît chaud et humide. Je le sais : je vais rester ici pour toujours, dans l'arbre, auprès d'elle. C'est logique.

« Aimée, dit Margot sur le ton de la grande sœur. Nous ne savons pas à combien de temps nous avons droit et, honnêtement, je ne veux pas le savoir. Dis-moi plutôt tout ce que tu veux faire, plus tard. »

Je me tais, je n'ai pas de réponse. Que peut dire une personne comme moi ?

« Je veux rester auprès de toi, dis-je en chuchotant. Je t'aime.

— C'est adorable, mon poussin, dit Margot et elle passe un bras autour de moi. Je te protège. »

Mais je ne sens pas son bras. Je sens des mains qui me tirent. Puis plus rien.

Damme

AIMÉE

920 K followers

Ils me poursuivent. Je sors en courant de la ferme, franchis le portail et vais plus loin, dans la rue. Ils crient mon nom. J'y suis presque, la boîte aux lettres jaune apparaît entre les arbres, je vois les petits parterres soignés et l'allée qui conduit à la porte d'entrée. Il y a de la lumière et les rideaux sont tirés. Margot est rentrée à la maison. Tu vois, tout s'arrange. Je vais lui parler, je vais lui dire que tout va bien, que nous pouvons tout oublier. Nous boirons du thé et ferons la paix et ne parlerons plus jamais de Daphné.

Je sonne. Bruits de pas dans le couloir, de conversations. La porte s'ouvre.

« Bonjour, Simon.

— Aimée ? demande-t-il en écarquillant les yeux comme s'il voyait un fantôme.

— Est-ce que Margot est à la maison aussi ? »

La musique est forte, peut-être est-ce un film. Simon ne répond pas, il se fige.

Je lui pose encore une fois la question, gentiment : « Est-ce que Margot est à la maison ? »

Une voix en provenance du salon demande : « Qui

est-ce ? » On ne dirait pas celle de Margot. J'entends quelqu'un approcher dans le couloir et derrière Simon apparaît une femme que je ne connais pas. Elle tient un torchon, ses cheveux mi-longs sont réunis en une queue-de-cheval mal faite. Elle est en jogging et en pantoufles. Elle est chez elle.

« Myrthe, dit Simon. Je te présente Aimée. »

Elle fronce les sourcils et montre quelque chose dehors avec le torchon.

« La fille de Saul ? »

Elle le dit comme si je n'étais pas là.

Je demande, d'un ton plus agressif : « Margot est au courant de cette situation ? Simon, Margot sait pour cette femme ?

— Aimée... », dit Simon.

Max et Saul arrivent en courant. Saul, à bout de souffle, tout rouge, s'arrête près de la boîte aux lettres. Max se dirige droit sur moi.

« Aimée », hésite Simon.

Myrthe lui agrippe le bras comme si elle devait le soutenir.

« Quoi ? je lui demande.

— Comment te dire ça, bon sang ?

— Quoi, Simon ?

— Je n'ai plus revu Margot depuis mes seize ans.

— *Mais enfin*, s'exclame la femme, on nage en plein délire ! »

Dans le couloir deux autres personnes approchent, elles surgissent aussi dans l'encadrement de la porte.

« Myrthe est ma femme, dit Simon. Je suis désolé. »

Je ne comprends pas. Ce moment ne colle pas, quelque chose coince, il y a des trous.

Je demande d'une voix qui se brise : « Où est Margot ? »

Max me touche le bras avec précaution. Je le retire, recule de quelques pas, pour m'éloigner de cette porte pleine d'inconnus bouche bée. Grotesques. Que font ces gens ici ? Pourquoi me racontent-ils des mensonges ?

« Aimée, dit Max. Margot n'est pas ici.

— Je cherche Margot. Je veux Margot.

— Aimée », dit Max en me regardant sans cligner des yeux, comme si son regard voulait saisir quelque chose de fragile, qui autrement volerait en éclats. « Aimée, écoute-moi. » Je ne peux pas, ne veux pas. « Ta sœur n'est plus là. » Max se fige, ses yeux sont secs et immenses. « Margot n'a pas survécu à l'accident de voiture. Elle n'a jamais dépassé l'âge de seize ans. » *Seize ans. Margot. Jamais dépassé l'âge de seize ans.* Je vois sa bouche remuer, prononcer des mots, mais je n'entends plus rien. Autour de moi, tout est lointain et silencieux. Je continue de reculer et cela revient. Toute la soirée revient. Pas lentement, une seconde après l'autre, mais d'un seul coup comme un choc, un coup de poing.

Ma main sur la poignée de la portière. Je veux m'en aller. Un déclic. Aimée veut toujours s'en aller. Un déclic. Deux visages qui se retournent. Saul ne regarde pas devant lui. Il me regarde.

« C'est ma faute, dis-je.

— Rien n'est ta faute, dit Max.

— Saul ne faisait pas attention à la route – c'est *moi* qu'il regardait.

— Il y avait un obstacle sur la route. Saul a essayé de l'éviter.

— Mais c'était quoi ? »

Un loup, bien sûr. Dans tous les contes il y a un loup.

« Personne ne le sait. »

Moi si. J'étais le loup.

« C'est ma faute.

— Non, Aimée. Tu es la survivante. Après l'accident, tu étais à la dérive : tu ne voulais plus manger, plus parler, plus bouger. Tu n'avais des conversations qu'avec Margot, qui à tes yeux continuait d'exister. Tu te rappelles ? »

Je me souviens des semaines après l'hôpital : mon corps en feu, les douleurs infernales dans la jambe que je n'avais plus. Une douleur fantôme. Max approche.

« Tu as gardé Margot en vie, Aimée, par ton langage tu lui as donné un avenir. Par ton écriture, elle a fait des études, est devenue médecin, a épousé Simon et est allée vivre dans la maison dont elle rêvait enfant. Tu allais mieux, Aimée, grâce à Margot. »

Elle était de retour, ma sœur. Soudain elle était là de nouveau pour jouer et parler avec moi. J'écrivais, j'écrivais, et je n'étais pas seule. Tant que mes mots affluaient, le pire n'était pas arrivé.

Un mensonge. Margot était un mensonge. Une Margot *fantôme*. Non, elle était *réelle*. Elle était bien là ! *Stop !*

Impulsivement, je me précipite sur Max les poings fermés, je lui martèle la poitrine. Il sursaute et trébuche. Je tente encore une fois de le frapper, il me repousse et m'agrippe fermement les poignets. « Margot est tombée malade, Aimée, dit-il avec véhémence.

— Margot n'est pas malade.

— Tu la rendais de plus en plus malade. Dans les carnets, sa vie était de plus en plus difficile, sombre. Elle devenait accro aux comprimés. Mais ce n'était pas Margot, Aimée, c'était *toi*. Accro aux comprimés, depuis des années. Vous vous confondiez, deveniez de plus en plus une seule et même personne. C'était ta manière de la faire lentement disparaître. »

Je secoue la tête. Impossible. Margot est *différente*. Noir et blanc. L'une brillante, intelligente, magnifique ; l'autre vulnérable, peu sûre d'elle.

« Elle m'envoyait des messages, Max. Je les ai lus moi-même. »

La lettre, le texto : est-ce *moi* qui les ai écrits ? Est-ce *nous* qui les avons écrits ?

« Elle a lutté, dit Max. Et perdu. Elle a disparu maintenant. Tu l'as éliminée. »

Éliminée. Comme une tumeur ou une tache.

Max me lâche, je me sens molle. Tout est trouble, brumeux, et dans cette brume je vois ma sœur à la longue table, à Amsterdam. Elle est penchée en avant, le visage plein de fragments de verre, dans une flaque rouge foncé, comme elle était étendue dans la voiture à côté de moi après l'accident, comme je l'ai fixée, immobile pendant plusieurs minutes, tandis que j'avais la jambe coincée sous le siège du passager. Le sang, les bouts de verre. Je ne pouvais pas l'aider.

« Tu comprends maintenant, Aimée ? Tu es la survivante. »

Je prends une profonde inspiration, pose une main sur mon front. Tout était là, dans ma tête, pendant tout ce temps.

« Ta mère, Saul et moi nous sommes juré de ne rien dire. Tu finirais par découvrir la vérité à ton rythme. C'était la meilleure chose, la chose la plus humaine à faire. » Il pointe son index vers moi, ses doigts tremblent. « Tu allais élucider toi-même qui tu étais.

— Qui était Margot », dis-je en chuchotant.

Max secoue la tête. « Non, dit-il. Cette histoire te concerne, concerne la personne que tu es sans Margot. Tu as toujours su que ta Margot s'userait avec le temps, comme toute douleur finit par s'user. »

Douleur ? Je ne ressens pas de douleur. Je ne peux pas pleurer, parce que je ne ressens rien. Je ne peux pas penser, car je ne sais pas qui je suis. Des gens que je ne connais pas sont debout dans l'encadrement d'une porte à me regarder fixement, devant la maison de rêve où Margot n'a jamais vécu, du mari qu'elle n'a jamais épousé, dans la vie qu'elle n'a jamais eue. Quelqu'un tapote furieusement sur un téléphone.

« Viens, dit Max. Je t'emmène à la villa.

— Non. » Je n'irai ni dans sa villa ni à la ferme. Je ferai ce que j'ai toujours fait, ce que le passé n'a jamais cessé de m'apprendre. Où est Aimée ? *Partie.*

« Je vais à Amsterdam », dis-je.

Saul lève les yeux : « Je t'y emmène. »

Breda

AIMÉE

940 K followers

Nous nous taisons pendant des kilomètres et regardons les lignes sur la route. Ma voiture est encore garée à Oosterkerke, me suis-je aperçue trop tard. Quand je lui ai demandé s'il voulait bien faire demi-tour pour que je puisse conduire moi-même, il a refusé. Max ramènera la voiture, a-t-il dit. Je regarde ses mains sur le volant et me sens prisonnière. À nouveau. Il m'a prise au piège. Il conduit et je ne peux aller nulle part, comme cette nuit-là.

Je sens sa transpiration et son malaise à fleur de peau, qu'il ne cherche même pas à dissimuler. Il ne peut pas rester assis calmement à côté de moi, il n'en a jamais été capable. Je suis certaine qu'il regrette la proposition qu'il m'a faite devant la maison, qu'il regrette qu'Amsterdam soit si loin, plus loin que notre silence peut se prolonger.

Les noms de lieux défilent. Je pense à mon appartement, aux boîtes en carton contenant les cadeaux que je reçois en tant qu'influenceuse. Je m'oblige à les ouvrir mentalement : des nouvelles tennis, une robe, un pot de fleurs pour la plante suspendue. Des marchandises. La consolation des marchandises. *Du calme. Ce n'est plus très loin. Ouvre encore une boîte.*

Nous sommes bientôt près de Breda quand il commence à parler.

« Max est un professionnel », dit-il les yeux rivés sur l'autoroute. La récolte d'un silence de nombreux kilomètres : quatre mots. *Max est un professionnel.* Avec le talon de mon semblant de jambe, je broie une boîte.

Je lui demande : « C'est tout ce dont j'avais besoin, après l'accident, un professionnel ? »

Saul se tait.

« Prends cette sortie. » Je la pointe du doigt.

« Quoi ?

— Prends cette sortie », dis-je avec fureur.

Effrayé, il s'exécute. La voiture s'engage brusquement sur la bretelle de sortie en fendant l'obscurité et se dirige vers une petite station-service qui éclaire le tarmac gris comme une boîte colorée lumineuse. Saul détache sa ceinture. Je le retiens.

« Non. Je vais me débrouiller.

— Comment ça ?

— Rentre chez toi.

— Quoi ? Je ne vais pas te laisser ici.

— Mais si.

— Non.

— Saul, je veux que tu me laisses. »

Ces mots.

« Comme si j'allais t'abandonner dans une station-service en plein milieu de la nuit.

— Ça ne t'a pas dérangé pour Daphné. »

Je sors, claque la portière et longe les pompes et un présentoir de bouquets pitoyables en direction de la boutique.

Les portes coulissantes s'ouvrent. Mes yeux sont surpris par la lumière vive. Des rayonnages remplis de sucreries, de chips et d'ours en peluche baignent dans une lueur marchande pornographique. À la caisse, une jeune fille derrière une vitre mâche un Snickers en lisant un magazine. Elle ne lève pas les yeux. Tout est lumière. Je ne sens plus de zones d'ombre.

Les portes coulissantes s'ouvrent à nouveau dans un murmure. Saul approche, exaspéré, de la machine à café et glisse de la monnaie à l'intérieur. Je choisis la table haute la plus éloignée et prends mon téléphone. Une feinte, parce que je n'ai aucune idée de qui je pourrais appeler maintenant. C'est la nuit. On est à Breda.

« Tiens », dit Saul en posant deux gobelets en carton et en jetant une dizaine de bâtonnets et de sachets de sucre sur la table. Il secoue un sachet pour le vider. Je ne bois pas le café.

« Va-t'en, dis-je.

— Aimée...

— Tu ne sais pas ce que j'ai vécu, Saul.

— Donne-moi le temps. »

Saul parle prudemment par rapport à d'habitude et, pour la première fois depuis des années, il évoque l'accident. Il s'exprime par des phrases courtes, posées.

« Nous ne pouvions rien faire. Ta mère était brisée. Tu ne voulais plus vivre. Tu ne voulais même plus bouger. Aimée, c'était terrible. Puis tu t'es mise à écrire les carnets et tu t'es apaisée. Nous en avons parlé, avons pensé que ce serait mieux d'en rester là. Max était du même avis. Cela valait mieux pour tout le monde. » Il pointe vers moi son bâtonnet pour touiller son café et écarquille les yeux. « Je te vois et je sais que c'était le meilleur choix. »

Je fixe les bâtonnets sur la table, entremêlés comme dans un jeu de mikado. J'en retire un. Tout bouge. « Ne crois pas que c'était facile. Parfois nous t'entendions parler avec Margot, vous étiez en train de jouer. Soi-disant. Peux-tu imaginer ce que nous ressentions ? Non, tu n'as pas d'enfants, tu ne peux pas comprendre ce qu'éprouve une mère en entendant sa fille jouer avec son autre fille morte. Et rire. Tu t'amusais. Tellement ! Mais Max trouvait ça compréhensible. »

Je déglutis, mon estomac se noue. Mon semblant de jambe me brûle.

« Le *manager* trouvait ça compréhensible, dis-je.

— Exactement.

— Et pendant que le *manager* avait tout sous contrôle, où était mon père ? Où était mon père, Saul ? »

Il touille son café, du marc brun gicle par-dessus son gobelet.

« *Père*, dit-il. Ça fait longtemps que je ne t'ai pas entendue employer ce mot. »

Il cherche mon regard, je le garde pour moi. Crispée.

« Tu sais bien que je n'ai jamais été un père. Je ne suis pas fait pour ça.

— Alors pourquoi tu m'as engendrée ? » En le disant, je reprends mon accent flamand, ce qui me surprend, mais je n'y change rien. « Pour maman peut-être ? Ou pour Margot ?

— C'est une question idiote. Elle n'a pas de réponse.

— Est-ce que ça retire sa pertinence à la question ?

— Est-ce que tu recommences à tenir le rôle de Margot ? » demande-t-il.

Mes jambes se mettent à trembler, mais je poursuis : « As-tu jamais fait un choix en pensant à nous ? » Il finit son café d'un trait. « Après l'accident, tu m'as confié à quelqu'un d'autre, avant aussi. Tu n'as jamais été là. Ni pour moi, ni pour Margot. Pourquoi crois-tu qu'elle s'escrimait toujours à faire de son mieux ? Pourquoi s'est-elle retrouvée au Postillon à coucher avec un vieux con ?

— Aimée !

— Daphné n'était pas le problème. Daphné était un symptôme.

— Tu déraillles.

— Tu as pourtant bien enterré son vélo.

— Bien sûr.

— Est-ce que maman était au courant ?

— Ensemble, nous l'avons fait ensemble. »

Un flash : mes parents dans le jardin à l'arrière, avec des pelles, trimant et creusant pour enfouir dans les profondeurs du sol un secret qui aurait dû être une réponse. L'image de la honte.

Je lui demande : « Tu n'as pas honte ? » Il fronce les sourcils et hésite, il ne comprend pas ce que je demande. « *Papa*, tu n'as pas honte ? » Deux syllabes, tellement simples à prononcer. Un mot que je pouvais déjà dire à un an, mais qui plus tard est devenu indicible. Sauf en y ajoutant cette phrase : *tu n'as pas honte ?*

Je le vois se débattre, peut-être que je vois son chagrin. Peut-être que je veux tellement le voir que je me l'imagine. Comme je me suis imaginé Margot. C'est ce qu'ils disent, mais était-ce vraiment le cas ?

« La honte n'existe pas, dit-il. Tu acceptes quelque chose ou tu ne l'acceptes pas. Le reste n'est qu'illusion.

— Est-ce que tu as aimé Daphné ?

— Bien sûr.

— Autant que Margot ?

— Non, dit-il. Pas autant que Margot.

— Et moi ?
— Quoi ?
— Moi ? »

Je n'ose pas répéter toute la phrase, mais ce fragment paraît suffisant pour jouer le tout pour le tout. Je compte les rayures sur la surface de la table, je regrette. Je me sacrifie. Toujours. Je suis la martyre. Volontairement, Aimée pose son cou devant lui sur une table haute à Breda, son échafaud. Elle sait que ça va faire mal, bien sûr, mais elle ne peut pas faire autrement. C'est une habitude. *Aime-moi.* Voilà. La seule phrase qui est toujours vraie. Que tout le monde peut dire. Ce qu'il faut, c'est écrire une seule phrase vraie[1], a écrit Hemingway. La voici. *Aime-moi.*

Le réfrigérateur proposant des sandwichs commence à ronfler. Le distributeur de café goutte. Maintenant il pourrait aider. Ce n'est pas trop tard. Les mots peuvent, s'ils le veulent, améliorer en un seul souffle des années de chagrin. Le langage ne cède jamais face au temps. Même ici, dans cette station-service déserte où je l'attends une fois de plus.

Où le silence persiste. La jeune fille derrière le guichet tousse. Je me demande si elle nous a entendus, si elle s'est aperçue que je suis devenue toute petite, invisible. Saul serre son gobelet de café vide et le jette dans une poubelle.

1. Traduction de Marc Saporta de *Paris est une fête*, Ernest Hemingway, Éditions Gallimard, 1964, p 45.

Amsterdam

AIMÉE

1 M followers

Rideaux rouges. Couvertures en bas du lit que j'ai rejetées à coups de pied. Mon peignoir de soie suspendu au cintre sur la porte. Je sais où je suis. C'est déjà ça.

Je me lève et me sens molle et abrutie par les comprimés que j'ai avalés hier pour m'endormir. Mon visage passe devant le miroir : j'ai la peau rugueuse et pâle, les yeux gonflés. J'entends des gens parler. En même temps. Ils parlent dans la pièce à côté. Mon salon. Et celui de centaines de milliers de followers.

J'attache mon peignoir et je m'y traîne. Max regarde la télévision, la télécommande à la main. Dès qu'il me voit, il coupe l'image.

« Ma chérie », dit-il. Les bras ouverts, il vient vers moi et me serre contre lui. J'obéis et réponds à son étreinte avec un manque de vigueur à la fois lâche et charitable.

Avec les bras de Max autour de mes épaules, je vois comment je me suis effondrée pendant la nuit d'hier devant une table haute dans une station-service. Saul était parti. J'avais demandé à Saul de partir. Il venait de disparaître par les portes coulissantes quand j'ai craqué.

J'ai glissé sous la table, sur le sol dur en béton où des semelles puantes marchent toute la journée. Boueuses et sales : pas un sol sur lequel craquer. La jeune fille derrière la vitre s'est levée de son strapontin et est arrivée en courant. Elle avait l'air au moins aussi affolée que moi et a fait ce qu'elle pouvait pour me réconforter. Elle a tout mobilisé, la boutique entière, les bonbons, chips et boissons, et même les ours au cas où ils pourraient m'apaiser.

Quand Max a fini par entrer par les portes coulissantes et que la jeune fille a vu que je le reconnaissais, elle a eu l'air soulagée, comme si elle avait craint que je ne survive pas, ou que la nuit soit sans fin, ou qu'elle doive appeler la police parce que personne ne se manifestait.

Max s'est manifesté, comme toujours. Saul l'avait appelé, mis sur le coup. Comme Saul met toujours Max sur le coup pour qu'il s'occupe de moi. Je viens seulement de comprendre le mécanisme : Max est le signe de faiblesse de Saul. Son angoisse. Son impuissance.

Max farfouille dans les placards, pose un sachet de pain et un carton de jus de fruits du supermarché sur le plan de travail. Je m'installe à une table qui n'a peut-être jamais été couverte de sang, sur un tapis berbère dont les taches rouges proviennent sans doute d'un verre de vin cassé.

Je demande : « Qu'est-ce que tu étais en train de regarder ?

— Où ? »

J'indique le poste de télévision.

« Rien.

— Qu'est-ce qu'il y a ?

— Pas maintenant, Aimée.

— Dis-le-moi, Max, qu'est-ce qu'il y a ? »

Je parais détendue, mais le calme est une couverture de

comprimés et je meurs de peur à l'idée de ce qu'il y a en dessous.

« Tu dois manger quelque chose », dit-il.

Je n'ai pas faim. Je saisis une tranche de pain et en prends une bouchée devant lui.

« Tu veux parler ? demande-t-il.

— Qu'est-ce qu'il y a à dire ?

— À propos d'hier soir.

— Hier soir, c'est le passé.

— Aimée...

— C'est toi qui veux parler ? Bon, j'ai une question : pourquoi, après toutes ces années, voulais-tu que je me souvienne de tout ? Tu m'as conduite jusqu'au croisement. Parce que ça sauverait Saul si je disais que nous avions déposé Daphné ?

— C'est trop simple.

— Peut-être que c'est simple, au fond.

— Finalement, tu n'as pas eu besoin de mon aide pour que la mémoire te revienne.

— Ton *aide*.

— Brillante, Aimée, tu as été brillante : tu laissais les souvenirs à Margot. Tu as attribué à Margot un psychologue avec lequel elle devait parler, qui la poussait à revenir au soir de l'accident. Elle partageait avec un psychologue ce que tu n'osais pas encore savoir à ce moment-là.

— Peut-être que je ne *voulais* pas le savoir. »

Sa main cherche la mienne. Chaude. Mais la main ne produit pas le même effet.

« Pendant tout ce temps », dis-je en chuchotant et Max comprend ce que je veux dire. Je vois qu'il a honte, mais sa honte survient trop tard. « Pendant toutes ces années, tu savais. Tu as parlé avec moi sans rien me dire. Fait l'amour avec moi sans être franc. Je t'ai fait confiance plus qu'à n'importe qui. Et je croyais que ce que nous vivions ensemble était exceptionnel.

— Ça l'était – ça l'est, se ressaisit-il. Viens avec moi à Damme, Aimée, tente-t-il, déterminé. Prenons un nouveau départ. Ensemble. »

Il n'y a pas d'ensemble. Il n'y en aura plus jamais. Son silence a rendu toute notion d'ensemble impossible. Peut-être est-ce ce que j'ai toujours ressenti : je ne suis pas une actrice, je ne joue pas. On s'est joué de moi. Ça suffit.

« Non, dis-je. C'est moi qui vais prendre mon propre départ. » Et ma propre fin. Je retire ma main.

« Tu ne peux rien reprocher à Saul, dit Max. Il ne peut pas faire autrement. Son propre père était un tyran, il a été maltraité quand il était enfant.

— Est-ce que c'est une excuse ? Les mauvais traitements le disculpent ?

— Tu sais ce que je veux dire.

— Je ne te connais pas, Max.

— Mais si, tu me connais.

— Je ne te fais pas confiance.

— Plus maintenant, peut-être. Mais j'ai tout fait pour t'aider.

— Est-ce que ça a aidé ?

— Oui.

— Regarde-moi, Max. » Je me lève, ouvre grands les bras. « Mais regarde-moi !

— Viens avec moi à Damme. »

Je me tais et l'observe, encore un instant. Il ne comprend pas. Il ne comprend pas où je suis.

« Je vais m'aider moi-même.

— Ça ne va pas marcher, Aimée, pas ici, où tant de choses se sont passées.

— Je ne vais d'ailleurs pas rester. » Je le dis et, bien que je vienne seulement de le décider, j'en suis convaincue. Je vois le chemin devant moi. Le seul. « Je vais donner mon préavis au propriétaire, fourrer tout ce bordel dans des boîtes et le donner. J'en ai terminé, ici.

— Rien n'est terminé.

— C'est à moi d'en décider.

— Ah vraiment ? »

Tendu, Max prend mon ordinateur portable, clique sur une vidéo YouTube et tourne l'écran vers moi.

Un jardin à Lapscheure. Une maison de rêve avec une boîte aux lettres jaune. Max et moi nous battons sur le gazon, je crie et frappe des poings contre sa poitrine. Plus fort que je ne le pensais. Je parais possédée. Saul regarde, l'air abattu. Il fait sombre, l'image est granuleuse et tressaute, filmée par un téléphone portable, mais tout s'entend clairement : l'histoire à propos de Margot, mes carnets, mon incrédulité. Tout est étalé sur la place publique. La vérité est sur la place publique.

« Un des amis de Simon a mis la vidéo en ligne, dit Max. Deux, en fait. Il y a une autre version, de moins bonne qualité. »

Deux versions, comme si c'était une représentation, une pièce de théâtre dans un jardin. À côté de l'image, il y a une chronologie des vidéos que Max a regardées plus tôt. Je clique dessus.

Une interview de Simon et de sa femme sur la place du village de Damme, une statue de Van Maerlant silencieuse à l'arrière-plan, sa main tenant un pan de tissu en pierre.

La femme de Simon raconte à quel point elle a eu peur et s'est sentie menacée dans sa propre maison. Clic.

Une reconstruction de la soirée. Une actrice blonde qui joue mon rôle, essoufflée à force d'avoir couru, une voix sinistre commente les images : « À ce moment-là, Aimée n'avait aucune idée de ce qui l'attendait. » Clic.

Il y a des vlogs aux titres tels que : MINDFUCK ! Et : LA RÉALITÉ DÉTRAQUÉE DES RÉSEAUX SOCIAUX : UNE INFLUENCEUSE FABRIQUE SA PROPRE VÉRITÉ. Et : DÉNOUEMENT SPECTACULAIRE : LE DERNIER #MOMENTAIMÉE.

« Je suis désolé », dit Max d'un ton grave.

Mais moi je ne suis pas désolée. C'est exactement ce qui devait se passer : tout le monde peut assister au premier rang au spectacle du Judas de Damme qui se fait doubler par sa propre vérité. Ils vont se griser de cette ironie du sort, savourer ce sentiment. Ils vont vouloir tout savoir de moi et me témoigner leur compassion puis, peu de temps après, pour les mêmes raisons tout aussi passionnées, me bafouer. J'ai vu mes poings dans la vidéo, Max qui se tapit, le célèbre écrivain qui regarde sa fille à côté d'une boîte aux lettres jaune. Sa fille qui ne savait plus. Qui savait.

Je prends mon téléphone et vois que nous avons enfin atteint un million de followers. Un million de followers différents, un million d'amis du bout des doigts, un million de paires d'yeux. On me voit. Chantal va être contente. Je ne l'appelle pas.

Il y a une solution. Non, un *paramètre*.

« Qu'est-ce que tu fais ? demande Max. Parle-moi, Aimée.

— J'ai assez parlé comme ça. »

Je scrolle vers les paramètres.

« Aimée, regarde-moi. »

Je scrolle vers SUPPRIMER LE COMPTE.

« Qu'est-ce que tu fais ? »

DÉSACTIVER LE COMPTE AU LIEU DE LE SUPPRIMER ? Je tape sur : SUPPRIMER.

« Réfléchis, bon sang », dit Max, mais depuis des années jamais je n'ai aussi mûrement réfléchi que maintenant. LA SUPPRESSION DE VOTRE COMPTE EST DÉFINITIVE. VOTRE PROFIL, VOS PHOTOS, VOS VIDÉOS, COMMENTAIRES, VOS MENTIONS J'AIME, VOS ABONNÉS SERONT DÉFINITIVEMENT SUPPRIMÉS.

ÉPILOGUE

Paris, plus tard

AIMÉE

0 follower

Tout est plus grand ici. Les rues sont bien plus larges, les bâtiments avec leurs hautes fenêtres paraissent plus loin, le ciel est tellement plus haut.

Je sors la plante grasse de son papier qui crépite et la pose parmi les autres plantes sur le rebord de la fenêtre. Ma collection est impressionnante, un océan de petits pots colorés, certains pas plus grands qu'un dé à coudre. Ma nouvelle acquisition est vert vif avec des écailles. De chaque écaille il en sort une autre. « Si vous en prenez soin, a dit le vendeur, la pousse peut se poursuivre indéfiniment. »

La journée est radieuse, je suis debout devant la fenêtre et tourne mon visage vers le soleil. La lumière chaude, couleur miel, qui éclaire ici l'intérieur, est plus douce qu'en Flandre. Elle me pardonne tout.

J'ai des amis ici, de vrais amis, et un travail que j'aime. Je livre du contenu au site Internet d'un organisme caritatif. J'essaie de formuler les histoires de réfugiés dans les termes les plus émouvants possible. En anglais, car le site Internet est international. Ils disent que j'écris bien. Que j'ai du talent, même.

Mon bureau se situe au siège, à l'autre bout de Paris, mais je préfère travailler chez moi, à ma table avec vue sur le petit parc rond où les habitants du quartier sortent leurs chiens. Peut-être que j'en prendrai un plus tard, moi aussi. Peut-être que je l'appellerai Santiago.

Le soir, je prends un verre dans mon bar favori et parfois je ramène quelqu'un chez moi. Je ne suis pas encore prête pour une relation. La douleur de la précédente doit encore passer. Cela va arriver, parce que Max a dit que toutes les douleurs finissent par passer. Quelle information magistrale !

Il m'a rendu visite une fois, Max. Il était assis à côté de la fenêtre avec un mug de thé et une part de la tarte aux pommes qu'il avait apportée et il avait tout le temps un air soucieux que j'ai eu du mal à supporter. Peut-être que je lui manque ou qu'il est jaloux que je vive à présent en suivant mon propre script. À la fin de la journée, il a voulu me ramener en Flandre. Il a parlé pour moi d'un *retour*. Comme si un retour était possible.

Quelqu'un frappe. Je n'attends personne. Je jette un coup d'œil par l'œilleton de la porte et vois le voisin du dessus vêtu d'un jean et de la veste bleu marine avec les empiècements en cuir aux coudes qu'il porte presque tous les jours. Je ne le connais pas, mais je l'ai souvent salué dans les couloirs de l'immeuble et dans le petit parc où il aime déjeuner près du châtaignier. En ce moment, sous cet arbre, il y a des bogues partout et ce ne doit pas être facile de manger un sandwich entre ces trucs piquants. Cela ne le dérange pas. Je le trouve beau. Nous nous saluons d'un signe de tête chaque fois un peu plus amical. Maintenant il est sur le seuil de ma porte. J'ai les mains moites, mais je me ressaisis. Je n'ai peur de rien. J'ouvre.

« Bonjour », dit le voisin du dessus et je vois qu'il est encore bien plus nerveux que moi. Il rougit, je trouve que c'est touchant.

« Bonjour.

— Je me disais, je vais boire un verre, mais tout seul... eh bien c'est tout seul. Tu aurais envie de m'accompagner ? »

Derrière son épaule, un chat descend l'escalier en trottinant, avance dans le couloir, donne de fervents coups de tête contre son jean.

« C'est mon chat, dit-il. La porte d'entrée est restée ouverte. »

Je m'incline en pliant les genoux, caresse le pelage doux. C'est un petit animal noir dodu qui ne rappelle en rien Fanta. Fanta était rousse et maigre. Elle donnait rarement des petits coups de tête. Le chat ronronne. Quand je me redresse, le voisin me regarde, rayonnant.

« Je m'appelle Éric, dit-il. Et toi ? J'ai vu un M sur la plaque en bas. Monique ? Marie ? »

Je souris. Max a raison. Je suis la survivante. Je tends une main.

« Moi, c'est Margot. »

REMERCIEMENTS

Avec tous mes remerciements à
l'équipe phénoménale de Le(*la*)bowski
Daphné, Sophie, Maaike, Soraya, Jochem
Meike, Maartje, Saskia, Marcus

Pour avoir lu avec moi et communiqué leurs réactions impitoyables

Eric de Vroedt
Eric Lange
Jildou Heerschop
Gemma Broekhuis
Cecile Barendsma
Tatjana Brinkman
Frouke Kingma
Vos

Pour la remarquable bande-annonce

Berend Boorsma

Pour ceux à qui je dois tant

Lida van Twisk
Marianne de Jong
Lotta de Beus
Lea Schnek
Jasper Henderson
Stef Bos
Madame de Sonneville
Lien, Bea et Chris Meuleman

PROLOGUE

PREMIÈRE PARTIE :
LE #MOMENTAIMÉE

DEUXIÈME PARTIE :
PLUS QUE SEPT JOURS, MARGOT

TROISIÈME PARTIE :
LE COUP DE POING DE L'AMOUR

ÉPILOGUE

Composition : PCA
Achevé d'imprimer
par CPI Firmin-Didot
à Mesnil-sur-l'Estrée, en mai 2024
Dépôt légal : mai 2024
Numéro d'imprimeur : 179959

ISBN : 978-2-07-299868-3/Imprimé en France

548289